ESSAIS DE M. DE MONTA.
soyent n'y muets ny bauarts: netteté & delicatesse aux viures,
& au lieu : & le temps serain. Moy qui ne manie que terre à
terre, hay cette inhumaine sapience, qui nous veut rendre en-
nemis de la culture & plaisir du corps. Ie trouue pareille in-
iustice de prendre à contrecœur les voluptez naturelles, que
de les prendre trop à cœur. Il ne les faut ny suyure ny fuir,
mais il les faut receuoir. Ie les reçois vn peu plus grassemēt
& gratieusement, & me laisse plus volontiers aller vers la pante
naturelle. Il en est de nostre ieunesse, qui proteste ambitieu-
sement de les fouler aux pieds : que ne renoncent ils encores
au respirer: que ne viuent-ils du leur, sans secours de leur for-
me ordinaire? Que Mars, ou Pallas, ou Mercure, les sustantent
pour voir, au lieu de Venus, de Cerez, & de Bacchus. Ces hu-
meurs vanteuses, se peuuent forger quelque contentement,
car que ne peut sur nous la fantasie, mais de sagesse, elles n'en
tiennent tache. Ie hay qu'on nous ordōne d'auoir l'esprit aus
nues, pendant que nous auons le corps à table. Ie ne veux pas
que l'esprit s'y cloue, & qu'ils s'y estrempit, mais ie veux qu'il
s'y appliq. Quand ie dāce, ie dāce, quād ie dors, ie dors: voyre,
& quand ie me promeine solitairemēt en vn beau vergier, si
mes pensées se sont entretenues des occurrences estrangieres
quelque partie du temps, quelque autre partie, ie les rameine
à la promenade, au vergier, à la douceur de cette solitude, &
à moy. Nature a maternellement obserué cela, que les actions
qu'elle nous à enioinctes pour nostre besoing, nous fussent
aussi voluptueuses: & nous y conuie non seulement par la rai-
son, mais aussi par l'appetit : c'est iniustice de corrompre les
reigles. Quand ie vois, & Cæsar, & Alexandre, au plus es-
pais de sa grande besongne, iouyr si plainement des plaisirs
humains & corporels, ie ne dicts pas que ce soit relascher son
ame, ie dicts que c'est la roidir, soubmetant par vigueur de
courage, à l'vsage de la vie commune, ces violentes occupa-

蒙田随笔
精华版

〔法〕蒙田 著
黄建华 译

人民文学出版社

图书在版编目(CIP)数据

蒙田随笔:精华版/(法)蒙田著;黄建华译.—北京:人民文学出版社,2020
ISBN 978-7-02-016072-3

Ⅰ.①蒙… Ⅱ.①蒙…②黄… Ⅲ.①随笔—作品集—法国—中世纪 Ⅳ.①I565.63

中国版本图书馆CIP数据核字(2020)第019468号

策划编辑　王瑞琴
责任编辑　马　博
装帧设计　崔欣晔
责任印制　任　祎

出版发行　人民文学出版社
社　　址　北京市朝内大街166号
邮政编码　100705
网　　址　http://www.rw-cn.com

印　　刷　北京盛通印刷股份有限公司
经　　销　全国新华书店等

字　　数　268千字
开　　本　880毫米×1230毫米　1/32
印　　张　11.5　插页13
印　　数　1—8000
版　　次　2020年7月北京第1版
印　　次　2020年7月第1次印刷

书　　号　978-7-02-016072-3
定　　价　65.00元

如有印装质量问题,请与本社图书销售中心调换。电话:010-65233595

作者简介

蒙田(Michel de Montaigne 1533—1592),法国著名散文家、思想家,《随笔集》是他的传世之作,影响深远。英国的莎士比亚和培根曾从其著作中吸取养分。法国十八世纪启蒙运动的作家承继了他崇尚理性的体验和思想。在我国,他也引起显著的反响;他的作品不断被重译,一些篇章被收进各种文集、选集中。个别短篇早已入选为九年义务教育中学课本的教材。

译者简介

黄建华,广东外语外贸大学教授、博士生导师,曾在联合国教科文组织任译审;曾任广州外国语学院院长、广东外语外贸大学校长。1994年获法国政府颁发的棕榈叶二级勋章。他主译过由商务印书馆规划的"世界学术名著"《自然法典》等四种,出版过《社会学方法》等社科译著。他主编的《汉法大词典》获第四届中国出版政府奖图书奖。

1587年的蒙田肖像

蒙田笔迹

蒙田古堡

蒙田家族的古堡塔楼近观

蒙田的崇拜者玛丽·德·古内小姐(1566—1645)

蒙田的好朋友拉博埃西,33岁离世,从此蒙田对世界感到厌倦。

蒙田和他最好的朋友拉博埃西

蒙田古堡远观

蒙田古堡全景,1885年曾遭火灾,旧迹只存留左下角的塔楼部分。

蒙田从图书室塔楼可望见的外景

吕克大教堂，蒙田曾在附近度过一些日子。

十六世纪的法国学校内景

每个人都称不符合自己习惯的事物为野蛮。

十六世纪的法国农活

《蒙田随笔》老版本封面

在波尔多的蒙田墓

译　序

译事结束，整理一下全文，该为译本写个开篇的话了。既然是译作，按常理，应当首先介绍原作者。可蒙田这个名字，在我国，虽说不上"家喻户晓"，但受过初中教育的人，说是"众所周知"，我想是差不离的。原因是，拙译的蒙田随笔小片段（例"热爱生命"等）多年前已被人民教育出版社选入初中的语文教科书中。授课老师不会不介绍文章的原作者，而就当时的出版状况，并不繁难。因为《简明社会科学词典》《辞海》等工具书都有"蒙田"的条目，《中国大百科全书》的介绍则更为详细。这里倘若我还着笔于此，就会有"炒冷饭"之嫌，如果另辟蹊径展开研究式的阐述，一则篇幅不许，二则只会给人一个喧宾夺主的出乖露丑的印象。我还是交代一下推出本书过程中的一些想法好了。

缘　起

改革开放以来，不断有出版社推出（或再版）"蒙田随笔"，就我记忆所及，已知的有湖南人民出版社的《蒙田随笔》（1987年2月第1版），这是梁宗岱先生的遗译《蒙田试笔》与我的选译合编在一起较早的版本。

约十年后,译文出版社推出多人合译的三卷本的《蒙田随笔全集》(1996年12月第1版)。《全集》既出,我以为"选本"应该不会有什么人垂顾的了。谁料不久浙江文艺出版社便向我约译新选本的蒙田随笔,于是就有了我和小女合译的《蒙田散文》(2000年2月第1版)。随后,选本的蒙田随笔集不断修订重出。我和梁宗岱合译的就有三四种之多。这期间还出了我单独重译的英中双语对照本《蒙田论生活》(团结出版社2007年4月第1版)。至2009年,由马振骋先生一人翻译的《蒙田随笔全集》出版(上海书店出版社),此书前后文风统一,获得"傅雷翻译奖"。此时我心想,蒙田的迻译至此大体可以"定于一尊",短期内不必再出其他译本的了。岂料次年(2010)中央编译出版社就推出了由卢岚女士整理的梁宗岱译本,书名为《热爱生命·蒙田试笔》,想不到的是,该书还把我原先译的蒙田选段六篇收为附录(事前责编征得我的同意)。看来,不同风格的译文,自有其存在价值吧。

这几年,不同译者、不同版本、不同封面设计的《蒙田随笔》还在陆续面世。只要上互联网一查便知,可以说五花八门,琳琅满目。在这种背景下,我要再来凑一番热闹,究竟出于什么动机?这里无妨稍作交代,读者看看是否言之成理。

我认为,译作的最大成功之处,在于既忠实于原文,又能提起广大受众的阅读兴趣。《全集》的译出,功不可没。不过,我怀疑有多少人能饶有兴致地从头至尾把全集读完。我不是说译文欠佳,而是原文所存在的客观因素所致。凡多少读过整章的《蒙田随笔》的人都知道,其行文枝蔓丛生,飘忽无定,一章书中的内容还常常与章题相距甚远,甚至毫无关系,一般读者未必能抓准作者想要说什么。再者,蒙田喜欢引经据典,大量"掉书袋",而所引述的往往是古罗马、古希腊的作家、诗人;受过西方古典文化浸淫的外国读者,对此可能觉得蛮有趣味;可苦了我国读者,他们对西方古代的何人、何时、何事大都十分陌生,如果都加注释交代,光看注文,已够令人分心,调动阅读兴趣又从何谈起?

有鉴于此,不少译家便采取选段翻译的办法。选取的内容,大体遵循下面的几条"道道儿":

一、选比较著名的段落。法国已出版过多种选读本,他们的选家选过的,或是已纳入教科书中的,成为本选译本的重要依据。

二、选择比较贴近中国读者、容易激发兴趣、引起共鸣、给人以启迪的内容。理由上面已谈及,无须赘言。

三、选较简短的全章照译,章中的内容较为集中,前后一贯,无"跑野马"之弊。

我这些年来几次出的蒙田译本就是这样处理的,看来效果还不错,不然不会被多家出版社编的散文集选用,更不会被选入中学语文课文。我这种选译本的好处是:能直达读者心中,赢得较多的受众。但其缺陷也非常明显,主要是:令人"只见树木,不见森林",作品的全貌如何,无从窥见。

蒙田基本上是个"一本书"的作家,正是他的三卷本《随笔》奠定了他作为文学家、散文家的声誉,而且还为他赢得思想家、哲学家、伦理学家的美名。一般的经典著作,大体都有"名著提要"之类的读物导读,喜欢"走捷径"的,据此大可以不读全书,而知其概貌。可蒙田的这本书,却无此方便。迄今为止,我还未见到有哪一位文学史家给蒙田散文理出过详尽的脉络,做过全面的提要介绍。蒙田的随笔仿佛是和亲友海阔天空闲聊时信手录下的七嘴八舌的话语,我要条分缕析地加以归纳梳理,谈何容易!在一本我参与翻译的《蒙田随笔》的《前言》中,本人曾经写道:尽管随笔内容驳杂纷繁,但归结起来,无非涉及三个方面:

一、作者所感觉的自我;

二、他所体会的众人的生活方式和思想感情；

三、他所理解的当时的现实世界。(人民文学出版社2005年版)

不过，一望而知，这样的归纳相当空泛，仍然无助于读者认识蒙田作品的全貌。于是，我萌生一个新的想法，既不从头至尾全译，也不随意抽段选译，而是搞个"全集精华版"。

"全"而"精"

我说的"全集精华版"是这样设计的：

一、按原书的章次安排，每章必译，但不一定全译，而是选取与章题相关的内容，略去不必要的甚至妨碍顺畅阅读的枝蔓丛生的东西。

二、在一个章节中，如遇法国选家看中过的段落，尽量从之，他们曾经加上小标题的，本书也加上小标题；极少数由译者所加。以同样的方法处理。

三、全集三卷本，经过提炼，浓缩至一卷。保留主干，采撷美丽的枝蔓；维持全貌，突显书中的精华。

能吸引读者开卷后兴致不减地读下去，从而相当轻松地掌握全书的概貌，这是本人设计的主要目的。至于有读者还想了解截去未译的地方，即想窥其全豹，我不但不表示反对，甚至还加以鼓励。果真如此，这将是本译本的一个"收获"，因为它起到推动阅读的作用。

尽管本书依章节次序从头至尾译下来，读者倒不必非按顺序披阅不可。他们无妨把书中的大小标题作为浏览的"坐标"，"按图索骥"，随意选读自己感兴趣的段落。总之，想见"全貌"者，请看全书，一卷本，分量不大；想依自己兴致阅读者，随便翻翻，想必也会有所收获。

重译者的说明

本书并非首译,作为重译者,也应交代一下自己的想法。我曾经说过:"大凡文学名家的作品,只要不是粗制滥造的抢译或厚颜无耻的剽窃,多出一两个译本是无妨的。"(见《蒙田散文》的《译序》)。本译本是不是有其存在的价值,自然得由读者判定,这里我只想提请读者注意如下的几点:

一、凡遇上与其他现有译本明显不同甚至相左的地方,请多加留意鉴别,尽管我这里脱手的是参考多种原文版本而重新订正的译文,仍然恐怕会百密一疏,如发现有不妥之处,欢迎指出。

二、本书的注释,以有助于理解原文顺利阅读为度,不作考据式的详注;与领悟原文主旨无关的专名就不一一加注。此外,注释附于专名第一次出现的篇章之后,如再次出现,则一般不再加注。但书末附有"专名注释附表",且列上法文原文,以供查对。本书的注文,大都参考法国的注家写成,由于涉及多个版本,不便一一交代。但译者自己注的,则加上"译者注"的字样。原书除法语外,有时涉及拉丁、希腊、意大利等多种文字,一般已由法国注家译成法文,我按法文译出,就不再像有些译本那样注明原文是什么了。

三、原书在行文中引述的古诗句众多,这些诗句绝大部分原文为古拉丁文,而今人的版本又都附了法文的译文或注释,这些文字各个版本常常不大一致,我只能按自己的见识,择认为最佳者作为翻译的依据。原文既是古诗,我就尽可能用格律体来译,使其多显一些古朴之气,在这方面,我是颇费一些功夫的。至于效果如何,那就只能由读者来评判了。

四、作为重译本，自然不可能完全撇开前译不予理会。甚至可以说，后译一定程度上是踩在前译者肩膀上的工作，因而有所改进，实在不应自鸣得意。本译本就遇到一些前译留下的确无法避开的好词佳句，无意偷懒抄袭，但有时只好从之。这是我得向前译者表示诚挚的感谢之意的。

但愿本译本能成为读者喜爱的新版本！不当之处，敬请批评赐正。

黄建华

目　录

第一卷

告 读 者　3
第 一 章　不同的方式,同样的效果　5
第 二 章　谈悲伤　7
第 三 章　我们的意欲超越我们自身　10
第 四 章　真正的对象缺乏时心灵如何将
　　　　　激情转移到虚假的对象上　12
第 五 章　守城被围的将领是否该出来谈判　14
第 六 章　谈判时刻危险　17
第 七 章　凭意图判断我们的行动　19
第 八 章　谈闲散　20
第 九 章　谈撒谎者　22
第 十 章　关于谈吐的快慢　24
第十一章　谈预言　26

第 十 二 章	谈坚忍	28
第 十 三 章	君主的待客之礼	30
第 十 四 章	好坏的判断大多取决于我们的看法	32
第 十 五 章	无理固守阵地者受惩罚	38
第 十 六 章	谈惩罚懦夫行为	40
第 十 七 章	几位使节的一个特点	42
第 十 八 章	谈恐惧	45
第 十 九 章	要在死后才评价我们的幸福	49
第 二 十 章	探究哲理就是学习死亡	52
第二十一章	谈想象的力量	57
第二十二章	此得益,则彼受损	60
第二十三章	谈习惯和不易改变的现成规矩	62
第二十四章	同样的筹划,不同的结果	66
第二十五章	谈学究气	70
第二十六章	谈教育孩子——致居尔松伯爵夫人迪亚娜·德·富瓦	74
第二十七章	按自己判断力来定真伪之荒唐	81
第二十八章	谈友谊	83
第二十九章	艾蒂安·德·拉博埃西的29首十四行诗——致格拉蒙-吉桑伯爵夫人	86
第 三 十 章	谈适度	88
第三十一章	话说食人部落	90
第三十二章	神的旨意无须深究	96
第三十三章	谈舍弃生命以逃避享乐	98

第三十四章	命运与理性往往结伴而行	100
第三十五章	谈我们管理的一个缺陷	102
第三十六章	谈穿戴习惯	104
第三十七章	关于小加图	106
第三十八章	我们因何为同一事物亦哭亦笑	110
第三十九章	谈退隐	112
第 四十 章	小议西塞罗	117
第四十一章	荣誉不可分享	120
第四十二章	谈人与人的差别	122
第四十三章	关于反奢侈法	124
第四十四章	谈睡眠	126
第四十五章	关于德勒战役	128
第四十六章	谈姓名	129
第四十七章	谈我们判断的不可靠	132
第四十八章	谈战马	135
第四十九章	谈古人的习俗	137
第 五十 章	关于德谟克里特和赫拉克利特	139
第五十一章	谈言语浮夸	141
第五十二章	谈古人的节俭	143
第五十三章	关于恺撒的一句话	145
第五十四章	谈不实用的玩意儿	147
第五十五章	谈气味	148
第五十六章	关于祈祷	150

第五十七章　谈年龄　　152

第二卷

第 一 章　谈我们行为的摇摆不定　　157

第 二 章　谈酗酒　　162

第 三 章　塞阿岛的习俗　　164

第 四 章　"公事,明天办吧!"　　169

第 五 章　谈良心　　171

第 六 章　谈身体力行　　175

第 七 章　谈荣誉赏赐　　180

第 八 章　谈父亲对儿女的深情　　182

第 九 章　谈帕提亚人的武装　　187

第 十 章　谈书籍　　189

第十一章　谈残酷　　193

第十二章　关于雷蒙·塞邦的辩护词　　195

第十三章　谈评判他人的死亡　　207

第十四章　我们的思想如何自陷困境　　210

第十五章　我们的欲望因遇障碍而增强　　212

第十六章　谈荣誉　　215

第十七章　谈自负　　218

第十八章　谈戳穿谎言　　225

第十九章　谈信仰自由　　229

第二十章　我们领略不到任何纯粹的东西　　230

第二十一章　反对懈怠　　232

第二十二章　谈驿站　234

第二十三章　谈以恶劣手段,实现良好意图　236

第二十四章　谈罗马的强盛　237

第二十五章　不要装病　239

第二十六章　谈大拇指　241

第二十七章　怯懦是残暴的根源　243

第二十八章　万物各有其时　245

第二十九章　谈勇气　247

第 三 十 章　一个畸形儿　250

第三十一章　谈发怒　252

第三十二章　为塞内加和普卢塔克辩护　254

第三十三章　斯布里纳的故事　256

第三十四章　对恺撒作战谋略的观察　259

第三十五章　三名贞烈的女子　262

第三十六章　谈出类拔萃的人物　265

第三十七章　谈父子相像　268

第三卷

第 一 章　谈功利与诚实　277

第 二 章　谈懊悔　281

第 三 章　谈三种交往　285

第 四 章　谈分心转向　299

第 五 章　关于维吉尔的诗　302

第 六 章　谈马车　309

第 七 章　谈身处显赫地位之不适　　314

第 八 章　谈交谈艺术　　316

第 九 章　谈虚幻　　319

第 十 章　谈意志掌控　　327

第 十 一 章　关于跛子　　330

第 十 二 章　谈相貌　　332

第 十 三 章　谈经历　　338

专名注释附表　　345

第 一 卷

告 读 者

读者,这里是一本坦诚的书。本书一开始就提醒你,我写它不过是为了家庭和我自己,而并不抱有任何其他目的。我丝毫没考虑到为你服务,也没想到博取荣誉。那样做,是我力所不及的。我把此书奉献给自己的亲友,以便他们失去我的时候(这即将成为事实),能够重温我的为人和个性的一些特征,由此而获得对我更全面、更真切的了解。

倘若为了博得世人赏识,我就会着意装饰自己,以十分讲究的姿态出现在大家面前。我倒愿意人家在书中看到我的简单、自然、平凡的生存方式,无刻意追求,不矫揉造作;因为我描绘的是我自己。我的弱点和天然本相,在尊重公众的前提下,将会在书中活生生地展现出来。

据说,有些民族仍然按大自然的原始法则生活,轻松而自由;假如我身处他们当中,我向你保证:我会很乐意在书中完整地、赤裸裸地把自己描画出来的。

因此,读者啊,我自己就是本书的材料。你把空闲时间花在如此琐碎无聊的题材上,那是不适宜的。

再会了!

1580年3月1日于蒙田古堡

第一章
不同的方式,同样的效果

我们触犯过的人,掌握了报复的手段,对我们操生杀予夺之权,这时候,软化他们心肠的方式,便是以我们的恭顺,唤起他们的同情和怜悯。然而,用相反的方法,即凭勇敢和刚毅,有时候也达到同样的效果。

威尔斯亲王爱德华[1],曾长期在我们的吉耶纳[2]掌政,此人地位显赫,鸿运久长。他曾深受利摩日人的冒犯,便以武力攻取其城池。在屠刀下无助的民众妇孺,痛哭哀号,求饶下跪,都未能令他罢手。他继续深入城中,直至看到三名法国绅士,单枪匹马,以非凡的勇气迎击他所率的胜利之师的时候,他才停了下来。他面对如此过人的勇敢,不胜钦佩;冲天的怒火,首先受到抑制。于是,他由这三个人开始而赦免了全城居民。

伊庇鲁斯[3]君主斯坎德培[4],曾追逐部下一名士兵,要把他杀掉。那

---

[1] 爱德华(1330—1376),曾统治法国的阿基坦地区,是百年战争时期英国的优秀将领之一。据说,在那场攻打利摩日的战事中,他并未赦免城中的居民,而只饶了三名法国将领。
[2] 吉耶纳,法国旧省名,大体相当于阿基坦地区。
[3] 伊庇鲁斯,巴尔干半岛旧地名,在现今希腊北部和阿尔巴尼亚南部。
[4] 斯坎德培(1403—1468),阿尔巴尼亚民族英雄,曾多次抗击土耳其人入侵,1444年被阿尔巴尼亚人奉为君主。

士兵先是低三下四,苦苦哀求,试图用一切办法令君王息怒,可无济于事;在走投无路的情况下,他横下心来,举剑去迎候君王。这一果敢的决定顿时镇住了主人的暴怒;他看到士兵下了这如此值得钦佩的决心,也就宽恕了他。那些并不了解这位君主的超凡力量与异常勇敢的人,或许会对这一事例作出别的解释。

康拉德三世皇帝[1],曾包围了巴伐利亚公爵盖尔夫,对于受包围者所提出的优厚条件、委琐的曲意迎合都不屑一顾,而只允许同公爵一道被围的贵妇们徒步出城,保全其贞节,并让她们随身能带什么就把它带走。这些重情尚义的贵妇竟然想到背起自己的丈夫、孩子和公爵本人出城。皇帝眼见她们如此高尚勇敢,竟致高兴得流下泪来;他对公爵不共戴天的刻骨仇怨遂告消解;从此,他便仁慈地对待公爵及其臣民。

上述两种方法都极容易打动我,因为我的心地不可思议地趋向于仁爱、宽容。不过,就本人而言,我的天性更倾向于同情,而不是敬佩。然而,对于斯多葛派来说,怜悯倒不是一种美德;他们主张救助受苦难之人,而认为无须屈就他们,也不必对他们的苦痛感同身受。

……

---

[1] 康拉德三世(1093或1094—1152),日耳曼皇帝,1138年登基,参加第二次十字军东征后去世。

第二章
谈 悲 伤

……

轻哀多言,大哀静默

的确,痛苦到了极点,其力量就会摇撼整个心灵,使其失却活动自由;正如我们有时会发生这样的情况:骤然得知一个坏消息,惊得落魄失魂,呆若木鸡,到后来才放声痛哭,发出哀诉,心灵似乎才得到排解,觉得较为舒缓、轻松。

> 痛苦终于迸发出哭声。
> ——维吉尔[1]

斐迪南国王[2]在布达附近对匈牙利国王遗孀作战的年代,德国将领拉伊斯亚克看见运回了一名骑士的尸体;大家都知道这骑士在阵上的

---
1 维吉尔(前70—前19),古罗马诗人,史诗《埃涅阿斯纪》是其代表作。
2 斐迪南国王(1503—1564),曾继承捷克和匈牙利王位,后为日耳曼皇帝。

表现出众，为他的丧生深表惋惜。那位将领像其他人一样，出于好奇心，要看看死者到底是谁；当尸首被卸下盔甲之后，他才认出，原来是自己的儿子。在场的人都洒下了眼泪，唯有他，呆然地站立在众人当中，无泪，无声，眼神凝滞，一个劲地盯着儿子的尸体，到后来，悲伤过度，血脉冰凉，僵直地倒在地上。

> 能说出灼烧得如何的人，
> 他所受的就不是烈火。
>
> ——彼特拉克[1]

恋人们就是这样表达无法忍受的激情的：

> 我啊，多么可怜！
> 五官全不听使唤。
> 莉丝碧[2]，我才见你，
> 就已经神迷意乱。
> 舌头麻木而不成声，
> 爱火将我全身燃遍。
> 双耳嗡鸣而失聪，
> 眼前黑糊糊一片。
>
> ——卡图卢斯

---

1 彼特拉克(1304—1374)，意大利诗人。
2 莉丝碧是古罗马抒情诗人卡图卢斯(约前87—约前54)对其情人克萝狄娅所用的化名，可能是为纪念希腊女诗人萨福而取。

因此,情感到了最激烈、最炽热的时刻,并不宜于表达我们的幽怨和感受;其时心灵受着沉重思绪的压抑,躯体则因情爱而弄得疲惫不堪,有气无力。

于是,有时候就突然产生像恋人们所感受的那种不期而至的眩晕;由于激烈过甚,就在欢乐的高潮中,一阵冰冷骤然袭击全身。凡是容许品味和慢慢消受的激情都不过是一般的激情。

> 轻哀多言,大哀静默。
> ——塞内加[1]

喜出望外同样也会使我们大为震惊:

> 她看见我走来,由特洛伊队伍簇拥着,
> 骤然一惊,仿佛是眼见幽灵出现;
> 她顿时目光凝滞,全身上下凉遍,
> 昏倒在地,许久许久才再张口开言。
> ——维吉尔

……

---

[1] 塞内加(约前4—公元65),古罗马政治家、剧作家、哲学家。

第三章
我们的意欲超越我们自身

认识自己

有人责怪世人总是追求未来事物,而教导我们要抓住眼前的好处,安享其成;他们认为,未来之事我们无法掌握,甚至不比过去之事更易把捉。这些人对人类最普遍的谬误,真是一语中的(如果他们敢于把我们的天性所向称为谬误的话)。我们的本性趋向于为事业的延续出力,更注重于行动而不是真知;天性引发我们产生虚妄的想法以及其他许多假象。我们从来不安于本分,总是要超越自身。担心、欲求、希望,把我们推向将来,令我们对目前的事物缺乏感受或重视不够,而对未来之事,甚至对身后的事物却过于热衷。

　　为未来而操心的人真是不幸。

——塞内加

做自己之事,求自知之明。这一伟大格言常常被认为是出自柏拉图之手。格言的两个部分概括了我们的全部责任,而似乎每个部分又互相包容。谁要做自己的事,就得首先认识自己的状况,了解自己宜于做什么。有了自知之明,就不会把他人之事作为己事,首先就会自爱、自重,不做多余之功,不做无谓之想,也不提无用之议。

愚人达到了愿望所求,犹未知足;智者却满足于现时所有,悠然自得。

——西塞罗[1]

伊壁鸠鲁[2]就不要智者预测未来,为未来操心。
……

---

[1] 西塞罗(前106—前43),古罗马哲学家、政治家,引文原文为拉丁语。
[2] 伊壁鸠鲁(前341—前270),古希腊哲学家。

第四章
真正的对象缺乏时心灵如何将激情转移到虚假的对象上

我们的一位绅士,得了严重的痛风症;当医生督促他完全戒吃腌肉时,他通常都风趣地回答说:他痛得厉害的时候,总想抓点什么发泄;他嚷叫着,一会儿诅咒香肠,一会儿诅咒牛舌和火腿,就感到舒服得多。

的确,正如我们举手打什么,如果打不中,落了空,我们就会觉得疼痛。同样,要想视觉舒畅,就别让视线消散在茫茫的空间,而要让它有一个目标,落在适当的距离上。

> 像风那样,如无浓密的森林阻拦,
> 其威力就会消失在茫茫的空间。
>
> ——卢卡努斯[1]

同样,激动、震撼的心灵,如果抓不到什么东西,也会迷失自己。因此,应该为它提供支撑和发泄的目标。普卢塔克[2]谈及那些宠爱猴子和小狗的人时说道:我们的天性之爱,如果缺乏正当目标,就会另造虚浮、

---

[1] 卢卡努斯(39—65),古罗马诗人,引文原文为拉丁语。
[2] 普卢塔克(约46—约120或127),古希腊传记作家、散文家、柏拉图派哲学家。

浅薄的对象,而不宁愿无所寄托。我们也看到,沉湎于激情的心灵,会造出假想的、虚幻的对象以欺骗自己,甚至违背自己的信仰,也不愿意完全无所作为。

动物也是这样,它们在狂怒中会猛击那令其受伤的石器和铁器,还会因为感到疼痛而狠咬自己,以图报复:

> 即如潘诺尼的母熊被标枪击中,
> 标枪还系着细带,母熊显得更凶,
> 它带伤打滚,要咬枪头,狂怒不已,
> 追逐着那和它一道滚动的兵器。
>
> ——卢卡努斯

当我们身遭不幸时,什么原因臆造不出来?为了有对象可发泄,无论对与不对,有什么我们不去怪罪?你不必猛扯你金发的辫子,也不必狠狠捶击你那白皙的胸脯,你那可怜的弟兄饮弹丧生与此无关,请去责怪别的方面吧。

……

第五章
守城被围的将领是否该出来谈判

勇胜与智取

卢西乌斯·马西乌斯，古罗马的军团长，他同马其顿国王佩尔修斯作战时，想争取时间部署好部队，便放风要求谈和，国王因受麻痹而失去警惕，答应休战几天，由此给了敌人加强武装的便利和时间，自己也就走向最终的灭亡。

不过，马西乌斯的这一举动却被因循守旧的元老院的元老们指责为违背了传统。他们说，祖先打仗全凭勇敢，不靠诡计，不搞夜袭，也不佯作逃跑或出其不意反击，而只是在宣战以后，并且往往是确定了交战的时间和地点之后才开战。按照这种道德意识，他们把背叛皮洛士的医生交回给皮洛士，把背叛法利斯克人的坏老师送还给法利斯克人[1]。这纯属是罗马人的做法，与希腊人的机灵和布匿人[2]的诡诈不同，对后者来说，靠武力取胜不如用计谋光荣。

---

1 医生答应罗马人，要毒死皮洛士；那教师出卖法利斯克的学子，把他们交给罗马人。
2 布匿人，指北非历史上一个源于迦太基的讲西闪米特语的民族。

罗马人认为，欺诈只管用一时；要使敌人服输，必须让他们知道不是靠诡计和运气，而是靠公平、正规的战争中、两军对阵时的勇武。从这些谦谦君子的言语里看出，他们还没有接受下列的精彩警句：

　　智取或是勇胜，对敌人又有何区别？

——维吉尔

波吕比乌斯[1]曾说，亚加亚人憎恶在战争中使用任何形式的欺诈手段，而认为只有令敌人内心折服才算作是胜利。另一人则称说："贤德的人士深知，唯有无损于诚信和荣誉的胜利才是真正的胜利。"

　　命运主宰者赐宝座与你还是与我？
　　让我们用勇气来证明吧。

——恩尼乌斯[2]

被我们不屑地称为野蛮人的民族当中，有一个属于代纳特王国，他们的习俗是先宣战后开战，还要详细通报使用的手段：人员数量、军事装备、进攻和守卫的武器。这样做之后，如果敌人不退让或不妥协，他们也就有权使用最坏的狠招，而认为不会因而被指责为背信弃义、诡计多端和不择手段去取胜。

古代佛罗伦萨人不愿意靠突然袭击来克敌制胜，因此，在用兵布阵前一个月就不停地敲响他们所称的玛西内拉战钟，通告对方。

至于我们，倒没有这么死心眼儿，我们认为，谁取得战果，谁就享有

---

[1] 波吕比乌斯（前202—前120），古希腊历史学家，留下名著《通史》40卷。
[2] 为西塞罗所引用的古罗马诗人恩尼乌斯的诗句。

战功荣誉;我们继来山得[1]之后声言:狮子皮不够,就得用一块狐狸皮;因此出奇制胜已成为常用的兵法。我们认为,在谈判和缔约进行的时刻,将领尤应保持高度警惕。故此,当代军事家常把这么一条行为准则挂在嘴边:守城被围时,统领本人绝不应亲自出去谈判。

……

---

1 来山得(前?—前395年),古希腊斯巴达海军统帅,以用计取胜著称。

第六章

谈判时刻危险

最近,我得知,我住处附近的米斯当镇[1]被我们部队攻下;那些被逐的人还有站在他们那一边的其他人,大呼这是背信弃义的行为,因为双方正谋求和解,协议的谈判还在继续,就对他们进行突袭,击垮他们。这倒像是另一个时代发生的事情。不过,正如我刚才所说[2],我们的做法离这些规矩相去十万八千里。最后规约的大印未盖,别指望可以互相信任,还得十分警觉。

……

有人说:

> 胜利,总是带来荣耀,
> 无论凭运气还是靠取巧。
>
> ——阿里奥斯托[3]

但哲学家克吕西波斯[4]不同意这种看法,我也不大赞同。克氏认

---

1 米斯当镇距离蒙田古堡约20公里,事件发生在1569年4月份。
2 本篇是接第五章(《守城被围的将领是否该出来谈判》)而写的,故有此语。
3 阿里奥斯托(1474—1533),意大利诗人,引文原文为拉丁语。
4 克吕西波斯(约前280—前206),古希腊哲学家,是斯多葛派的主要人物之一。

为,那些比试谁跑得快的人,就应用尽全力去争取最快速度,而不得伸手阻拦对方,或伸腿把对手绊倒。

亚历山大更加宽怀大度;当波利佩贡建议他乘黑夜之便攻打波斯王大流士时,他回答道:"不行,取巧获胜,非吾所为。'我宁可抱怨命运,也不愿意为自己的胜利而感到羞愧。'[1]"

> 他不屑乘奥罗德[2]逃遁时打他,
> 也不肯向他背后发暗箭袭击,
> 他跑到前头去与他迎面较量,
> 宁愿凭武力而不靠奸计克敌。
>
> ——维吉尔

---

1 这一句为古罗马历史学家坎图斯·库尔提乌斯的引语。
2 奥罗德,此处指奥罗德二世(前?—前37/36),安息国王(前57—前37/36在位)。

第七章
凭意图判断我们的行动

有人说,死亡令我们摆脱一切责任。我知道有些人对这话有另一番理解。

……

我见过现时不少人,因把别人财产据为己有而良心不安,准备立下遗嘱、死后归还,求得内心宽慰。他们对这么一件急事却尽量拖延,想补救错误,愧疚感却很轻,对自己也不造成什么损失。他们所做的,丝毫不值得称道。他们应当付出自己的代价。他们偿付得愈艰难、愈辛苦,其补偿就愈恰当、愈值得肯定。悔过是要背上沉重的包袱的。

还有一些人做得更糟,他们一辈子隐藏对亲近的人的仇恨,至临终时刻才通过遗嘱表达出来;这表明他们并不顾忌自己的名誉,更不顾及自己的良知;他们激怒受冒犯的人,无益于日后的名声;他们不懂得,出于对死亡的尊重,要随死亡而消除自己的怨恨,反把它的存在延续到自己的身后。这些不公正的法官,他们已经到了不明事理之时,还要赖着来判决。

倘若我能够,我会防止自己死后去说生前未说过的话。

第八章
谈 闲 散

我们看到,闲置的土地如果肥沃、富饶,就长满千万种无用的野草;而为了令土地发挥其效能,就得加以清理,播上种子,使之为我所用。我们也看见,妇女自个儿就生出不成形的肉团、肉块;为了获得良好的、正常的后代,就必须让她们有另外的关系受孕。心灵的情况也一样。如果不让一定的念头占据,使之受到限制、约束,它就会在想象的荒野中四处胡乱奔驰。

> 正如铜盆里颤动的盛水,
> 映出阳光或明月的影像;
> 飘忽的光线在空中飞旋,
> 直达那高高的天花板上。
>
> ——维吉尔

在这种骚动的心灵中,什么痴念、妄想都可以产生出来。

> 他们心造幻影,

如同病人做梦。

——贺拉斯[1]

心灵缺乏预定目标,就会迷失方向。常言道,无所不在,就等于无所在。

四处为家者,也就是无处为家。

——马尔提阿利斯[2]

最近我退隐在家[3],决意尽可能不理旁事,悠闲独处,以度余生。我以为,让心灵安闲自得,自我倾诉,憩息退避,随其所喜,这是对它最大的照顾了。我指望,从此心灵的活动更为自如,随着时间推移,益发稳健,也愈加成熟。然而,我却感到——

闲散令心灵不专,飘忽无定。

——卢卡努斯

它像脱缰的野马,为自己思虑的事比为他人的多出一百倍;脑子里幻影丛生,怪象叠现,杂乱无章,无一定主意。为了从容审视这些怪诞不经的念头,我开始将其记录下来,希望日后令自身感到羞愧。

1　贺拉斯(前65—前8),古罗马诗人。
2　马尔提阿利斯(约40—104),古罗马诗人,以铭辞著称于世,此引语即出自他的铭辞。
3　蒙田于1571年初隐居于他自己的古堡中。

第九章

谈撒谎者

没有人比我更不适宜谈记忆力的了。因为我脑海里几乎留不下印迹,我不认为世界上还有其他人的记性如此奇差。

……

有人说,自觉记性不好的人,别公然撒谎,这话说得有道理。我知道,文法学者把"说假"和"撒谎"作了区分。他们指出,"说假"是讲一段假话,人家竟信以为真;而拉丁语"撒谎"一词的定义(法语即起源于拉丁语),则包含"违背良心"的意思;因此,这仅仅涉及那些言与心违的人。我现在谈的正是这种人。

他们这些人,要么就彻头彻尾凭空捏造,要么就掩饰或歪曲主要真相。他们进行掩饰或窜改时,倘若常常要他们复述,他们就难保不露出马脚;因为,真实的情况最先进入记忆之中,通过认知的途径打下了印记,于是它就很容易呈现在我们的脑海里,挤掉那种没有基础或根基不稳的虚构;而原先了解到的情形,也会时常潜进脑子里,不难把那些添枝加叶、胡编乱造的东西从记忆中消除。

至于他们整个捏造的东西,由于没有任何相反的印象去动摇他们的虚假,似乎他们不大担心露馅儿。然而,就是这种无中生有的东西,由于是子虚乌有之物,无根无据,如果并非确有把握,也很容易记不起来。在这方面,我常常有所体会;有趣的是,那些说话只看是否对自己所处理的事情有利,是否讨大人物喜欢的人倒并不得益。因为,他们要把自己的信义和良知加以屈就的那些情况也发生种种变化,他们的措辞就得随之而变;于是,同一事物,他们一会儿说灰,一会儿说黄,对这个人这么说,对另一个人又那样说。如果他们偶尔把那些习得的彼此矛盾的话合在一起来说说,这种巧妙的伎俩又成了什么东西!且不说,稍一不慎,就常常露出破绽;因为,他们要记住为同一事情所编造出来的如此多种形式的谎话,该有多好的记性才行!我见到现时有好几个人正追求这种漂亮技巧的声誉,他们却不了解,名声可求,而效果却不可得。

事实上,撒谎是可恶的陋习。我们是人,全靠语言来维持彼此间的关系。如果我们了解撒谎的丑恶和严重危害,我们就会像对待其他罪过那样,对此更为严加追究。我发现,人们常常为孩子们的无知小过而极不恰当地大费功夫去惩罚他们,为他们的一些不留痕迹、不致造成后果的轻率举动而对其大加折磨。在我看来,唯有撒谎和稍次的固执己见,才是我们亟待防止其萌生和滋长的陋习。这种陋习随孩子们的成长而发展。令人吃惊的是,一旦说出了谎言,要收回去就不可能了。于是,我们看到一些在其他方面可说是诚实的人,却陷于这种陋习之中而无法自拔。我有一名很不错的裁缝伙计,我就从未听他说过一句真话,即便说真话对他有利的时候也是如此。

假如谎言和真话一样,只有一副面孔,那我们的情况会好得多,因为我们对撒谎者的话反其意去理解就行了。可谎言却呈现千百种面貌,其范围无边无际。

……

第十章
关于谈吐的快慢

人并不具备全部的天赋。

——拉博埃西[1]

因此,就口才的天赋而言,我们看到,有些人说话灵便、快捷,正如大家所说的出口成章,就像随时都做好准备一样;另一些人则较为迟钝,不经斟酌、考虑,就什么也说不出来。

……

看来,行动迅速、敏捷,更多的是性情所致;而处事缓慢、稳重,更多的是判断力使然。有的人,如果没工夫做准备,就会木讷无言;有的人,花工夫准备了,却不见得讲得好一些;二者同样叫人不可思议。

据说,卡斯尤斯[2]事前不假思索讲得更加精彩,他与其说是靠用功,倒不如说是靠临场发挥。他谈话时被打断反而对他有利,故对手不敢刺激他,怕他被激怒后益发能言善辩。我凭经验知道,这种天性忍受不了事前周密、紧张的思考。如果不让其欢欢快快地自由发挥,就做不出

---
1 拉博埃西(1530—1563),法国作家,蒙田在波尔多议会的同事、友人。——译注
2 卡斯尤斯(前?—前33),古罗马雄辩家、历史学家,同时也是讽刺作家,曾被奥古斯都皇帝流放。

什么有价值的事情。我们谈起某些作品,说它带有臭油灯的气味,就因为过度雕琢使作品显得呆板而生涩。而除此之外,力求完善的焦虑,对所从事的事情过于在意和紧张的精神专注,都会使天性拘束、受阻、崩溃,就像汹涌、充沛的激流,被挤到狭窄的出口处,不能通过。

我所谈及的这种天性,它还有这样的特点:不求强烈情绪的推动和刺激,例如无须像卡斯尤斯那样被激怒(这种震动太强烈了)。它不愿受强烈的摇撼,而只需适当的激励。它愿意受即时的、偶然的外部情况所激发和唤醒。如果它单独自处,就会拖拖沓沓,萎靡不振。振奋是它的生命和魅力。

我本人无法很好地控制和掌握自己。偶然因素对我有更大的支配力。情境、伙伴乃至自身嗓音的颤动都能激发我的心灵,比起我独自探测和运用它的时候所获得的东西还多。

因此,如果可以对没有什么价值的事物进行挑选的话,那么言语要比文章更有分量。

有时我也遇到这样的情况:在探索自己的地方却找不到自我,我认识自己,更多的是因偶然的机遇,而不是出于刻意寻求。写作时,我可能写出一些难于捉摸的东西(我想说的是:别人看来我欠琢磨,而在我看来已经够雕琢的了。抛开一切客套话吧。这些事情说起来,各人有各人的分量)。这种微妙之处,我已经遗忘,连自己也不知道当时想说什么。有时局外人比我更先发现其意义。如果发生这种情况的场合我都带备刮刀,那么我整卷书就可能会给删掉。有时,偶然的感触会令我心里透亮,其光芒胜似正午的阳光,使我对自己的犹疑感到惊讶。

第十一章
谈 预 言

谈到神谕，确实，早在耶稣基督降临之前，就已开始失去信用了；因为我们看到西塞罗苦苦求索神谕衰落的原因；他是这样说的："为何在德尔菲[1]不再传达神谕，不仅现在，而且很久以来就如此，竟致神谕比什么都更受人轻视？"
……

> 奥林匹斯山之主啊，你为什么
> 还要给世人的不幸增添忧伤？
> 竟以凶兆让他们知道未来的不祥！
> 就让你所筹划的突如其来吧，
> 让人们窥见不到命运的走向，
> 让他们在恐惧中仍怀着希望！
> ——卢卡努斯

"知道未来，并无用处。徒然无益地折磨自己，实在可悲。"（西塞

---
1 德尔菲，希腊地名，阿波罗神庙的所在地。

罗)其时,占卜的权威性就大大降低了。

……

我见到有些人研究和注释历书,他们以发生的事情来证明历法的权威性。他们什么都说一通,不可避免地有真话,也有谎言。"**成天射箭的人,怎么不会命中一次呢?**"(西塞罗)我丝毫不会因为他们偶然说中了便对他们倍加敬重;如果总说谎言是其例规和真相,那也许更为确凿无疑。

再说,没有谁记下他们的误报,因为误报平常不过,而且不可胜数。倒是人们夸耀他们的预见,皆因稀罕,难于置信,十分神奇。

……

第十二章
谈 坚 忍

决心和坚忍的法则,并不主张我们能力所及也不要保护自己以免除威胁我们的灾祸和麻烦,也并非禁止戒备不测会突然降临我们身上。相反,一切防止侵害的诚实手段都不仅被允许,而且值得赞扬。坚定的表现,主要在于,在无可挽救的情况下,耐心承受不可免的灾难。因此,无论是利用身体的灵便,或是挥动手中的武器,如果能确保我们不受袭击,那都不应视为是坏事。

好些尚武的民族,在战事中曾把逃跑作为占上风的主要手段,其实背朝敌人比面向敌人更为危险。

……

如果身在某处,出乎意料,一阵火枪声突然在我耳边响起,我就禁不住颤抖;我见过其他比我勇敢的人也发生过这种情况。

斯多葛派人士也不认为哲人的心灵能够抵御刚出现的、突如其来的幻影怪象;他们容许哲人听到晴天霹雳或坍塌巨响时失态,例如直至脸色发白,呼吸短促,认为这是本能使然。其他激烈情绪亦如此,只要哲人的理智健全无损,他的判断功能未受任何的触动和破坏,而且他完全不受惊恐和痛苦所控制。对于非哲人而言,前一种反应是一样的,第二种反应就完全不同了;因为在他身上,激烈情绪的影响并不停留在表面,而是直达其内心,损害和腐蚀其理智。他按情绪进行判断,让自己与之适应。请看看对斯多葛哲人的心态所作的明确而充分的表述:

>他的心志坚定不变,泪水徒然涌流。
>
>——维吉尔

逍遥学派[1]的哲人并不排除内心不安,但他会加以抑制。

---

1 逍遥学派,即亚里士多德学派。

第十三章
君主的待客之礼

在这部大杂烩的随笔里,任何空泛的议题都值得列入其中。

按一般规矩,一位平辈,尤其是一位大人物,通知你即将到访,而你却不在家等候,这是极其不礼貌的。在这方面,纳瓦尔王后玛格丽特补充说道:一名贵族,不论来访者如何尊贵,像现在通常的做法那样,离家出门去迎候他,那是失礼的行为;较为恭敬有礼的做法是,守候在家里接待客人,除非怕客人不认路;客人离开时去送一送就行了。

可我却常常忘记这两种无谓的规矩,我在家里免除一切虚礼。有人感到受伤害,我有什么办法呢?我宁可得罪他一次,也不要我天天受冒犯;那会是无休止的受罪。如果把束缚的规矩带进自己窝里,那又何必逃避宫廷生活的约束呢?

地位较低的人先到场,这也是一切聚会的通常规矩,因为身份显赫的人有权力让人等候一下。不过,克莱芒七世教皇和弗朗索瓦一世国王在马赛安排会晤时,国王下令做好一切接待准备之后便离开马赛,让教皇有两三天充裕时间进城安顿,然后才去会他。同样,当教皇与查理五世皇帝到布洛涅会谈时,皇帝也设法让教皇先到,然后自己才来。

他们说,这是君主们会晤的通常礼仪,即尊贵者比其他人先到指定地点,甚至比会晤处的主人先到。这种礼数意在表明,地位低的人去找高贵的人,要去拜会他,而不是相反。

不仅每个国度,而且每个城市,甚至每个行业都有自己的特殊礼节。我童年时受过周到的礼仪教育,我还生活在有教养的人们当中,不会不熟悉我们法国礼仪的规矩。我甚至可以教人家呢。我乐意遵守这些规矩,但不能总是小心翼翼,让自己的生活处处受拘束。礼节中有些令人难受的形式,只要大家有区别地撇开它,而不是出于差错而忘掉它,那也不失优雅的风度。我常常看到有些人过分拘礼反而失礼,过分客套,令人讨厌。

总之,交际应酬之道是非常有用的学问。它犹如风度与美貌,有助于与人交往,接近他人,从而打开学习别人榜样的大门;如果自己有什么可供人学习、跟人交流的话,也可以显示和利用我们自身的榜样。

第十四章
好坏的判断大多取决于我们的看法

古希腊的一句格言说,人受自己对事物的看法,而不是受事物本身所困扰。
……

藐视死亡

我们把死亡、贫困和痛苦视作是我们的主要敌人。

一些人称死亡为恐怖中之最恐怖者,而殊不知另一些人却称之为人生苦难的唯一避风港、自然之至善者、人生解脱的唯一倚靠,也是治疗百病的通用而速效的良方。可不是这样吗?有些人,面临死亡,惊恐万状;另一些人承受死比忍受生更轻松。

有人抱怨死神太随和:

> 死神哪! 但愿你拒绝懦夫,
> 而只接纳勇士的献身!

——卢卡努斯

不过,且不谈这些光彩的勇敢者吧。狄奥多罗斯[1]面对那威胁他、要把他杀死的利斯马科斯[2],回答道:"你只需有斑蝥[3]之力,就能完成此暴举!"大多数哲人,或是为自己的死亡着意预作安排,或是加速和促成死亡的到来。

我们见过多少赴死的普通民众(面临的不是自然的死亡,而是带有羞辱、有时是充满痛苦折磨的死亡),他们一些人是由于坚忍,一些人是出于自然的单纯心态,都显得十分从容镇定,看不出与平常的举止有什么异样。他们照样处理家事,求助朋友,唱歌,讲道,向民众说话,有时还开上几句玩笑,而且还为朋友的健康干杯,表现与苏格拉底无异。

某人被拉往绞刑架,还提出不要打从某条街经过,说是由于旧债未还,有一名商人可能揪住他不放。另一个人竟向刽子手说,不要碰他的喉部,以免他笑得不可开交,因为他怕痒痒怕得厉害。再有一个人,对来听忏悔的神甫说道(那神甫对他许诺说,他死的当天将与天主共进晚餐):"你自己去好了,我嘛,我要守斋。"还有一个人向刽子手要水喝,那刽子手先喝了再给他,他拒绝跟在后面喝,说怕染上梅毒。

大家都听说那庇卡底人的故事:他已被置于绞刑台上,人们将一名妓女带来给他,跟他说道,如果他肯娶她,可以饶他一命(我们的法律有时允许这样做)。他对这女子端详了半晌,发现她拐脚走路,便说道:"捆吧,把我捆牢吧,她是个瘸腿女人!"

据说,在丹麦也发生过此类事件:有个人,被判斩首,已上断头台,人家向他提出同样的条件,他也拒绝了,因为送给他的女子,脸颊下垂,

---

[1] 狄奥多罗斯(约前四世纪),古希腊昔兰尼派哲学家,主张寻求快乐为人生目标。
[2] 利斯马科斯(前361—前281),马其顿将军,亚历山大大帝的将领之一,亚历山大死后,成为色雷斯国王。
[3] 斑蝥为鞘翅目昆虫,有毒性,用它制成的粉末,可引起发疱,导致剧痛。

鼻子太尖。

……

挑战痛苦

只有疼痛而无其他危险的痛苦,我们都说不要紧;牙痛,痛风,不管多么难受,由于并非致命,谁会视作是大病？现在我们来假设,我们面临死亡,主要是着眼于其中的痛苦。同样,贫穷之所以可怕,无非是因为它把我们投进痛苦的怀抱,要我们忍受饥渴、寒冷、酷热、熬夜。

那么,就让我们仅仅面对痛苦吧。我同意,而且乐意这样认为：痛苦是我们生存最大的祸害,因为我这人是世界上最憎恶痛苦、最想避开痛苦的;虽然,到现在为止,感谢上帝！我还没有认真与之打过交道。不过,此事在于我们自己,通过我们的坚忍,纵使消除不了痛苦,起码也会减轻它；即便身体受冲击,至少保持心灵与理智的坚定不移。

如果不是这样,我们当中还有谁会推崇德行、勇敢、力量、大度和果断呢？如果没有痛苦要挑战,这些品质又在哪里显示出来呢？

勇武渴望危险。
——塞内加

如果无须露宿野地,全身盔甲忍受正午的烈日,吃驴马肉果腹,眼见自己遍体鳞伤,从骨缝中拔出子弹,忍受缝合、烧灼和针探之苦,又从哪里去获得我们想要的超越常人的长处呢？

不要躲避祸患和痛苦,正如哲人们所说的,在某些同样有益的事情中,那越艰苦的就越值得去做。

"寻欢作乐、嬉笑、嗜赌,是轻浮的伴侣,事实上沉溺于其中的人并不感到幸福,而在愁苦中,由于坚定和刚毅,倒常常找到幸福。"(塞内加)

……

善待财富

童年以后,我在三种状态下生活过。第一个时期,历时差不多二十年,没有稳定的生计,依靠别人施与和资助,无存款单,无固定预算。我的花费全赖来钱的机缘而定,轻松快活,无忧无虑。那时的境况最好不过。朋友们的钱包总是向我敞开,因为我约束自己,把按期还债作为重于其他一切的义务;朋友们眼见我为还债所做的努力,竟至一而再再而三地延长偿付期限。于是我也以俭朴、忠诚、不欺不瞒的态度回报他们。我自然而然地感到还债的乐趣,仿佛从肩上卸下了重负,也仿如摆脱了控制人的魔影;正像我从事正义之举、做出令他人高兴的事情也感到某种快慰一样。

……

第二个时期,是我有了钱。由于对钱财的重视,我很快就获得可观的积蓄(就我的境况来说);我认为,日常开支之后的盈余才算是拥有,而期望中的收入,即便再明确不过,也不能作为依靠。因为我想,怎么?如果我遇上这样或那样的意外呢?有了这种无聊而又有害的想法之后,我就不断费心思,凭借多余的积蓄,防备一切不测。有人向我指出,意外事故多得防不胜防,我还会这样回答:即使这不能全防,也可防几个,可以防好些。

这样做不是没有忧虑、操心的。我得保守秘密。我嘛,平时敢于大谈自己，谈到本人的钱财便口出谎言；就像其他一些人，富的装穷，穷的充富，不凭良心坦诚地道出自己的拥有。如此谨慎，可笑又可耻。

我要出门旅行吧？总觉得自己带备不够。而我带钱越多，忧虑也越重，一会儿担心旅途不安全，一会儿担心运送行李的人不可靠；我像自己认识的其他人一样，行李不在眼前就不放心。我把钱箱留在家里吧？多少疑虑和烦人的想法随之产生，而更糟糕的是，不可对人言！我的思绪始终记挂着这边。总而言之，守财比挣钱更辛苦。

……

我好几年的情况都是这样。不知哪个精灵，像那位锡拉库萨人一样，令我摆脱了这种状况，让我花掉这笔积蓄而尝到豪华旅游的乐趣，抛弃那种愚蠢的念头。于是我进入了第三个时期的生活状态（我照说自己的感觉），当然更加快乐也更有规律；也就是说，我量入为出，有时稍微超支，有时略有盈余，但二者相差不远。我有一天就活一天，以可够应付目前和日常的需要为满足；至于异常的特殊需要，就是世界上的一切储备也不可能满足的。

指望命运之神给我们充分的装备与之对抗，那是痴心妄想。唯有凭我们自己的武器对其抗争。而偶然到手的武器又会在关键时刻不听我们使唤。我之所以积蓄，那只是为了近期使用，而不是要购置田地——这对我没有什么用处——，为的是买得欢乐。"**不贪婪就是富有，不滥花就是收入。**"（西塞罗）

我不担心财产缺失，也不希望自己的财产增加。"**财富的果实在于富裕，而富裕的标志是满足。**"（西塞罗）

我特别感到庆幸，自己到了自然倾向于悭吝的年龄时得到了改正，摆脱了老年人的通病、人类一切痴狂中最可笑的弊病。

……

在乎自身

原来富足和贫困取决于个人的看法;财富乃至荣誉与健康只是拥有者觉得美好和快乐,才是美好和给人快乐的。是好是坏凭各人自己的感觉。不是人家认为他幸福他就幸福,而要他自己认为才是。只有相信这一点才真实可靠。

命运对我们既不好也不坏,它只给我们提供材料和种子;我们的心灵比命运强大,可以随意改变和利用它;心灵是幸运处境或不幸处境的唯一原因和主宰。

外部附加物从内部结构获得气味和色彩,正如衣服给我们暖身,其热量不是来自衣服,而是来自我们自己,衣服适宜于保暖和储热而已;如果拿它去盖冰冷的物体,它同样会起保冷的作用。冰雪就是这样储存的。

同理,学习对于懒汉,戒酒对于酒鬼,肯定是个折磨;而节俭对于挥霍的人是苦事,锻炼对于体质虚弱和游手好闲的人则是刑罚;其余亦如此。事情本身并不那么痛苦,也没有那么困难,而是我们的软弱和怯懦造成这样的。要判断事物的伟大和高尚,就得有伟大和高尚的心灵;不然我们会把自己的卑劣加之于事物。一支笔直的船桨在水里似乎是弯曲的。重要的不仅仅是见到事物,而是以什么方式看待它。

……

第十五章
无理固守阵地者受惩罚

勇敢如同其他品德一样,是有其限度的;超越限度,就进入罪过的领地;如果认不清界限,就会从勇敢变成鲁莽、固执、疯狂;认清其中的分界线确实不容易。

有鉴于此,就产生一条我们现有的战时惯例:从军事准则来说不可防守的被围阵地,那些对此执意坚守的人,要受惩罚甚至被处死。如不受惩戒,为了守住个小屋子,就都来抵御大军了。

……

但判断守地的价值与弱点是凭估计和比较进攻者的军力而得出的(因为顽强抵抗两门轻便古炮,那是正确的,而对抗三十门大炮,那简直是发疯);此外还得考虑出征君主的威望、声誉、人们对他尊敬的程度;这就有了天平往这一边倾斜的危险。

由于同样的因素,出兵者自视甚高,对本身的兵力有着充分的把握,认为竟有人与之对抗真是岂有此理。凡遇抵抗之处,他们就挥刀杀戮,只要他们的武运不衰便为所欲为。

这种做法从东方君主的恫吓通牒中可以见到,他们在位的继承人仍在使用,内中透出高傲、骄横的气势并充满野蛮的威吓。

另一个例子:葡萄牙人入侵印度,在其经过的地区,他们发现一些邦奉行这一项普遍实施、不容违背的法律:凡是被国王亲自征服或被其将领打败的敌人都不得赎身和赦免。

因此,如果有可能的话,首先要避免落入获胜的、武装的敌方审判官手中。

第十六章
谈惩罚懦夫行为

我曾经听到一位君主（也是杰出将领）表达这种主张：士兵不能因怯懦而被处死。他在用餐时，有人向他报告韦尔万领主一案，该领主因把布洛涅献给英国国君而被判处死刑。

因软弱而犯的错误与因恶意而造成的错误，此二者作明确区分的确是有道理的。因为后者是我们故意违背天然赋予我们的理性规则，而前者似乎我们可以归咎于天性，是它造成我们这么差劲和软弱；而致许多人认为，只有我们违背良知做事才能加以谴责。据此规则，部分人提出这样的主张：对异教徒和不信教者处以极刑，而律师和法官，因无知而渎职则不用问罪。

不过，说到怯懦行为，最通常的惩罚方式是加以羞辱。有人认为，这一规定首先是法学家夏隆达提出实行的；在此之前，按照希腊的法律，临阵脱逃的人要被处死；而夏隆达只罚那些人穿上妇女服装在广场中央示众三天，指望他们感到羞耻，重提勇气，能再供调用。"与其让男人流血，不如让他血涌脸庞。"[1]

从前罗马的法律好像对逃兵也判以死罪。因为据阿米亚努斯·马

1　德尔图良语，德尔图良（约155—222），迦太基基督教神学家，著有《护教篇》。

塞利努斯[1]的记叙,在攻打帕提亚时,有十名士兵转身逃跑,尤利安皇帝将他们开除,然后,据他说,按古法将他们处死。不过,在另一处,对待同样的错误,他处分他们也只是让其带着辎重与战犯们在一起。罗马人对从坎尼逃跑的士兵,还有对在同一场战争中随执政官菲尔维乌斯败退的士兵给予的惩罚都十分严厉,但还不至于将他们处死。

不过,值得担心的是,羞辱令他们彻底灰心,不仅导致他们冷漠无情,还会使他们成为敌人。

……

然而,如果无知或怯懦行为过于恶劣、明显,超出通常的状况,那就有理由作为充分的证据,视之为恶意和狡狯的表现并按此来惩处。

---

[1] 阿米亚努斯·马塞利努斯(约330—400),古罗马史学家。

第十七章
几位使节的一个特点

愿水手只谈风向

我旅行的时候保持这样的习惯：总是让那些我与之交谈的人谈论自己最熟悉的事情，为的是，通过与别人接触，学到一些东西（这可能是最好的学校之一）。

> 就让
> 水手谈风向，
> 农人谈耕牛，
> 武士谈负伤，
> 牧人谈群羊。[1]

因为，通常的情况正好相反，人人都宁愿谈不属自己职务的事，认为这样可以博得新的声誉。试看阿斯达莫斯对佩里安德[2]的责备，说他

---

1 普罗佩提乌斯译自意大利语；普罗佩提乌斯（前47—前15），古罗马诗人。
2 此二人的情况不详。

放弃良医的美誉,去博取蹩脚诗人的虚名。

你看,恺撒大帝提及他的建桥、造械的新创造时何其侃侃而谈,而说到自己的职责之事,谈到自己的勇武和用兵之法,相比起来,却只有寥寥数语。

他的功绩已证明他是一名杰出的将领,他还想显示他也是一位出色的工程师,后一种才能与前者并没有多大关系。

一名法律界人士,前几天被领去看一个事务所,那里摆满了法律书籍和其他书籍,他却找不到交谈的话题。可是他却偏偏停下来,对装设在事务所螺旋楼梯上的栏杆,煞有介事地横加指摘;而许多官兵天天都见到栏杆,却并未提出意见,也没有感到不快。

老狄奥尼修[1]是一位伟大的军事首领,这正与他的地位相符;但他却一个劲地想人家赏识他的诗才,而他对诗却一窍不通。

> 耕牛想马鞍,战马望犁田。
>
> ——贺拉斯

这样做,是绝对做不出什么好事来的。

因此,应当让建筑师、画家、鞋匠以及其他人都各干自己的分内事。关于这方面,我在读历史故事(各种人都写)的时候,一向习惯于看看作者是谁;如果作者是专业文人,那么我主要从中学习文风和语言;如果是医生,那么更乐意相信他说的关于影响身体的气候、关于王侯的健康和体质、关于伤痛和疾病;如果是法学家,那么就该从中了解法律上的争拗、各种法规、政治机构以及类似的事情;如果是神学家,就留意

---

1 老狄奥尼修,即狄奥尼修一世(前430—前367),叙拉古(西西里岛)的僭主。

教堂事务、教会的告诫、宽免和婚礼;如果是朝臣,就注意习俗和仪式;如果是军人,就了解其军职之事,尤其是他们亲自参与其事的有关战功的描述;如果是使节,就留心用计、密谋、谈判以及如何进行的步骤。
　　……

第十八章
谈 恐 惧

> 我木然发愣,头发直竖,张口无言。
>
> ——维吉尔

我不是一个好的博物学家(正如人家所说的);我不大了解通过什么机理恐惧在我们身上起作用。但无论如何,这是一种奇怪的激烈情绪。医生们说,没有任何另一种情绪比它更快令人判断失常。的确,我见过很多人因恐惧而致疯癫;连最冷静的人,惊恐持续的时候,也肯定张皇失措。

且不提那些俗人,他们因恐惧有时竟看见先人裹着尸布从坟墓里出来,有时又见到狼人、妖精、怪物。按理说,当兵的应该是胆子大的吧,可由于恐惧,多少次他们不是把羊群看作是装甲骑兵队?把芦苇和竿子看成执长矛的武士?把朋友当成敌人?把白十字架当成红十字架?[1]

当德·波旁爵爷攻打罗马时,守卫圣彼得镇的一名旗手,一听到警钟声便吓得失魂落魄,竟从废墟的墙洞中跃出,手举军旗,冲往城外,径

---

[1] 宗教战争时期,天主教徒以白十字架为标志,新教徒以红十字架为标志。

直奔向敌人，还以为自己往城里跑呢。德·波旁爵爷则以为城里人出来迎战，便摆开阵势来拦截他。这时他终于恍然大悟，便转过身来往回跑，从原洞钻回城里；其时，他从洞里出来，深入战场已有三百多步了。

朱伊尔将军的棋手却没有那么幸运。当布尔伯爵和德勒爵爷攻取我们的圣波尔镇时，他受惊过度，竟至携旗从城墙炮眼冲向城外，遭围城者碎尸万段。在同一次围城中，还值得一记的是：一名贵族吓得魂飞魄散，心脏突然停止跳动，直挺挺地倒在垛口处的地上死去，身上无一处伤痕。

有时候，恐惧波及整群人。在日耳曼尼库斯和德国人的交锋中，两支大军都极度惊恐，各自往相反的路径逃跑，一支逃向另一支出发的地方。

恐惧有时给我们的脚跟插上翅膀，即如前面两个例子；有时它又给我们的双脚钉上钉子，使之动弹不得，就如史书上记载的泰奥菲洛斯[1]皇帝。他在输给阿加雷纳人的战役中惊得丢魂失魄，木然伫立，竟想不到要逃跑。"吓得连逃生也害怕。"(坎图斯·库尔提乌斯)[2]直至他军中的一名主将马尼埃尔猛拽他、摇晃他，才使他仿佛从沉睡中清醒过来。那主将对他说："要是您不跟我走，我就杀了您；您丢了性命，总比您当了俘虏而致毁掉帝国的好。"

恐惧使我们失掉尽责和捍卫荣誉的勇气，然而它也会显示最后的威力，促使我们奋不顾身。在罗马人输给汉尼拔[3]的第一场激战中，桑普罗尼乌斯执政官麾下的一支万人的步兵队伍，张皇失措，不知往哪儿逃命，竟冲进敌军的主力部队中，奋力突围，杀死大量迦太基人：以同样

1　泰奥菲洛斯(？—842)，拜占庭皇帝(829—842在位)。
2　坎图斯·库尔提乌斯(公元一世纪)，古罗马历史学家，著有10卷本的《亚历山大史》。
3　汉尼拔(前247—前183或182)，迦太基统帅，在坎尼战役取胜时年仅31岁。

的代价原本会赢得光荣的胜利,却凭此补救可耻的逃窜。我最忌惮的,就是恐惧本身。

因此,恐惧的严酷超过其他一切考验。

有什么情绪会比庞培[1]的朋友们所感受的更强烈、更合情理?他们在庞培的船上目睹那场可怕的大屠杀。其时,埃及的战船开始向他们逼近,惊慌情绪叫人喘不过气来;据说他们只顾催促水手加快划桨逃生,一直逃到提尔[2]才从惊恐中恢复过来;他们这才回想起刚刚遭受的损失,不由悲痛不已,热泪横流。原先另一种更强烈的情绪(恐惧)把哀痛暂时压下去了。

> 当时恐惧夺去我内心的全部勇气。[3]

有些在战斗中被痛击的人,伤口尚在,血流未止,人们明天就可以领他们再上战场。但那些对敌人已心存恐惧的人,你就是仅仅让他们正面直视也做不到。他们生怕失去财产、担心遭流放、被关押,生活在无休止的忧虑之中,食不甘味,夜不成眠;而那些穷人、流放者和奴隶倒常常像其他人一样快快乐乐地过日子。由于忍受不了惊恐的刺激,多少人上吊、投河、跳崖;这就告诉我们:恐惧比死亡更折磨人,更令人难受。

希腊人还知道另一种恐惧,并非因判断失误而致;据他们说,没有明显的缘由,是受上天的意愿所推动。往往全体民众,整个军队都受恐惧支配。那给迦太基带来异常巨大灾难的正是这种情绪。居民都从屋

1　庞培(前106—前48),古罗马统帅、政治家。
2　提尔,古代腓尼基城邦,即今黎巴嫩的苏尔。
3　此语出自古罗马诗人恩尼乌斯,为西塞罗所引用。

里出来,仿佛听到警钟召唤,彼此攻击,互相蹂躏、残杀,就像敌人已经占领了他们的城市。全都陷入混乱、动荡之中,直至他们以祷告和献祭平息神明的盛怒为止。他们管这叫做莫明其由来的恐怖。

第十九章
要在死后才评价我们的幸福

人哪,要等到最后那一天;
没有谁能声称自己幸福,
在死亡和葬礼来临之前。

——奥维德

关于这一点,孩子们都知道克洛伊索斯王的故事。他被居鲁士俘虏,被判处死;临刑时他高声喊道:"啊,梭伦,梭伦![1]" 居鲁士接到报告,便询问他这是什么意思。克洛伊索斯便让人告知居鲁士,他的经历验证了先前梭伦对他提出的警告,那就是:无论命运女神向人展示多么美丽的颜容,他未到生命最后一天,都不能自称幸福;因为世事变化无常,一点儿风吹草动,便会从一种状态转至另一种状态,截然不同。

……

在我们父辈那个年代,米兰的第十任公爵吕多维克·斯福扎,曾经长期威震整个意大利,却被俘客死于法国的罗什,死前在狱中度过了十

---

[1] 梭伦(前638?—前559?),古雅典政治家、诗人。

年,那是他最悲惨的日子。那最美丽的王后、基督国家最伟大的君主的遗孀[1],不是刚死于刽子手的屠刀下吗?这样的例子成千上万。因为,这好比风雨雷电专冲击傲岸、孤高的建筑物,似乎天上也有神灵嫉妒下界的佼佼者。

> 一股隐秘力量颠覆人类的权威,
> 视执政者的权杖和斧子为玩具,
> 仿佛乐于将它们践踏、摧毁。
>
> ——卢克莱修

有时命运女神,似乎看准我们生命的末日,才来显示她瞬间毁掉多年营造的一切的威力;她令我们也随拉比利乌斯[2]呼喊:"我的确不该多活这一天!"

因此,梭伦这一忠告不无道理。不过,他是位哲学家;对于哲人来说,命运之神的眷顾与冷落并不关系到幸福与不幸,而声誉与权势不过是短暂的巧合,无足轻重。我认为,他很可能看得更远,他要说的是:我们人生的这种幸福取决于生来高尚的心灵的宁静和愉悦,取决于井然有序的内心的坚定和自信;尚未看到一个人演完人生戏剧最后一幕(也许是最难的一幕)之前,绝不要断定他是否幸福。

其余的时光,有可能是假象:那些漂亮的哲学推论不过表示我们的姿态;或是那些不幸事故,并未触动到我们的深处,让我们还能保持镇定的面容。但是当我们到了面临死亡的最后场景时,就没有什么可伪

---

1 指苏格兰女王玛丽·斯图亚特(1542—1568),与法国国王弗朗索瓦二世成亲,国王死后返回苏格兰亲政,后被废黜、处死。
2 拉比利乌斯(前106—前44),古罗马滑稽剧作家。

装的了;必须实话实说,把坛底里所盛的好好地彻底抖搂出来。

> 唯有此时真话才从心底涌出;
> 面具卸下了,露出了真容。
>
> ——卢克莱修

我们一生中的其他行为都要用最后时刻这块试金石来考察、检验,其原因就在于此。这是最关键的日子,这一天判定所有其他日子。一位古人说:"这个日子应该用来判断我全部逝去的年华。"我把自己的研究心得交给死神去检验。那时我们会看到,我的言辞是出自嘴皮子还是发自内心。

我见到好些人一生的毁誉由其死亡来决定。庞培的岳丈西比阿,生时一直受到恶评,他以出色的谢世挽回自己的声誉。有人问伊巴密浓达:卡布里亚斯、伊菲克拉特,还有他本人,三个人中,哪一位他评价最高。他答道:"那得等到我们死后才能下定论。"的确,如果忽略这个人辞世的荣耀与崇高而去判断他,就会使其逊色不少。上帝的意愿就是这样。而与我同时代的有三个最可恶的人,他们的人生龌龊,糟糕透顶;可他们却死得规规矩矩、安排妥帖、近乎完美。

有些死亡美满而且幸运。我认识某人,正当年富力强、青云直上之际,命运之线却戛然而断;死得那么轰动,在我看来,他的宏图大略倒因其夭折而显得更有高度。他并未迈步就达到他所设想的目标,比他向往和憧憬的更伟大、更荣耀。他的陨落让他提前获得他一直追求的威望和声誉。

在判断他人的一生时,我总是要看结局如何。而对自己此生,我主要关注的是:活到善终,也就是说,死得安详、宁静。

第二十章

探究哲理就是学习死亡

西塞罗说,探究哲理,不为别的,而只是为死亡做准备。
……

我们旅程的终点,就是死亡,这是我们无可回避的目标。如果我们害怕死亡,每往前走一步又怎能不感到焦灼不安?庸人的对策是不去想它。可是如此拙劣的无知,又是出自什么样不开窍的头脑呢?他该是把笼头套在驴尾巴上倒着走吧。

> 他一心想倒着前行。
>
> ——卢克莱修

庸人常常误入陷阱,不足为奇。只要一提到死,人们便惊惶不安;大多数人如同听到魔鬼的名字一样,竟画起十字来。由于遗嘱要提及死亡,因此医生尚未下最后判决之前,你别指望他们会着手此事;而当他们陷于痛苦和极度惊恐的时候,又天晓得他们凭怎样恰当的判断,给你弄出个遗嘱来。

因为"死"这个词太刺耳,"死"这个声音显得太不吉利,罗马人便学会了以委婉或转弯抹角的方式来表达。他们不说"他死了",而说"他的生命终止了""他曾经活过"。只要是"生",哪怕是过去了的,就能借此聊以自慰。我们的"某某先人"的说法,就是从这里学过来的。

也许正如俗话所说的,延迟大限值千金。按现行历法计算,一年从1月份开始[1],那我就是1533年2月最后一天11至12时之间出生的。我39岁刚过15天,起码我还得再活这么长时间,现在就为如此遥远的事情操心,岂不荒唐!可这怎么会是荒唐的呢?年轻的,年老的都一样离开人间。没有人离世时不像他刚刚降生时那样。再说,不管如何老弱,面对玛土撒拉[2],没有谁不以为自己还能多活20年的。而且,你这可怜的傻瓜,谁给你定出过生命的期限了?你根据的是医生的说法?不如看看事实和经历吧。按照事物的常规,你活到现在,早已是特受恩宠的了。你已经超过常人的寿数。如果你对此有所怀疑的话,就请数一数你所认识的人当中,有多少尚未到你的年龄就死去,比活到你这个岁数的人多多少。连那些一生声名卓著的人,你也来列个名单看看,我敢打赌,35岁前死去的要比35岁后去世的多。我们都应当恭恭敬敬地效法耶稣基督的仁爱之心,可耶稣基督辞世时不过35岁。亚历山大是凡人中的最伟大的人物,他去世时也是这个岁数。

死亡突袭我们的方式何止一端?

> 死亡危险时刻存在,
>
> 无人能够充分预防。
>
> ——贺拉斯

……

---

1 从前天主教国家以复活节为一年的第一天。
2 玛土撒拉,《圣经》人物,亚当的后代,生育子女众多,据说活到969岁。

53

你会说,只要我们不难受,死亡怎么来,那又有什么要紧呢?我同意这种看法。不管用什么方法,只要能够避过重大打击,哪怕是要躲进牛犊皮里,我也不会退缩。我能够舒舒坦坦过日子就行了。我可能采取的最佳的度日方式我都采用,也许在你看来,很不光彩,更不足效法。

> 我宁愿被人看作是疯子或白痴,
> 只要我的缺陷令我舒心、惬意,
> 也不愿成为智者而又苦痛难持。
>
> ——贺拉斯

不过,以为可借此方法来达到目的,那是荒唐的。

人们来来往往,忙忙碌碌,跳跳唱唱;死亡的迹象全无。一切都十分美好。可是,死亡突然降临,或落到他们自己头上,或落到他们的妻子、儿女、亲友的头上,出其不意,攻其不备,这时他们又是怎样地悲恸、哀号、狂怒、痛不欲生啊!你可曾见过如此沮丧、如此失态、如此丢魂落魄的样子?应该为此尽早做好准备。那种牲畜般的浑噩态度,纵然在一个有理性的人的脑子里扎下根来(我认为完全不可能),要我们付出的代价也未免太大了。如果死亡是个可以规避的敌人,那我就会劝人使用怯懦这个武器。无奈死亡是无可回避的,不论你是逃兵、懦夫抑或是勇士,它一样逮住你。

> 死亡紧追奔逃的懦夫,
> 也不宽免畏怯的青年,
> 不放过其后背和腿弯。
>
> ——贺拉斯

任何坚硬的盔甲都不能保护你。

他小心地藏在甲胄之内也全无用处，
死神会令他伸出那严加保护的头颅。

——普洛佩提乌斯

我们就学习以坚定的态度迎候死神并且与之作斗争吧。为了一开始就使之失去凌驾于我们的优势，让我们采取与常人迥然不同的方式。咱们摘除它的怪异面具，常常跟它打交道，让自己习惯与它为伴。咱们来经常想象死亡的各种情形：坐骑失蹄摔下，屋瓦掉下砸着，别针扎了受伤。于是我们转而思量："那么，死亡会在什么时候来到？"就这样，我们坚强起来，自己给自己鼓劲。在节庆欢乐中，让我们记住自身的状况，不要过分纵乐而忘乎所以。我们要回想一下，我们兴高采烈的时候有时竟以不同方式成为死神的目标，而死神则以多种办法来压抑我们的欢乐。埃及人就是这样做的：他们在筵席进行中，在美味佳肴中间，抬出一副死人的骨骼，以此来警醒宾客。

设想每一天都是你临终的一天，
你就会感谢那意外获得的时间。

——贺拉斯

死神在什么地方等候我们，没有定准，那么我们就随处迎候它吧。对死亡的及早思考也就是对自由的预先思考。谁学懂了死亡谁就不再受奴役。认识死亡就令我们摆脱一切束缚和限制。丧生并不是坏事，

55

谁领悟了这点在生活中就没有任何痛苦可言。

……

佝偻的身躯无力背起重担;心灵也是这样。必须让心灵舒畅、昂扬才能对抗这个死敌的压力。因为内心害怕,就无法得到安宁。如果它坚定应对,它就能自豪地说(这是常人所不能及的事):忧虑、苦恼、恐惧乃至轻微的闷气都不可能搁在心里。

> 坚定的心灵无法撼动;
> 无论暴君的怒目相向,
> 亚得里亚的海神施威,
> 或是天神的霹雳巨掌。

——贺拉斯

……

第二十一章
谈想象的力量

"强烈的想象成真。"学者们这样说。我属于极易感受想象的巨大威力的人。每个人都受其冲击,但有些人却被其击倒。想象给我的印象是穿透内心。我的对策是避其锋芒,而不是与之对抗。我只会和健康、快乐的人生活在一起。看到别人焦虑,我会实实在在感到焦虑。我对第三者的景况往往感同身受。

有人咳嗽不止,就令我肺部不适,喉咙发痒。探视按职责应予关心的病人,比起探望那些关注不多、不大敬重的病人,我更不乐意。我专注于那种病,自己也就染上,而且长患在身。那些对疾病听之任之并助长病情的人,想象力导致他们发烧乃至死亡,我对此并不觉得奇怪。

……

有些人没等刽子手动手就先吓死了。有这么一个人,人家给他解开蒙眼布,要给他宣读赦令,他却因受想象的冲击,已僵死在断头台上了。

在想象力的激发下,我们出汗、颤抖,脸色刷白、潮红;我们倒卧在羽毛床上,感觉到身体在颤动,有时竟至激动到连气也喘不过来。旺盛的青春令人欲火中烧,就是在沉睡时,年轻人也会在梦中满足性爱的愿望。

> 仿佛完成了交欢，
> 涌出浓浓的白露，
> 弄脏自己的衣衫。
>
> ——卢克莱修

……

奇迹、幻象、魔法以及种种异常的事物之所以令人相信，很可能由于强烈的想象而致，主要是对普通人较为软弱的心灵起作用。人家令他们信以为真，致使他们没看见的东西也以为看见。

我也认为，那种成为众人谈资、令人尴尬的可笑的新婚之夜的性无能，不过是由于担忧和恐惧而引起。因为，我从经历中知道，有这么一个人（我担保他可以像担保自己一样），丝毫没有患阳痿或中魔法的嫌疑，由于听同伴说起，在最不应当的时候，竟然遭遇意外的萎缩，待他面临同样的境地时，那可怕的故事情景突然浮现，猛烈地冲击他的想象，以致他也面临同样的遭遇。自此，他的这桩倒霉事故的难堪回忆，缠绕着他，折磨着他，他反复重陷无能之境。

他找到治疗的方法：用放开的想法取代纠缠的念头，也就是本人主动承认并事宣布有此缺陷，他的精神负担获得疏解；由于出现这种毛病是意料中的事，他的紧张舒缓，压力减轻。思想解放，精神放松，他的身体恢复如常的状态；这时他按自己的意愿首先进行尝试，接着他突然让对方知道，他行了：在这方面，他已完全康复。

跟她有一次能行，便再也不会无能，除非是真的有病。

……

有一名女子，以为吃面包时，连带吞下了一枚别针，大喊大嚷，焦躁不安,感到喉咙卡住,痛苦难忍。但由于从表面看来,既不肿胀,亦无异样,一位机灵的男士便断定,这是想象起的作用,是面包通过喉咙时触碰了一下。于是,他催迫她呕吐,并偷偷地把一枚弄弯的别针放进她的呕吐物中。那妇人以为别针吐出来了,顿时感觉痛楚全消。

……

第二十二章
此得益,则彼受损

雅典人狄马德斯[1],宣告一名以出售殡仪用品为业的市民有罪,说他牟利太甚,要不是死亡人数众多,他是无法获得如此丰厚的利润的。这一判断看来并不正确,因为没有不损及他人而能获利的,而如果照此见识,那就任何盈利都该受谴责的了。

商人生意兴旺靠年轻人挥霍;农民靠小麦价格高昂;司法人员靠诉讼和民事纠纷;建筑师靠房屋倒塌;神职人员的尊严和职责有赖于我们的死亡和罪过。有一名古希腊喜剧家这么说:没有任何医生为别人乃至为自己的朋友的健康而高兴,也没有任何军人为本土的太平而欢欣,如此等等。更有甚者,如果每个人都来探测一下自己的内心,就会发现,我们所萌发和孕育的愿望,大多是不利于他人的。

有鉴于此,我脑子里便产生这样的想法:在这方面,大自然不会违背自身的总规则;自然科学家断定,每一事物的产生、增长和发展,即意味着另一事物的变质和衰败:

> 某一事物的演化和质变,

---

[1] 狄马德斯(前384—前320),雅典演说家、政治家,以词锋犀利而著称,未见留下著作。

原先事物即随之而消亡。

——卢克莱修

第二十三章
谈习惯和不易改变的现成规矩

……

柏拉图责备一个玩掷色子的孩子。孩子应声说:"你为这点小事骂我!"柏拉图反驳道:"习惯可不是小事。"

我觉得,我们的主要恶习自小养成,我们的性格倾向主要由乳娘一手造就。母亲看着孩子拧鸡脖子,伤害猫狗取乐,竟以此作为消遣。有那么一位蠢得可以的父亲,看见自己的儿子无理地殴打不作自卫的农民或仆人,竟以为这是尚武精神的良好预兆;看见儿子以恶意的奸诈手段愚弄同伴,却以为是精明的表现。然而,这已种下了残酷、专横、反叛的真正祸根,它在那里发芽,随后便在习惯的巨手支配下蓬勃滋长。

因年纪尚幼或事情不大便原谅这种不良倾向,这是十分危险的教育方法。首先,这是天性的声音,这声音正因其尖细而愈发清纯和响亮。其次,欺骗的丑恶性不在于那是金币或是别针之间的差别,而在于欺骗本身。我认为,正确的结论应该是:"既然他就别针进行欺骗,为什么在金币方面就不会呢?"而家长们却认为:"只是就别针行骗罢了,在金币方面他是不会那样做的。"前者比后者要正确得多。应该教育孩子从恶习的本质去憎恶恶习,要让孩子了解恶习的天然丑陋性,使之不仅在行动上,而尤其是从心底里远离恶习;不管罪恶披上怎样的伪装,只要心里想到它就非常反感。

我从小培养自己走正路,早就极端厌恶游戏时弄虚作假(其实应当指出,孩子们的游戏并非单纯的游戏,而理应把它视作是他们最认真的行为);为此,我晓得,无论什么微不足道的消遣活动,我都把心放进去,极其憎恶作弊,天性如此,并非刻意为之。我玩牌赌钱,对账目大小都十分在意;我跟妻子、女儿打牌,输赢无所谓,也像真的赌博那样。我的眼睛无处不在,监督自己遵守本分;没有谁比我更严密监视自己,更遵守规矩。

我刚才在家里见到一个原籍南特的小个子男人,他生来就没有手臂,他训练双脚做两只手要做的事;他练得那么娴熟,以致脚具备了手的效用,确实几乎忘记脚自身的天然功能。他干脆称脚为手。他用脚切割,装子弹放枪,穿针,缝纫,写字,脱帽,梳头,打牌和玩掷骰子游戏,完成的熟练程度不比其他任何常人逊色。我付钱给他(因为他靠表演为生),他就用脚来接,就像我们用手一样。

我童年时还见过另一个人,缺了手,用肩颈窝摆弄长刃剑、耍戟,将其抛向空中复又接回来;他掷匕首,挥舞鞭子噼啪响,熟练得就跟法国马车夫一样。

在我们的心灵中,习惯的成规没有遇到多大的抗拒,从它在心里造成的奇特印象更可表明它的效果。它对我们判断力和信仰的影响有什么做不到的呢?无论多么怪诞的见解(且不提宗教的粗劣欺骗伎俩,许多伟大民族和有识之士都沉迷于此,因为这种事情超越我们人的理性,没有受上帝恩宠特别启示的人迷失方向是情有可原的)。其他主张无论多么离奇,当地认为是好的,习俗不都将其立为规矩?古人发出的这番感叹真对:"自然科学家的职责是观察和探索大自然,却去要求受习俗蒙蔽的人为真理提供证据,多么羞耻呀!"(西塞罗)

我认为，人类想象中无论多么稀奇古怪的看法，无不可在公众习俗中找到实例，从而获得理性的支持和力挺。有些民族打招呼背向对方，绝不看那对之表示敬意的人。有些民族，国王吐痰的时候，宫中最受宠的妃嫔伸出手来接着。而另一个民族，国王身边的显贵则俯身地面，用衣料为之收拾污秽。

这里，让我们插进一个故事：有一位法国绅士总是用手擤鼻涕，这与我们的习惯大相径庭。他为自己这一动作辩护（他以能言善辩出名），竟然问我：这肮脏的排泄物有什么权利要我们随时准备一块漂亮精致的手绢去接它，而且随后还要把它包起来，小心翼翼地揣在怀里。他还说，这不比随时随地擤出来更令人厌恶、更恶心；我们对其他脏物都是这样处理的嘛。

我觉得他说的话并非全无道理。习俗令我们对此见怪不怪，而当这说的是别的国度的事情，我们便觉得十分丑陋。

奇迹之所以成为奇迹是由于我们对大自然的无知，而不是大自然自身的状态。习惯蒙住了我们判断的眼睛。我们看野蛮人的怪诞，丝毫不比我们在野蛮人眼中的古怪更严重——没有理由不是这样。任何人，如果接触这些新事例，对自己所经历的加以考察并作正确比较，都会承认这一点。

人类的理性是一种染剂，以大体相等的分量注入我们的一切见解和习俗，不论其形式如何；其内容不可胜数，多样性无穷无尽。

回到本题来吧。有些民族，谁对国王谈话都要通过传声筒，只有国君的妻子和儿女除外。在同一个民族中，处女袒露私处，而已婚妇女则加以遮盖、小心隐藏。另一处地方的习俗与此相仿，那里只有结婚的才重视守身，因为少女可以随便委身于人，怀孕之后便用药堕胎，毫不隐瞒。

还有另一处地方,一名商人结婚,应邀出席婚礼的商人都先于新郎跟新娘睡觉,睡的人愈多,新娘愈光彩,愈得到结实能干的好名声。官员娶亲也一样,贵族以及其他人结婚亦相同;而农夫和下等人除外,那时此事就由领主操劳了。尽管如此,人们依然不断叮嘱,婚姻期间要忠贞不贰。

有些地方开设男妓院,男人可与男人结婚。有的地方,妻子与丈夫一起上战场,不仅参加战斗,而且参与指挥。有的地方,不光鼻子、嘴唇、脸颊、脚趾戴小环,而且还把重重的金条穿在奶头和屁股上。有的地方,进食时在大腿、阴囊和脚掌上擦手指。有的地方,子女不是继承人,继承的是兄弟和侄子。另一处地方,仅侄子可继承,但不得继承王位。有的地方,为管理当地所掌握的共同财产,由某些高级官员集体负责耕作土地,并按各人的需要分配果实。有的地方,孩子死了伤心痛哭,老人去世举行庆祝。

有的地方,十余对夫妻同住一室。有的地方,丈夫猝死,妻子可以再嫁,其他女子则不行。有的地方,女性极受歧视,女婴一出生便遭杀害;男人向邻国买女人以满足需要。有的地方,丈夫可以无缘无故休妻,而妻子则无论任何理由都不得离丈夫而去。有的地方,如妻子不育,丈夫可以把妻子卖掉。有的地方,把死者的躯体捣碎、弄成糊状,混进酒里饮用。有的地方,最想要的葬礼是被狗吃掉,另有地方是被鸟儿啄去。……

……

总而言之,照我看来,没有什么事是习俗做不成或不能做的。有人跟我说,品达[1]就称习俗为世界的女王与皇后,这是有道理的。

……

---

1 品达(前518—前438),古希腊诗人,以讴歌竞技胜利者的颂诗著名。

第二十四章
同样的筹划,不同的结果

偶然因素的作用

雅克·阿米约,法国宫廷大祭司,有一天告诉我如下的故事,赞颂我们的一位亲王(虽然他出身异域,但名副其实是我们的亲王[1])。故事说:在我们初次动乱期间,正值围攻鲁昂之际,该亲王接到王太后的通知,说有人策划谋害他;信中特别提到那个要实行计划的人(他是昂热或勒芒的士绅,为此经常进出亲王的住处)。亲王没把这通知告诉任何人,但第二天到圣卡特琳山走动,那是向鲁昂发炮的地方(因为当时正包围该城);陪同亲王左右的有上面提到的大祭司和另一位主教。亲王看见那个被揭发的士绅,便叫人召他过来。他来到亲王跟前,亲王见到他因内心惊慌而致脸色发白、身子颤抖,便这样对他说:"××先生,你已料到我为什么要见你了,你的脸色正表露出来。你的勾当我一清二楚,没什么可对我隐瞒的。你试图掩饰只会加重你的情节。你清楚知道这桩那桩事(就是这场阴谋最隐秘的来龙去脉);要保全性命,就把整

---

[1] 指弗朗索瓦·德·吉斯公爵(1519—1563),原籍洛林地区,后洛林并入法国。

个计划向我如实招来吧。"

　　这个可怜虫感到已被逮住也深知罪责难逃(因为他的一个共犯已向王太后表露一切),只好双手合十,乞求亲王原谅、宽恕;他还想跪倒在亲王跟前,亲王阻止了他,继续这样说道:"过来呀。我曾经令你难过了吗?我因私仇伤害过你家里什么人了吗?我认识你还不到三个星期,什么理由驱使你要置我于死地?"那绅士声音发颤地答道:不是由于任何个人动机,而是出于他的教派大业的利益。有人这样劝说他:不管用什么方式,能够除掉他们教会这么一个强敌,就是充分表达虔诚的行动。亲王接着说道:"先生,我想让你看看,我所皈依的宗教比你所信奉的教派仁慈得多。你的教会要你来杀我,不由我声辩,虽然我没对你有过任何伤害。我的教会却嘱咐我宽恕你,明知你暗杀我并无理由。走吧,离开吧,不要让我在这里再见到你。如果你是个聪明人,今后做事就找些比他们正派的人当你的参谋。"

　　奥古斯都皇帝在高卢的时候,得知消息说,秦纳正密谋杀害他,他决意报复并为此要在翌日召集友人商议。但当天夜里,他辗转反侧,思量着不得不处死一个名门世家的青年、伟人庞培的侄子。他满怀怨愤,爆出不同的心声。"怎么!"他说道,"难道我要终日担惊受怕,而让刺杀我的凶手自在逍遥?我经历多少内争外战、参与多少海上陆地战役保全下来的这颗头颅,难道他袭取后可以一走了之?在我实现世界的普遍和平之后,他不但要杀害我,而且要把我作为祭品,难道他该获得赦免吗?"因为这场阴谋是计划在他举行祭祀的时候杀害他。

　　随后,沉默了一会儿,他复又开始说话,声音更大,自我谴责起来:"那么多人想你死,你为什么还要活下去呢?难道你的复仇和施暴真个没完没了?你的生命值得靠做那么多坏事来保全吗?"

　　他的妻子利维娅感觉到他焦灼不安,便对他说:"要不要听一听妇人之见？学学医生的做法；当通常的药方不起作用的时候，医生就试用相反的方剂。你一直非常严厉，却未带来任何好处。萨尔维迪努斯谋反之后接着是勒比德，勒比德之后是穆雷纳，穆雷纳之后是卡埃皮翁，卡埃皮翁再接穆雷纳，卡埃皮翁之后是埃尼亚提乌斯。秦纳服罪，你就宽恕他，他今后不可能再伤害你，而且有助于提高你的声誉。"

奥古斯都找到了正中心意的辩护人，十分高兴。他谢过自己的妻子，取消原定与友人的会商，单独召见秦纳。他屏退室内所有人，给秦纳赐座，对他这样说道："秦纳，首先，我要求你静静地听我说，不要打断我的话，我会给你充裕时间回答。你知道，秦纳，你是我从敌人的营垒中俘获过来的，你不仅后来才成为我的敌人，而且按你的身世生来就如此；而我却免你一死，还把你的财产悉数归还你；我让你生活得宽裕、舒适，连胜利者也羡慕你这个战败者的境遇。你向我要求大祭司之职，我拒绝给其他人（他们的父辈都曾长期和我并肩作战），而却赐给了你。我对你恩宠有加，你竟密谋杀害我。"

听了这话，秦纳叫了起来，说他绝没有这样邪恶的念头。"秦纳，"奥古斯都继续说道，"你没有遵守答应不打断我的话的诺言。不错，你就是要谋杀我，在某地、某一天、与何人同伙、用哪种方式。"由于被揭露，秦纳大惊失色，他没有吭声，不是要遵守保持缄默的诺言，而是受到良心重重的责备。眼见此情况，奥古斯都接着说道："你为什么这样做呢？要当皇帝吗？如果只有我妨碍你登帝位的话，国家大事就糟糕了。你连自己的家居都保护不了；你最近还输掉了一桩官司，败给了一个普通的自由民。怎么！难道你的手段和能力只是用来暗算君主？如果只有我妨碍你实现愿望，那我就让位好了。你以为保卢斯、法比尤斯、科苏斯家族、塞尔维利乌斯家族会容许你吗？那么一大批贵族，他们不光有门第的名义，而且以他们的美德，为其高贵门第增添光彩。"他还说了一些其他的话(因为他跟他整整谈了两个多小时)。之后说道:"现在,你走吧,秦纳,你这个叛徒和弑君之臣,现在我饶你一命;第一次你作为敌人时,我也饶过你一命的。但愿我们之间的友谊从今天开始建立。我赐了你一命,你捡回了一命,咱们两人试试看谁更讲诚信。"

就这样,他便离开他。不久,他任命秦纳为执政官,还抱怨他不敢提出要求。从此秦纳成了他的好友,并被指定为他的财产的唯一的继承人。

这起事件发生在奥古斯都40岁之年,自此之后他就再也没有遇到反叛他的密谋或行动。他的这番仁慈获得了公正的酬报。但我们那位亲王[1]的遭遇却不相同,因为他的仁厚没能保护他,他后来落进了类似的背叛圈套。人类的智慧是虚浮浅薄的东西,无论我们怎样筹划、商议、提防,命运始终是掌握事变的主宰。

……

由于每件事的不同的变故和情况所带来的困难,我们无法看清和选择最恰当的做法,这就使我们纠结、困惑。在这种情况下,如果没有其他考虑更吸引我们,依我之见,就是紧靠诚实和正义那一边。既然不知道哪条是最短的捷径,我们就坚持走直路吧。像刚才我所举的两个事例,毫无疑问,那个受了冒犯而加以宽恕的做法要比别的更漂亮、更高尚。如果第一个例子那人遭遇不测,那也不该责怪他的良好意愿;即便他采取相反的做法,他能否逃脱命运的安排,也是未知之数;可如此一来,他就失去乐善行好的荣耀。

……

---

[1] 指弗朗索瓦·德·吉斯公爵遭暗杀(1563年)。

第二十五章
谈学究气

小时候，看到意大利戏剧中总有一名逗乐的迂夫子，我常常感到不快。这乡村教师的别号在我们这里不大受敬重。既然管教职责交给了他们，我起码也得珍惜他们的声誉吧？我力图以庸人与识见出众罕有的高人之间的天资差别为他们辩解，因为二者是大相径庭的。但有一点我搞糊涂了：为什么最高雅的绅士极端鄙视他们。有我们著名的杜贝雷[1]的诗句为证：

我尤其憎恶迂腐的学问。

这种习惯由来已久，因为普卢塔克[2]就曾说过，在罗马人那里，"希腊人"和"学生"是责备人和鄙视人的用词。

后来，随着年龄增长，我觉得这种看法很有道理。"**大学问家并不是最聪明的人。**[3]"

不过我还是有疑问，一名饱学之士的思维不见得活跃、敏捷，而一

1　杜贝雷（1522—1560），法国七星诗社的重要诗人。
2　普卢塔克（约46—约120或127），古希腊传记作家、散文家、柏拉图派哲学家。
3　中世纪谚语，拉伯雷的书中曾引用。

个不通文墨的粗人,不事修饰,却可能具备世上最出众的人物的见识和判断力,这是怎么一回事?

一名年轻女子,我们公主中的第一人,谈起某人时,对我这样说:那人接受了外人头脑里那么多博大精深的东西,为了让出地方,自己的脑子便受到挤压,紧缩,变小了。

我想说的是,植物浇水太多会坏死,灯加油过多会熄灭。同样,读书太多,堆塞过多的材料,思维活动也受压抑;脑子里塞满了一大堆五花八门的东西,无法理清头绪,便在重压之下扭曲、消沉。……

……

我们只着力于装满记忆空间,而让理解和意识的部分空白。我们的学究,正像不时觅食的鸟儿,衔了谷粒,没有亲尝,便用来喂雏鸟。学究们也不断从书本中采集知识,挂在嘴边,仅仅是为了再吐出来,任风吹走。

奇妙的是,我本人也正是干这种蠢事的例子。在本书的大部分文章中,我所做的不就是同样的事?我从别的书里到处搜集我喜欢的警句名言,不是为了记住,我这人的记性不佳,而是为了搬到这部作品里;说实在的,这些名句在本书并不比在其原处更属于我自己。我认为,我们仅仅是当前知识的学问家,而不是过去的,也极少是未来的。

而更糟糕的是,学究们的学生和孩子都不吸取知识养分用以充实自己,而是把知识辗转相传,唯一的目的是用来炫耀,作为谈资,借此编造故事。就像一枚失去价值的钱币,除了用来计数和做筹码之外,别无任何其他用处。

……

我们只能靠自己的智慧

我们会说:"西塞罗如何讲;这是柏拉图的道德箴言;那是亚里士多

德的说法。"但我们自己呢?我们说些什么?我们作何判断?我们做什么事情?鹦鹉也会照样学舌。这种做法令我想起罗马那位富翁。他花大量钱财费神请来各门学科的一些高才人士,让他们紧随左右。这样,他在朋友当中,一旦有机会谈起什么问题时,他们就可以替代他;各人根据自己的所长,随时向他提供材料,这个给他一段说词,那个告诉他荷马一句诗。他认为,学问装在他手下人的脑袋里,也就是他自己的了。就像有些人的学识寄托在其豪华的书房里一样。

我认识一个人,我问他懂得什么时,他就向我要过一部辞书,指给我看;如果他不马上从词典中查查什么是疥疮,什么是臀部,他就不敢跟我说:他屁股长了疥疮。

我们照搬别人的见解和学识,如此而已。可得把他人的东西变成我们自己的才行。我们活像那个取火人:他要用火,便往邻家去借,到那里见到炉火熊熊,就留下来取暖,竟忘记了取火回家。肚子里塞满了食物,如果消化不了,无法变为我们的养料,不能令我们强壮起来,那对我们又有什么作用呢?卢库卢斯[1],缺乏作战经验,靠读书而成为伟大的将领,难道能够认为,他是按我们的方式去学习的?

我们靠别人的胳臂搀扶着走路,我们的力气也就消磨完了。想要武装自己去抵御对死亡的害怕心理?那就引用塞内加。想要为自己或向别人说些安慰的话?那就借助西塞罗。如果我在这方面有了训练,我自己就会想出安慰的言辞来的。对于这种乞讨而来的有限的本事,我可一点儿也不稀罕。

即便我们可以凭借别人的学识而成为学者,但要成为哲人,我们只能靠自己的智慧。

---

[1] 卢库卢斯(前106—前56,另一说为前109—前57),古罗马将领。据说,他在穿越意大利至亚洲的过程中,因阅读史书并请教军官而学会了兵法。

我憎恶对自己并不明智的智者。

——欧里庇得斯[1]

……

缺乏善良这门知识的人,任何其他学识对他都是有害的。

---

[1] 欧里庇得斯(前485—前406),古希腊著名悲剧诗人。原文为希腊语,蒙田已把这一诗句译成法语。

第二十六章
谈教育孩子
——致居尔松伯爵夫人迪亚娜·德·富瓦

……

选好家庭教师

夫人,学识是华丽的装饰,也是很好用的服务工具,对于夫人这样出身高贵的人家而言,尤其如此。说实在的,学问在卑贱者手里并不起真正的作用。学识更值得看重的是用以指挥战争、统领民众、处理与君主的友好往来或与外国的邦交关系,远比用以提出辩证论据、为申诉辩护或开具处方更受称颂。

夫人,您尝到过受教育的甜头,您出身于书香门第(因为我们还保存着富瓦伯爵先辈们的著作,您丈夫伯爵阁下、您本人都出自此名门;而您的叔父,弗朗索瓦·德·康达勒先生每天仍在从事其他著述,这些作品将使你们家族的高贵素质传诸久远);我认为您不会忽略教育自己的孩子这个部分,为此,我想向您说一点与通常做法相反的个人见解;这是我唯一能够为夫人效力的贡献。

为您的儿子选怎样的家庭教师,决定着他受教育的整个成效。教师的职责包含着好几个重要部分,但我不谈这个,因为我知道谈不出道道来。本文想向家庭教师提点忠告,教师看出有点儿道理,就会对我更加相信。作为贵族子弟,追求学问,不是为了图利(因为如此卑微的目标不配受缪斯女神的恩宠和垂顾;再说,利益之事也牵涉他人并取决于他人),既不为身外的好处,也不为自身的好处,而是为了丰富自己,美化自己的内心。对于这样的子弟,我更想把他培养成为会独立思考的能人,而不是造就成博学之士。我也希望人家着意为他物色一名头脑清晰精密而不只是塞满知识的教师,要求他二者兼备固然好,但品德和智慧比学识更重要。我宁愿教师以新的方式从事工作。

人们在我们的耳朵旁喋喋不休,就像往漏斗里灌东西,我们的任务竟是复述别人跟我们说过的话。我希望教师改变这样的教法,一开始就按受教孩子的状况,进行训练培养,教他自己去领略、选择、鉴别事物,有时为他引路,有时则要他自己开路。我不主张教师自编、自讲,而希望他也听听学生的讲法。苏格拉底以及后来的阿凯西劳斯[1]都是让学生先讲,然后自己才讲。"教师的威严常常有碍学生的学习。"(西塞罗)

教师最好是让学生在自己面前跑跑看,以此判断其步态,从而断定如何放慢进度以适应他的能力。彼此不相适应,就会坏事。善于选择适当的进度,并与之紧密协调,这是我所知道的艰辛工作之一。一个高尚、宽广的心灵,懂得配合孩子的幼稚步伐,进行引导。我自己上坡的步子就比下坡的步子走得更稳、更踏实。

教师通常的做法是:对许多智力不同,情况各异的学生,却以同样的课程、同样的方式施教。无怪乎他们在一大群学生中才遇上两三个能从其教诲中受益的人。

---

[1] 阿凯西劳斯(约前316—约前241),古希腊哲学家,或然论与怀疑论主张者。

教师不应只要求学生重述功课的词语,而应要求他讲述其意义和实质。老师判断学生的成绩并非看他记性如何,而是凭他在实际生活中的表现。学生学到什么,老师都要求他举一反三,从多方面来加以应用,看看他是否真正弄懂,是否已经变为自己的东西,同时按柏拉图的教学法来调整进度。吞进去什么,就吐出什么,那是胃纳不佳、无法吸收的表现。如果肠胃对吸纳之物改变不了其形态和外表,那肠胃就不起作用的了。

……

游历、锻炼、交往

我愿意孩子幼年的时候,就有人领他外游,为了一举两得,首先游历其语言与我们相距最大的邻国;如果您不自小培养孩子学语言,他的舌头就不可能灵活。

再者,大家普遍认为:让孩子窝在父母怀中培养并非好事。那种出自天性的爱令父母过于心慈手软,就是最明白事理的父母也一样。他们不忍心惩罚孩子的过错,舍不得粗养孩子,不愿必要时冒点儿风险。他们受不了孩子操练归来汗流如注、尘土满身,随便饮热喝冷;也不忍看着孩子骑上烈马或手持花式剑与厉害的击剑手对练,不愿看孩子拿起第一把火枪。而若想把孩子培养成有用之人,毫无疑问,就不应在其少年时对他姑息迁就,因为别无其他良策;而且还得常常打破医学规矩。

> 让他在野外生活,
> 处于危险的境地。
>
> ——贺拉斯

仅仅磨炼孩子的心灵并不足够,还要锻炼其筋骨。心灵若没有筋骨的支撑,就不堪重负,独自担不起双重担子。我深知自己的心灵与娇弱、敏感的躯体为伴多么难受,身体紧紧地依靠着心灵的撑持。我在读书时常常发现,大师们在其著作中赞扬的高尚心灵与勇武刚毅的榜样,通常都有着钢筋铁骨之躯。我见过有些男子、妇女和儿童生来强壮,挨一顿廷杖并不比我被手指弹击难受。他们在棍棒下不吭一声,不皱眉头。当竞技者仿效哲学家比拼耐力时,更多用的是筋骨之力而不是内心之力。习惯于耐劳就是习惯于承受苦痛。"**劳动磨出耐痛的厚茧。**"(西塞罗)

要让孩子接受艰苦的磨炼,令他们能忍受脱臼、腹泻、烧灼、坐牢甚至受刑的痛苦和折磨。因为当今之世,好人和坏人都有可能遭受牢狱与刑罚的苦难。我们有这样的体验。目无法纪的人,正用皮鞭和绞索威胁着善良的人们。

再者,教师对孩子的权威本应至高无上,父母在场,就令权威中止,大受妨碍。此外,以我之见,家里下人对孩子毕恭毕敬,孩子自小就知道自己属名门望族,对于他这样的年纪,带来的害处不轻。

在与人交往方面,我常常注意到这么一个缺陷:我们不去了解别人,而却竭力显摆自己,一心兜售自己的货色,而不思吸取新养分。沉静与谦逊是有利于交谈的可贵品格。孩子获得知识之后,要教导他不要露才扬己,不要因有人在他面前说些蠢话或无稽之言而怒形于色,因为对于凡是不符合自己口味的东西就指斥是无礼的讨厌行为。要让孩子乐于自我改正,不要责怪别人去做自己拒绝做的事,也不要背离公共习俗。"人可以做到聪慧而不张扬,也不骄傲。"(塞内加)

……

世界——学童的大书

通过与世界的频繁接触,人提高了判断力,令自己明察秋毫。我们都紧缩在一处,极受局限,只看见鼻子尖前的事情。有人问苏格拉底是哪里人。他不说是"雅典人",而回答说:"世界人。"他把宇宙作为自己的家乡,想象力何等丰富,视野何等开阔!他将学识、关怀、爱心投向全人类,可不像我们那样,只注视眼皮底下的事情。……

……

这个大千世界,有人认为具有多元成分,各个部分正层叠倍增。它是一面镜子,我们都应该对镜自照,以便正确地认识自身。总之,我希望世界是我自己学生的必读书。世界上有如此多的性情、派别、主张、意见、法律、习俗,我们可以从中学会正确地判断自己,培养我们的判断力认识本身的缺陷和先天弱点。这并不是无足轻重的学习。世界上存在如此多的政治动乱、社会剧变,教我们认识到,不管我们如何历经变迁,都不会为此感到太惊讶。多少英名、多少胜利、多少占领都湮没在遗忘中,而我们却希望凭抓住十名弓箭手、攻下一个鸡窝般的工事就能名垂千古,这种念头是多么的可笑。多少令人感到骄傲并引以为荣的外国的排场仪式,多少雄伟壮丽、傲视一切的宫廷、官邸,令我们的目光受到锻炼,坚定起来,能够直视自己的豪华光彩,而不必眨眼。多少人在我们之前已经长眠地下,令我们勇气倍添,而不害怕到另一个世界去寻找良伴。其余的,也是如此。

毕达哥拉斯[1]说,我们的生活就像庞大的、人员众多的奥林匹克运

---

1 毕达哥拉斯(约前500),古希腊哲学家、数学家。

动会。有些人在那里锻炼身体,为的是参加比赛,博取名次。另一些人搬运商品到那儿出售,为的是挣钱。还有一些人(他们不是最坏的),并不谋求什么,而只是旁观每件事如何进行,为什么会这样进行;他们只作为他人生活的观众,以便作出判断,调整自己的生活。

……

课内与课外

新的教育方法对我起的唯一的作用是,让我一下子跨进了高年级;因此,十三岁,当我离开初级中学时,我已修完(他们所说的)全部课程。实在说来,没有任何如今我能算作有用的东西。

我第一次对书本感兴趣,来自于阅读奥维德的《变形记》给我带来的喜悦。我七八岁的光景,放弃其他任何玩乐去偷偷看这些故事,因为书中的语言是我的母语,而且是我所知道的最易读的书,内容上也最适合我这样稚嫩的年纪。因为,诸如《湖中的朗斯格》《阿马迪斯》《波尔多的于翁》这类儿童爱看的杂七杂八的读物,我当时连书名都不知道,更不用说内容了,可见我所受的纪律约束多么严格。

由于有了阅读的兴趣,我对规定学习的功课越发漫不经心。当时我有幸遇上一位很有见地的老师,他对我这种不严守规定的举止以及其他类似行为采取默许的态度。就这样,我一口气读完维吉尔的《埃涅阿斯纪》,随后读泰伦提乌斯[1]的作品,接着读普劳图斯[2],还读意大利的戏剧;总是为美妙的故事题材着迷。倘若那位教师不明事理,禁止我这样做,我估计,我从学校获得的,只有对书本的憎恨。我们整个贵族阶

---

1 泰伦提乌斯(前185—前159),古罗马喜剧作家。
2 普劳图斯(前254—前184),古罗马喜剧作家。

层差不多都是这样的。老师处事巧妙,他装着什么也没看见,让我去偷偷啃那些书,从而大大刺激我的阅读欲望,同时他和蔼地引导我在正规课程学习方面尽责。

……

回到我的正题吧:(我认为)只有这样才能激发孩子的欲望和热情;否则只会造就出驮运书本的驴子,对驴子要用鞭子抽打来保管住满装知识的袋子;而知识要起作用,不光是保存下来,而是要把它融进自己身上。

第二十七章
按自己判断力来定真伪之荒唐

我们把轻信和听话归结为单纯无知,这或许不无道理。因为我从前似乎听说过:信仰,可以说是刻在我们心灵上的印记;心灵软弱,抵抗力愈小,就愈容易留下印痕。"正如天平往加砝码那一边倾斜,心灵也会倒向于明显的压力。"(西塞罗) 内心空空,缺乏抗衡之力,就越容易被人一说即服。为什么儿童、庶民、妇女、病人的耳根特软,受人摆弄,原因就在于此。但是,另一方面,对那些我们以为未必真实的事物,加以蔑视,斥之为非,那是愚蠢的狂妄自大。这是那些自以为比常人高明一筹的人的通病。

我从前也一样。倘若听到有人谈及回魂、预卜、施魔法、弄巫术或讲一些我认为不可置信的故事,

> 梦幻,凶煞,奇迹,巫女;
> 夜间幽灵,色萨利[1]的怪事。

> ——贺拉斯

---

1 色萨利,希腊北部地区,古代因环境闭塞和民族特点不同,因而呈现出极大的差异。

我就对受此等荒唐事迷惑的人起怜悯之心。可现在，我觉得那时自己起码也一样可怜：倒不是后来的经历令我看到某些超越我原先信念的东西（可并非由于过去缺乏好奇心的关系），而是理性告诉我，如此武断地判定一件事物为虚假，视之为不可能，这无异于自认为有权利在自己的头脑中为上帝的意志和大自然母亲的威力定出边界和限度；而按照我们的见识和能力来规范上帝的意志和大自然的威力，世界上最大的蠢事，莫过于此的了。

如果我们把理性不可及的事物都称为怪诞或奇迹，那么，会有多少怪诞和奇迹不断出现在我们眼前啊！我们想一下：我们已经掌握的大部分事物，是透过怎样的迷雾、经过多少摸索才让我们认识的。诚然，我们会发觉，为我们揭掉这些事物的怪异外表的，与其说是学识，倒不如说是习以为常。

> 我们已看厌了天上的景象，
> 再无人远眺这光辉的殿堂。
>
> ——卢克莱修

……

第二十八章
谈 友 谊

契 合

"只有年龄增长、心智成熟之时才能充分判断友谊。"(西塞罗)

我们平常所称的"朋友"与"交谊"无非是因某种机缘或出于一定利益,彼此心灵相通而形成的亲密往来和友善关系。而我这里要说的友谊,则是两颗心灵叠合,我中有你,你中有我,浑然成为一体,令二者联结起来的纽带已消隐其中,再也无从辨认。倘若有人硬要我说出为什么我爱他,我会感到不知如何表达,而只好这样回答:"因为那是他;因为这是我。"

这种结合出于某种我无法解释的必然如此的媒介力量,超乎我的一切推论,也不是我的任何言辞所能够表达。我们未谋面之前,仅仅因为彼此听到别人谈及对方,就已经渴望相见。别人的话对我们的感情产生了巨大的影响。我们光听说对方的名字就已经心心相印。按常理来说,那是不可能产生这种效果的。我想,大概是天意注定的吧。一次重大的喜庆节日,我们偶然在市会上相遇了。初次晤面,我们便发觉我俩彼此倾慕,互相了解,十分投契;从此以后,两人便成了莫逆之交。他用拉丁语写了一篇出色的诗作,已经发表,内中道出了我们很快交好的原因。此种结交迅速达到了完美的程度。

我们两人都上了年纪,他还比我大几岁,未来交往的日子屈指可数,我们的交情开始得太晚了。因此务须抓紧时间,而不能按通常平淡之交的规矩行事,那是需要长时间的谨慎接触的。像我们这样的友情,别无其他榜样效法,自己本身就是理想的榜样,它只能与自己相比。既非出于某种特殊的敬重之情,也不是由于三几方面乃至许多方面的敬意。那是一种无以名之的混为一体的精华之物,它控制我的全部意愿,使之与对方的意愿融合在一起,消失到对方的意愿中去。同样的热望,同样的追求,也支配着他的全部意愿,使之与我的意愿融合在一起,消失在我的意愿之中。我说"消失",那的确如此,因为我们两人没有保留自己任何东西,只属于他的或者只属于我的,都没有。

……

不要把普通友谊与我所指的友谊相提并论;我和别人一样都十分了解那种友谊,甚至是其中最完美的类型,但我劝大家别把两种尺度混为一谈,否则是会出错的。在一般友谊中,前进时需要紧握缰绳,小心翼翼,彼此的关系并未达到可完全信赖的程度。奇隆[1]就说过,"*爱他时,要想到有一天会恨他;恨他时,要想到将来会爱他。*"这一箴言,用于我所说的那种崇高圣洁的友情,令人鄙夷,但用于一般的平常友谊,却又十分有益。对于后一种友谊,倒用得着亚里士多德常说的话:"*朋友们啊,世上并没有真正的知己!*"

效劳和利益照顾是普通友谊的养料,在这种高尚的交往中,那简直不值得一提。我们的意愿密切地融会在一起,这是互相帮忙、照顾的原

---

1 奇隆(前六世纪),古希腊的七贤士之一。

因。不管斯多葛派的人士怎样说,正如我内心的友情并不因需要时自己替自己出力而有所增加,也不会因为自我效劳而感激自己;融洽无间的真正知己朋友也一样,他们已不存在此种义务感,他们厌恶和排斥在他们之间造成差别和分歧的字眼:恩惠,义务,感激,祈求,感谢,如此等等。事实上,他们之间凡事无不相通:意欲,思想,见解,财产,女人,孩子,荣誉和生命。他们的契合,按照亚里士多德的贴切说法,是两个躯体共同拥有一个灵魂。他们无所谓彼此亏欠什么或施与什么。正因为如此,立法者们禁止夫妻之间彼此施赠,视婚姻与这种神圣的结合有某些相似之处而加以推崇,想由此断定,一切都该属于夫妇双方,他们没有东西可以分开来各占一份。就我所谈论的友谊,如果一方能赠予另一方什么,那么受赠方是会令其同伴感到欣喜的。

……

第二十九章
艾蒂安·德·拉博埃西[1] 的29首十四行诗
——致格拉蒙-吉桑伯爵夫人

夫人,我这里没有献上任何我写的东西,因为,或是拙作您已经有了,或是由于我再找不到任何值得您一读的。但是我希望这些诗作,不论在什么地方面世,都在篇首冠上您的大名,因为蒙高贵的科丽桑特·当杜安[2]指导,这些诗篇会增色不少。

这份礼物献给您,我觉得再合适不过,因为法国少有女士在赏鉴和妙用诗歌方面能与您相比;也因为没有任何人像您那样能以优美动听、丰厚和谐的乐音使之充满生机和活力[3];您这副嗓子是造化恩赐给您千万种美好品质之一。

夫人,这些诗篇值得您珍爱,因为您会和我的看法一样,加斯科涅[4] 尚未出现过比这更有创意、更优雅的诗作,能表明是出自大家之手。此

---

1 拉博埃西,蒙田的挚友,当时是大法官。
2 科丽桑特·当杜安,即格拉蒙-吉桑伯爵夫人。
3 十六世纪时兴唱诗,常以琴伴奏吟唱。
4 加斯科涅,法国地区名。

前我曾出版过他的诗,题献给令亲德·富瓦先生;如今您获得的只是余下的部分,请不要为此产生妒意,因为这部分诗篇确实有着某种我说不出更生动、更强烈的澎湃之情;他写成时正值青春年少,美好、高贵的热情激荡心怀;这一点,夫人,有朝一日我会在您耳边细说。

他的其他诗作是后来求婚时为博取妻子的欢心而写的,已经透露出某种我说不清的做丈夫的淡漠。人们认为,诗歌的讨人喜欢之处,莫过于写的是无所拘谨、奔放纵情的题材;我同意他们的看法。

这些诗篇见于另处。[1]

---

[1] 德·拉博埃西的这29首诗最初附于本章之后,后单独印行,蒙田从其随笔的全集中删去,故有此语。

第三十章

谈 适 度

我们触摸东西的手似乎中了邪,本来美好的事物一经我们摆弄就变质。如果我们以过分苛求的强烈欲望来维护道德,我们所坚持的德行就可能变成恶行。有人说,德行是绝不会过分的,因为如果过分,就不成其为德行了。他们乐于玩味如下的话语:

> 德行操守如果超越限度,失去分寸,
> 智者该唤做疯子,君子则成为小人。
>
> ——贺拉斯

这是微妙的哲理思考。爱护道德有可能过头,做正义之事也可能失度。这里正可用得上圣徒的名言:"不可过分聪明,而只可聪明适度。"

我见过一位大人物,为了显示自己比同辈更虔诚,却损害了本人所信奉的宗教的名声。

我喜爱平和执中的性情。不知节制地求善,即便不致令我反感,也令我十分惶惑,我对此真是无以名之。在我看来,波萨尼亚斯[1]的母亲

---

1 波萨尼亚斯(前? —前470),斯巴达将领,治军极其严厉,曾多次立战功,后手下人反叛,被囚至死。

也罢,独裁官波斯图缪斯[1]也罢,他们与其说是维护正义,倒不如说是莫名其妙。那做母亲的第一个发号施令,带头扔石,要置儿子于死地;而独裁官则处死自己的亲子,就因为儿子少年气盛,稍稍先于自己的部队,成功地扑向了敌人。这种如此野蛮而又代价如此高昂的道德,我是既不乐意提倡,也不愿意仿效的。

超越目标的射手与达不到射程的射手一样,都不算命中。骤然迎上强光与一下子步入暗处,都同样令我的视线模糊。在柏拉图的《对话集》里,加里克莱说过:过分的哲理推究,带来害处。他劝人不可深陷于此,而致超越功用的界限。适度的探求,显得有趣而又有益,但过了头最后就会把人弄得横蛮、乖戾,藐视宗教,蔑视常规,不爱社会交往,厌恶人间欢娱,无法管理任何公务,不能助人,也不能自助,只配接受几记狠狠的耳光。他说的是实话,因为过度的探求,限制了我们的自由天性,以令人生厌的玄奥,引导我们偏离造化所划定的美好坦途。

……

---

[1] 波斯图缪斯,公元前496年的古罗马独裁官。

第三十一章
话说食人部落

……

回到本题来吧,就人家告诉我的情况而言,我觉得这个部落没有任何残暴、野蛮之处,除非各人都把不合自己的习俗的东西称作横暴;说实在的,关于真理和理性,除了我们所处国度的舆论和习惯所示的榜样和形象,并没有别的参照准则。那里的宗教向来完善,管治十分到家,一切事情的惯例都无可挑剔。我们把大自然按通常的进程结出的果实称为野果,同样,那些人的"野"就如果子的"野";不过,说实在的,我们该称为野蛮的,倒是被我们人为改变使之背离常轨的人们。前面那些人具备真正有用的天然美德和特性,活泼而健壮有力;在后面那些人身上,这种天然品德和特性我们使之退化了,令其仅仅适应我们低俗趣味的享乐。

然而,这些地区天然生长各种水果,气味与质地均属上乘佳品,较之我们自己的,更合口味。人工造就的会胜过伟大、万能的大自然母亲,那是不合情理的。我们以自己的发明强加在美丽、丰富的自然创造物上,使之全无生气。不过,无论什么地方还闪烁着大自然的纯洁光芒,它就会令我们虚浮、浅薄的功夫黯然失色,叫我们羞愧难当。

天然生长的常春藤更茁壮,
深山洞里的野草莓更鲜美,
野外鸟儿的歌声益发悠扬。

——普洛佩提乌斯

  我们费尽心力也造不出小鸟的窝儿,也道不清它的结构、它的优美和用途;甚至编不出卑微的蜘蛛所织的网。柏拉图说过:世间万物无非是由自然、机遇或人工造就。由前面两种因素产生的最伟大、最完美;人工制造的,最差劲、最不完善。

  因此,在我看来,这些部族之所以称作野蛮,是因为它们受人类意识的熏染不多,依然接近其原始的状态之故。自然法则对它们还起着支配作用,很少受我们的准则影响而弱化。他们在如此淳朴的状态中,却没有更早被认识,而当时有着比我们更会判断的人,我有时为此感到深深的遗憾。我惋惜的是,利库尔格斯[1]和柏拉图都不了解它们。因为,在我看来,我们在这些部族中体察到的事物,不但胜过诗歌中美化黄金时代的一切画图,超越设想人类幸福境遇的所有虚构;而且还高于哲学的构想和期望。他们两人想象不出竟有我们实际所见的如此单纯、朴实的自然状态,也不相信我们的社会只凭少许的人为手段和人际关系调节就能维持下去。

  我要对柏拉图说,在该部族里,没有商业,不识文字,不会算数,不设官名,没有政治等级,不用奴仆,不分贫富,不订契约,不继承遗产,不分家财,无繁难的劳动,所有人互相尊重,不论亲疏;没有衣服,没有农业,没有矿业,不酿酒,不种小麦。甚至表示谎言、背叛、隐瞒、悭吝、嫉

---

1 利库尔格斯,又译来库古,公元前九或八世纪古斯巴达传说的立法者。

妒、诽谤、原谅等字眼都闻所未闻。柏拉图会发觉,他所设想的理想国离如此完美境界有多远,那是:"诸神之手造就的新人。"(塞内加)

大自然定下的最初规则。

——维吉尔

毕竟,他们都生活在一个景色优美、气候温和的地区;据目击者对我说,那里很少见到有生病的人,还很肯定地告诉我,从未见过有人发颤、生眼病、牙齿掉光或老态龙钟。他们沿海居住,陆地一侧有高山阻隔;海山之间有几百里宽的地带。那里的鱼和肉都十分丰富,跟我们这里的大不相同;他们烧煮一下便食用,不作其他加工。第一个外人骑马进入此地,虽然他来过几次与他们也曾有交往,但由于乘马的姿势引起他们极大的恐慌,便用箭把他射杀,后来才认出是他。

……

他们与山的另一边的内陆地区民族作战,上阵时全身赤裸,携带的武器只有弓箭和木剑,剑端磨尖,就像我们长矛的刃部。他们战斗的坚定性令人赞叹,因为他们从不知道什么叫溃败和恐惧,不死伤流血战斗绝不休止。每个人都把自己杀死的敌人的首级带回,作为战利品挂到自家住处的门口。他们对于战俘,先是以他们所能想到的适当方式,予以长时间优待,然后,他们的首领召来自己的熟人举行大集会。首领用绳子系住俘虏的一只手臂,手执绳端,距离几步远,以防受其伤害;另一只手臂则交给他最亲密的友人,以同样方式系住。随后,两人当着众人的面,用剑把俘虏砍死;俘虏死后,大家把他烤熟,共同享用,还把一些肉块送去给未到场的朋友。这样做,并非如人们所想的,是为了果腹(像从前斯基泰人那样),而是为了表达极度的仇恨。

事情的确如此,他们看到,跟他们的对手结盟的葡萄牙人抓到他们时,以另一处死方法对待他们,那就是:将他们的下半身埋在土里,用箭去射上半身,然后把他们绞死。他们认为,从另一个世界来的这些人,也和在邻近传播许多作恶的坏主意的人们一样,在使用各种凶残手段方面还比他们厉害得多;他们(食人部族的人们)采取这种复仇办法不是没有缘由的,那就是要后者比前者更令人难受。于是他们开始放弃自己旧办法而沿用这种方式。

我们指出这个部族骇人听闻的残暴,我认为并没有什么不妥;我不以为然的是:一边评判人家的错误,一边对我们自身的错误却熟视无睹。我认为,吃活人比吃死人更野蛮,把一个有感觉的活生生的躯体,千般拷打,万般折磨,弄得支离破碎,逐片加以烧烤,给狗和猪啃咬(这点我们不仅在书上读到,而且最近还亲眼见到;并非发生在宿敌之间,而是发生在邻人和同胞之间,更可恶的是,还以虔诚和宗教为借口),这比人死后再烤、再吃野蛮得多。

斯多葛派的领袖克里西普斯和芝诺正确地认为,为了我们的需要,不管怎样利用我们的尸体都没有什么不妥,就是用来充饥也好;就像我们的祖先,当年被恺撒围困在阿莱塞城中,为了应对因围城而造成的饥荒,决定食用老人、妇女以及其他于参战无用的人的肉体。

> 据说加斯科涅人就用这种食物
> 来延续自己的生命。
>
> ——尤维纳利斯

为了我们的健康,医生也不怕拿尸体派各种用场,有用于内服的,有用于外敷的;但绝没有任何人的看法会出格到宽恕背叛、奸诈、暴虐、凶残,这些都是我们习以为常的过错。

因此,按理性的准则来说,我们可以称这些人野蛮,但不是按照我们自身的情况来看;我们各方面都比他们野蛮得多。他们的战争来得高尚、显出骑士风度,同样具备这种人类之患可获得的托词和美誉。他们之间开战的唯一起因是尚武好勇,没有别的缘由。他们并不为夺取新领地而打仗,因为他们享受着富饶的自然资源,令他们无须艰苦劳作便可获得一切必需品;物质那么充裕,他们用不着扩张边界。

他们还处于这种自得其乐的状态中,即:他们只愿得到满足自然需要所要求的东西,超出这个,对他们来说,都属多余。他们对同辈的人一般互称兄弟,对晚辈的称孩子,而长者则是大家的父亲。长辈留给其共同继承者的,是那份不分割的财富,即自然界让人类来到这世界上赋予各人的产物,而没有其他权益。

如果邻近民族的人跨越山岭进攻他们并把他们打败,其胜利成果是荣誉和保持勇武与美德的优势,因为他们用不着战败者的财产。他们回到自己的家园,什么必需品都不缺;他们还有着这样的品格:懂得乐于享受自身的处境而且以此为满足。这些人反过来也这样做。他们不向战俘索取赎金,而只要求他们忏悔并认罪服输。不过,整整一个世纪,没有一个俘虏不是宁愿死而不愿在态度上或在言辞上稍稍收敛那不认输的豪迈气概的;也看不到一个俘虏宁愿求饶免死,而不愿被杀被吃的。

他们十分宽待俘虏,好让他们更觉生命之宝贵。他们对战俘常常以即将处死相威胁,跟俘虏讲述就要受到的折磨,为此而做的准备,说他们要被砍手断足,做成人肉盛宴。所做的这一切仅仅出于一个目的:从他们口中逼出几句谦卑求饶的软话或是令他们产生逃跑的念头,从而让自己取得震慑他们、压服他们的优势。因为,说到底,真正的胜利,

就在于这唯一之点:

> 真正确立胜负,
> 就是敌人服输。
>
> ——克劳狄乌斯[1]

……

---

[1] 克劳狄乌斯,古罗马诗人。

第三十二章
神的旨意无须深究

行骗的真正范围与材料是那些未知的事物。因为,首先,新奇本身就令人感觉可信;其次,这些事物不属我们平时判断的范畴,使我们无法加以驳斥。故此,柏拉图说,谈论神性较之谈论人性更易令人满意,因为听者一无所知,摆弄起玄奥的题材来便有广泛的回旋余地和充分的自由。

由此便出现这样的情况:最鲜为人知的事情倒叫人深信不疑,给我们杜撰故事的人却十分自信,如炼金术士、占卦先生、星相学家、手相大师、江湖郎中"**此类人等**"(贺拉斯)。对此,我还斗胆加上另一批人:那些惯于解释和检验上帝意图的教士、术士。他们自称可找到每桩事故的起因,能透过神意的奥秘,洞悉其行事难以理解的缘由。虽然事情变化无常,千差万别,将他们从一拐角赶到另一拐角,逼得他们从东转向西,但他们依然紧随目标,用同一支笔描黑涂白。

在印第安民族中,有一种值得称道的习俗:在争斗或作战失利时,他们当众请求太阳宽恕(那是他们的神),仿佛做了不正当的事情似的。他们把自己的祸福归之于神意,让自己的判断和推论从属于它。

一名基督信徒,只要相信万物来自上帝,承认他神圣而深不可测的智慧,无论事物以何种面貌出现,都从好的方面看待,这就足够了。但我觉得现时看到的通行做法很不妥,即:凭我们事业的顺利与兴旺来支撑和坚定我们的宗教信仰。我们的信仰有其他充分的基础,不必靠事态进程给予认可;因为民众一旦习惯于这种说得过去、合乎口味的论调,当事情发展与愿望相反并损及自身利益的时候,其信仰就有动摇的危险。

比如,我们在护教战争中,拉·罗什拉贝伊[1]之役的得胜者为此次事件高调庆祝,把这回的幸运视作是上帝对他们教派的赞许。后来他们在蒙孔图尔和雅纳克失利,就辩解说是天父的鞭挞和惩罚。倘若他们不是把民众完全控制起来,老百姓很容易就会这么想:这是同一个袋子装两种面粉,同一张嘴巴既呼热气又吹冷风。

……

上帝想让我们知道,除了这世界上的祸福大事之外,好人还另有所期望,坏人还另有所恐惧;上帝凭其隐秘的权能操纵和安排祸福,令我们无法傻傻地为私己而加以利用。那些想凭人的理性去解答奥秘的人们不过是自欺欺人。他们绝不可能巧中一次而不加倍反受其害。圣奥古斯丁在同其对手的交锋中很好地证明了这一点。那是一场主要凭记忆武器而不是靠理智武器来决定胜负的较量。

太阳喜欢给我们投射多少光线,我们就该乐于接受多少;谁为了接受更多阳光而抬起眼睛,要是因放肆而受惩罚,导致失明,那他可别感到意外。

"谁人能知道上帝的意图?谁人能想象天主的旨意?"[2]

---

[1] 拉·罗什拉贝伊,法国靠近利摩日的一个地方,1569年,新教徒与天主教徒曾在那儿开战,天主教派战败。
[2] 引自《圣经·旧约·智慧篇》第九章。

第三十三章
谈舍弃生命以逃避享乐

我曾经注意到,大多数古人的见解,在这点上是一致的,即:活着的坏处比好处多的时候,就是该死的时刻到了;保存性命去遭罪、受苦,那是违背自然准则的。正如古代格言所说:

> 要么活得舒坦,要么就死得畅快,
> 当生成为重累时,死去是件好事,
> 宁愿不活了,也不要活在痛苦里。

不过,轻蔑死亡到这么一个程度,用它来摆脱荣誉、财富、地位以及其他人们称之为"幸运"的恩宠和馈赠;仿佛不加上这一份新重担,理智就难于说服我们放弃这一切似的。塞内加那段文字落到我手里之前,我从未见过有人这样主张和实行过;塞内加在言谈中规劝卢奇利乌斯[1](他是皇帝身边有权有势的人士),劝他改变逸乐、奢华的生活,放弃尘世间的野心追求,回归独处、宁静、超脱的生活;对此,卢奇利乌斯表示有些困难。塞内加便说道:

---

1 卢奇利乌斯,塞内加的朋友,古罗马讽刺诗人,塞内加比他年长少许。

"我的意见是,你脱离现时这种生活,或者干脆放弃生命。我奉劝你采取最温和的做法,你把自己打的死结解开,而不是把它切断;只要是无法解开,你就斩断它。无论多么怯懦,没有人宁可始终摇摇摆摆,而不愿一下子作决断的。"

我原以为,这种劝诫与斯多葛派的苦行主张相符,但奇怪的是,它竟借自伊壁鸠鲁;他在写给伊多梅纽斯[1]的信中,曾就此说过完全类似的话。

……

---

[1] 伊多梅纽斯,伊壁鸠鲁的学生,传记作者和历史学家。

第三十四章
命运与理性往往结伴而行

命运的变化无常,令其在我们面前呈现出各种面貌。是否有比命运更明确无误的公正安排呢?

瓦朗蒂努瓦公爵立定主意毒杀科尔内托[1]的红衣主教阿德里安;公爵和他父亲亚历山大六世教皇要到梵蒂冈那红衣主教家里用晚餐,事前他派人送去一瓶毒酒,嘱膳食主管妥为保管。教皇比他儿子先到,问要饮料,那主管以为特别交托给他的是瓶好酒,便给教皇端上。儿子在上点心时到达,相信人家并未动他那瓶酒,也就跟着喝了。结果是父亲暴毙,儿子长期受病痛折磨,命运更为悲惨。

有时候,命运似乎抓准时机来捉弄我们。

德斯特雷领主是旺多姆殿下的军棋手,里克领主则是阿斯科公爵军团的副官;两人虽分属不同的派系(在边境的邻人中会有这样的事),但都追求丰格塞莱先生的妹妹;里克领求婚成功;可是在举行婚礼的当天,更糟糕的是,就在洞房之前,新郎有意要比武取胜以取悦于新娘。他外出到圣奥梅尔[2]附近动武,德斯特雷领主实力最强,就在那里把他掳去。为了炫耀自己的胜利,德斯特雷领主令新娘子——

---

1 科尔内托,罗马省的小城。
2 圣奥梅尔,法国地名。

被迫离开郎君的怀抱。
后来才在严冬的长夜,
满足他们炽烈的激情。

——卡图卢斯

——亲自向他求情,恳请他归还俘虏。他照办了,法国贵族是从不拒绝贵妇人的要求的。
……

第三十五章
谈我们管理的一个缺陷

从只凭自己的经验和天赋品质行事这一点来说,先父是个极有判断力的人。从前他跟我说,他希望城市里设一定的地方,需要办什么事的人可以到那里向为此而设的官员登记自己的事务。比如:我想卖珍珠;我要找出售的珍珠。某人要找旅伴去巴黎;某某要雇具备某种专长的仆人;某某要找雇主;某某要请工人。有的要这个,有的要那个。各人都按自己的需要。看来,这种使彼此互通信息的办法会给公众交往带来不少便利;因为人们总有彼此寻求帮助的场合,互不通讯息,就会陷入严重的困境。

……

在持家方面,父亲有过这样的安排,对此我十分赞赏,但却不晓得仿效,亦就是:家里设有记事簿,记录无须经公证人之手的零星账目、开支、交易等,记事簿由一名管家负责。除此之外,家父还令仆人的主管当他的秘书,负责帮他记日记,逐日记下发生的重要事项,记下可构成家史的值得回忆的事情;当时间开始抹去对往事的记忆的时候,这种史料回顾起来便很有趣,而且省却我们追溯的麻烦:某事是什么时候开始的?什么时候结束?哪些重要人物带着随从到过这里?逗留了多久?我们的旅行、外出、婚事、丧事,接到的好消息、坏消息,主要仆从的更换等诸如此类的事情。这种古老习惯,我认为各家恢复起来是好事。我过去忽略了,觉得自己真蠢。

第三十六章
谈穿戴习惯

无论我想往哪里去,我都必须冲破某种习俗的藩篱,因为它紧紧地拦阻着我们的条条通道。

在这寒冷的季节,我思索着:那些新近发现的民族赤身裸体活动是气候炎热使然(关于印第安人和摩尔人我们就是这样说的),还是人们的原始状态就如此。

正如《圣经》所说的,世间万物均由相同的法则支配;正因为如此,有识之士,在要区分自然法则和人为制造的规则的论述中,总习惯于援引世界的普遍规律,那不容许有丝毫的伪造。可现在,别的一切生物都拥有必需品以维持自己的生存,而我们却在世界上处于贫乏和不完善的状况,我们不靠外来的帮助就无法存活下去,实在是令人不可思议。因此我认为,如同作物、树木、动物以及一切天然生长的物种都具备足够的遮蔽物以防御恶劣气候的侵害,——

> 为此之故,几乎所有生物都受庇护,
> 或皮、或毛、或甲、或老茧、或硬壳。
>
> ——卢克莱修

我们过去也是这样的。但是,正如人造光令日光不显,我们也用外借的手段削弱自身的能耐。不难看出,是习俗令我们把原先可能的变成不可能,因为在那些不知道衣服为何物的民族中,就有处于跟我们差不多相同的气候带的;而且,我们身上最娇嫩的部分也总是露在外面的:眼睛、嘴巴、鼻子、耳朵;我们的农民,我们的祖先则裸露胸部和腹部。如果我们生来就不得不只穿短裙、短裤,毫无疑问,大自然会把受节气妨害的部分配备更厚的皮肤,就像我们的指尖和脚板那样。

为什么这似乎难以置信呢?我的穿着与我家乡农民的穿着,这二者之间的差别,我觉得比农民跟什么也不穿的人的差别还要大。

有多少人,尤其是在土耳其,出于宗教信仰而赤身裸体!

我不晓得是谁,看见一名乞丐在严寒的冬天里只穿衬衣,跟那个穿貂皮大衣盖到耳朵的人一样充满活力,便问他怎么能耐得住寒冷。他答道:"先生,您的脸是裸露着的,我嘛,全身都是脸!"

意大利人谈及佛罗伦萨公爵的弄臣,好像是这么说的。主人问弄臣,穿得那么单薄,怎么能抵御严寒,他本人就受不了冷。弄臣答道:"照我的法子办吧,我把我所有衣服都穿在身上了,您也像我那样,把您拥有的全部衣服通通都穿起来,您就不会感到比我更冷了。"

马西尼萨国王到了耄耋之年,始终不肯戴帽出门,不管多冷,也不管刮风下雨。据说塞韦尔皇帝也是这样。

希罗多德说,他和其他人都注意到,在埃及人和波斯人的战争中,战场上留下的尸首,埃及人的头颅比波斯人的坚硬得多;原因是波斯人总戴帽子,后还裹头巾,埃及人自小剃发,而且不裹头戴帽。

……

关于衣着问题,墨西哥国王一天换四次衣服,决不重复穿着,换下的衣服不断用来惠赠和赏赐;厨房和餐桌上的盆、碟、器皿也同样不用第二次。

第三十七章

关于小加图[1]

我没有那种以己度人的通病。我很容易相信与自己的情况并不相同的事物。自己热衷于某种模式,我可不像其他人那样,强求人家屈就。我相信,也设想有千百种迥然不同的生活方式。与众人的趋同相反,我更易于接受我们当中的差异而不是雷同。我尽可能领会人家的意愿,而不要求他人依从我的条件和原则;我只根据他本人的情况来考量这个人,不与别人连接,而以他本人的模式为基准。

我本人不禁欲,但我还是真诚地接受斐杨派修士和嘉布遣会修士的禁欲行为。我觉得他们的生活方式不错,我还想象自己处于他们的位置也挺好。

正因为他们与我不同,我越是喜欢他们,敬重他们。我特别希望人家评判我们时按各自的情况,不要依据共同的模式来看待我。

我自己文弱,丝毫不影响我对那些值得尊重的强者和壮汉的看法。"有些人只赞扬他们认为能够仿效的事情。"(西塞罗)我在泥泞中爬行,但我依然对某些英雄人物不可企及的高度极为赞赏。对我来说,具备正常的判断力,这就足够了,尽管我的行为未必都正确,但起码保持

---

[1] 小加图(前95—前46),古罗马政治家,斯多葛派哲学的忠实信徒,大加图的曾孙。

这主要部分不受损害。

……

目前我们的判断力并不健全,而且正跟随世风而呈病态。我见到当代大部分的高才人士都在耍聪明,给前人光辉的高尚行为抹黑,替他们作出卑劣的解释,为他们编造毫无根据的情节和缘由。

实在高明巧妙!你给我举出最了不起、最高洁的行为,我马上给这种行为安上五十个似是而非的坏意图。天晓得,由于这种人着意大肆铺陈,我们的内心会产生多少各种各样的想法!他们一个劲儿恶语中伤,自作聪明,与其说是狠毒,倒不如说显得笨拙和粗鲁。

有人煞费苦心、毫无顾忌地贬低那些伟大的名字,我倒愿意为他们献出微力,颂赞他们。那些被圣贤一致选择、奉为众人楷模的稀缺人物,就我的想象力能作出解释并加以正面介绍的情况下,我会毫不犹豫为他们恢复名誉。不过,应当相信,我们所设想的努力远不足以表述他们的功绩。正直人士的责任是弘扬他们近乎完美的品德;当我们受热情的激发,作出偏向圣洁形象的描述的时候,就我们来说,这也并不过分。

倒是那些人,正做着相反的事情,他们的所作所为或是出于恶意,或是由于存在把信仰局限于自己所能达的范围的毛病,我刚才就提到这一点;再或者,如我所想的那样,因为他们的目光不够远大、敏锐,无法认清纯粹自然状态下的光辉美德,也没有受过这方面的陶冶。普卢塔克说,当时有些人把小加图之死归因于对恺撒的畏惧,为此他感到恼火,自然在理。可以断定,有人将其死因归之于野心,这会令他更为反感。这些人多蠢啊!小加图本要完成壮丽、高尚的义举,赢得荣耀,而不是蒙受屈辱。这个人物的确是造化选择的榜样,用以展示人的品德和精神力量可以达到何等高度。

107

不过,我在这里没有探讨的课题。我只想把五位颂扬加图的诗人的佳句放在一起比拼,这对加图有好处,附带也有利于了解这些诗人。……瞧,我们的诗人在竞技上:

其中一位说:

> 加图生时就比恺撒伟大。
>
> ——马尔提阿利斯

另一位说:

> 所向无敌的加图,战胜了死亡。
>
> ——马尼利乌斯

第三位说到恺撒与庞培的内战:

> 诸神偏向战胜者的事业,
> 而加图选择失败者那边。
>
> ——卢卡努斯

第四位在赞扬恺撒说:

> 全世界都已降服,
> 唯征服不了加图的不屈心灵。
>
> ——贺拉斯

最后,唱诗班之主,在他的描述中列举了最伟大的罗马人的名字之后,以这么一句结束:

是加图给他们制定规则。

——维吉尔

第三十八章
我们因何为同一事物亦哭亦笑

……

据说,我们的身体里汇集着足以形成不同气质的体液,其中按我们的性情在我们身上最常占优势的,便是主导者。心灵的情形也完全一样,虽然承受着各种冲动,但必然有一种情绪始终成为主宰。不过,它并未到统率一切的程度,由于我们的心灵柔弱易变,有时最弱势的情绪,也会涌上心头,发起短暂的冲击。因此,我们不仅看见那些天真烂漫凭着本性行事的小孩,常常为同一件事又笑又哭,就是我们当中的任何人,无论他是怎样按照自己的意愿作出远行的决定,在告别家人及朋友的时候,谁也不能夸口,他的决心丝毫不为所动。即使泪水并未完全掉下来,但他把脚伸进马镫的时候,起码也流露出阴沉、忧伤的神情。

无论出身高贵的少女之心燃烧着怎样的爱火,人们总得将她们从其母亲的颈项上硬拉开来才交给其夫婿,任凭这好伙伴[1]说什么:

是维纳斯爱神招致新娘子厌恶?

1　好伙伴,指古罗马抒情诗人卡图卢斯。

还是新娘以假泪蒙蔽快乐的父母?
她们在新房门前哭到泪流满面,
我敢指天起誓,这泪水包含欺骗。

——卡图卢斯

因此,一个大家恨不得他去死的人,死时仍有人惋惜,那就不足为奇了。

当我痛骂仆人的时候,我使尽力气去咒骂他,这是真心实意的诅咒,而并非装模作样。但乌云散后,他需要我时,我会十分乐意地帮助他。我随即把那一页翻了过去。我骂他蠢材、笨猪,并未打算给他永远加上这样的称号。过后不久,我称他为正派人,也并不自认为出尔反尔。

任何一种品性都无法把我们完完整整地概括在其中。如果不是因为自言自语属疯子行为的话,人们就会没有哪一天听不到我自己骂自己:"他妈的蠢货!"不过,我并不认为,这就是我对自己的结论。

倘若有人看见我对妻子时而脸色冷淡,时而饱含爱意,便以为其中的一种表现必假,那他就是个大傻瓜。

……

第三十九章
谈 退 隐

……

卸下压在心灵的重担

现在来谈谈退隐的目的,我想无非是一个:那就是生活得更悠闲,更自在。但是,人们并非都能找到正途。往往以为抛开了各种事务,其实只是变换一下而已。管家的烦恼并不比治国的轻多少。心有牵挂,便会整个儿放在上面。家务事情虽然没有那么重要,但麻烦并不因而减轻。再说,虽然我们放开了政事、商务,却并未摆脱生活中的主要烦恼。

> 消除烦恼的是智慧和理性,
> 而不是宽旷开阔的海滨。
>
> ——贺拉斯

野心、贪婪、犹疑、恐惧、淫欲,并不因为我们换了地方就离开我们。

忧愁踏上马鞍紧贴骑士背后。

——贺拉斯

它们紧随我们,直至修道院,直至哲学讲堂;沙漠、岩洞、苦行、守斋,都不能使我们解脱。

他腰间依然插着致命的利箭。

——维吉尔

有人跟苏格拉底说,某人旅行时心境毫无改善。苏格拉底答道:"这我相信,他是带着自己的心事出行的。"

为什么要去远寻异国的住地?
离乡的人,有谁放得下自己?

——贺拉斯

如果不是首先卸下压在心灵的重负,那么行动起来,更会增加心灵的压力。正如装货的船只,船停稳的时候,重载也显得妨碍不大。您挪动病人,对他的害处比好处要多。您对他的折腾,会使病痛加深,如同木桩,受到撞击震动,就愈扎愈深,愈扎愈牢靠。因此,远离众人,并不足够,更换地方,也不足够,必须排除我们所习惯的一般人的生存方式,隐居起来,重新拥有自我。

……

享受引退生活的乐趣

咱们来听听小普林尼[1]关于退隐问题给他的友人卢夫斯的忠告："我劝你,在这种充实、宽裕的退隐生活中,把卑微的、令人厌烦的家政之事,留给手下人去做,而你则专心致志研究学问,从中获得一些完全属于你本人的东西。"他这里指的是声誉。他和西塞罗的性情相似。西塞罗说过,他愿意利用退隐及离开公务的空闲时间从事著述,以博取不朽的名声。

> 你有学问却不被人知晓,
> 你的知识岂不就湮没了?
>
> ——佩尔西乌斯

既然谈到要从社会引退,那么,留意自己身外的情况,看来就不无道理。有些人只做了一半。他们为将来自己不在的日子作了安排,但却从一种可笑的矛盾逻辑出发,还要从自己将要引退的社会中获取自己设计的成果。有些人出于虔诚之心,寻求隐退,内心充满着寄希望于圣洁的彼岸生活的坚定信念;这种人的想法要健康得多。……

因此,小普林尼忠告所提的目的和方法,我都不赞同。我们总是从某种糟糕的处境落入更糟糕的境地。埋头读书跟其他事情一样费力,也同样不利于健康,而健康是首先要考虑的。不要被读书所感受的乐趣弄糊涂了:爱财如命的持家人、吝啬鬼、享乐狂、野心家,就是被这样

---

[1] 小普林尼(61—112),老普林尼之外甥及养子,古罗马作家,曾任执政官。

的乐趣所断送的。

先哲多次教导我们,要谨防欲念害人;要我们学会把真正而完整的乐趣与夹杂许多痛苦的乐趣区分开来。他们说,大多数乐趣,就像埃及人所称的腓力斯强盗那样,迎合我们,拥抱我们,为的是把我们掐死。如果我们醉酒之前已感到头痛,就会避免多喝。可那快感,为了蒙蔽我们,自己却走在前头,而把恶果隐藏在身后。

书籍可给人带来乐趣。但是,啃得太多,最后便兴味索然,还要损害身体,而快乐和健康却是我们最可宝贵的。倘若结果竟弄到有损身心的地步,那么我们就抛开书本吧。有人认为,从书上所得的弥补不了所失的,我是同意这种想法的。长期以来感到身体不适、健康欠佳的人到头来只好听从医生的吩咐,请大夫规定一定的生活方式,不复逾越;退隐的人也是如此,他对社交生活失去兴趣,乃至深感厌烦,他只得按理性的要求设计隐居生活,通过深思熟虑凭自己的见解好好地加以安排。他应当排除一切劳累困扰,不论它以何种形式呈现;他也应当摆脱有碍于身心宁静的世俗之欲,而选择最符合自己性情的生活之途。

各人都要选择适合自己的途径。

——普罗佩提乌斯

无论主持家政、钻研学问、外出行猎或处理其他事务,都应当以不失其乐趣为限度,要注意不要超过这个极限,不然苦便会开始掺进乐中来。

从事学习,处理事务是我们保持良好状态的需要,也是避免另一极端(即慵懒、怠惰)所引起的不适的需要;我们的用功、处事就只应以此为度。

有些学科没有成效而且艰深难懂,那多半是为群氓而设的。就让那些媚俗的人去探讨它们吧!我嘛,我只喜欢有趣而且易读的书本,它能调剂我的精神。我也喜欢那些给我带来慰藉、教导我很好处理生死问题的书籍。

　　我默默地漫步于幽林之中，
　　思考那值得圣哲探究的问题。

　　　　　　　　　　　　——贺拉斯

智慧在我之上的人们，由于具有刚强的、充满活力的心灵，可以为自己安排纯粹精神上的休息生活。至于我，我只具备常人的心灵，我得借助肉体之乐来维持自己。年事已高，与我原先口味相符的乐趣已离我而去。此刻我正培养和激发自己的欲望，使之能领受比较适合我这个年龄的欢乐。我们务须全力抓紧去享受生活的乐趣，消逝的岁月正将我们恋栈的欢乐逐一夺走。

　　尽情享乐吧，我们只此一生。
　　明天你只留下余灰，化作幽灵，一无所剩。

　　　　　　　　　　　　——佩尔西乌斯

至于小普林尼和西塞罗提出的追求声誉的目标，这与我的想法相去甚远。同引退最为相左的精神状态，莫过于勃勃野心。声望和安宁是互不相容的两回事。在我看来，他们两人只把双臂和两腿伸出尘世之外，而他们的心灵和思绪却比任何时候都更深深地扎进尘世当中。……

　　……

第四十章

小议西塞罗

关于两对人(西塞罗与小普林尼,伊壁鸠鲁和塞内加)的比较还可以加上一笔。从西塞罗和小普林尼(我认为他的性情不大像他的舅舅)的著作中,可找出表露勃勃野心本性的无数迹象,其中一点是,他们公然要求当时的历史家在其史册中不要忘掉他们。可命运,似乎有意作弄,令那些史册早早失散,却让他们追求虚荣的轶事一直流传至今。

但这些高贵人士的心灵之可鄙还不止于此,他们想凭自己的琐碎言谈来沽名钓誉,竟至利用起写给朋友的私人信件,有些错过了时间没有寄走的,竟也拿来发表,还堂而皇之辩称:他们不想让自己的工作与辛劳付之东流。

罗马两位执政官、主管世界事务的共和国最高官员,利用闲暇时间撰写和包装好漂亮的信札,以此博取名声,想让人称赞他们善解从奶娘学来的语言,这太不合适了!靠此为生的普通小学教师会做出什么比这更差劲的事吗?

……

要称颂一个人,却搬出与他身份不相称的长处(尽管这也值得称道)和不应该是他主要优点的长处,那是一种嘲弄和侮辱。这就像颂扬一位国君,说他是好画家、好建筑师、高明的火枪手或出色的夺标骑手一样。如果这些赞扬不是连同或随着切合其王位的赞誉(即夸他文治武功,领导子民正确英明),那是不会给他带来荣耀的。

……

在另外两位哲学家(伊壁鸠鲁和塞内加)身上有点类似之处。他们在写给友人的信中许诺名垂千古,不过方式不同,为了取得良好的结果,竟迎合他人的虚荣心。他们写道:如果因为想扬名天下、彪炳史册仍留在高位操持公务,而害怕按他们的要求退休、归隐,那么就再不必为此去大费心思了。他们这些哲学家,对后世有足够的威望,满可以回答说,就凭他们写的信函,就可以令通信者扬名天下,等于其在公务中的建功立业。

……

关于书信,我想说句话:我的朋友认为,对于这种著作形式,我可以有所作为。如果我有话要跟谁说,我很乐意用这种形式表达我的奇思妙想。我必须像先前那样,有某种交往吸引我,支持我,激励我。因为像其他人那样对空而谈,我是不干的(除非是在梦中),我也不会虚构几个名字而与之谈论严肃的事情。我是弄虚作假的坚决反对者。如果跟强势的友人打交道,我会更专注、更自信,胜过面对一群人的不同面孔。要是没有取得更好的成绩,我会很失望的。

我写作时文笔随便、幽默,具有个人特色,不适宜公共交往的场合。总而言之,我的语言过分紧凑、凌乱、不连贯、个性化。我不擅长写礼节性的书信,那内中不过是一连串好听的客气话,没有别的实质性内容。我没有本事,也没有兴趣去写那些充满热情、表示愿意效劳的长信。我不大相信这一套,也不喜欢说些连自己也不当真的过头话。这与现时的习惯做法相去甚远。的确,从来没有像现在这样糟蹋、滥用这些字眼:人生、心灵、虔诚、崇拜、农奴、奴隶等;这些字词充斥在书信中,以致写信人想要传递更确切、更含敬意的意愿时,再也找不到方式来表达。

我特别不愿让人看起来自己像个阿谀奉承者,这令我很自然地说话干巴、直截、生硬,在不熟悉我的人看来,几近轻蔑。我对最敬重的人最不去奉迎。在这种场合,我的内心轻松欢快,竟忘掉讲究礼节的规矩。就这样,和我交往最多的,我的倾诉却最少。我觉得他们会了解我心里想什么,我用言语明说出来,反而损害我保持着的感情。

欢迎光临、告辞、致谢、问安、愿效微力等诸如此类礼节所要求的客套话,我不知道有谁比我表达得更枯燥、笨拙。……

我喜欢一起写两封信,而不是写完一封折叠、封好后才写下一封;我总是让另一个人去负责该任务。当信的主要内容写完后,我也乐意交给他人去添上那些我们放在信末的冗长的致意、提议、请求的词语。我希望有什么新的惯例令我们免去这套东西,也希望不必列上对方一连串的身份、头衔。为了不出差错,我好多次空着不写,尤其是对于司法部门与财政部门的官员。职位的创设与变动频繁,各种荣衔的归属和序列难于认定;而这些职位和头衔是花高昂代价才取得的,更动或遗漏都不可能不得罪人。我也觉得,在我们付印的书名页和扉页上放上这些头衔,不过表明品位低下。

第四十一章
荣誉不可分享

在世上千万种蠢事中,最为人接受的、最普遍的就是对名声和荣誉的操心,我们不惜为此放弃财产、安宁、生命与健康,丢开这些实在的、富有内涵的东西而去追求虚无缥缈的幻象,追求无影无形、不可捉摸的空言。

> 自负的世人迷恋美好的名声,
> 这甜美的声音显得多么动听,
> 我说它其实只是幻觉或回声,
> 来一阵轻风,便告无踪无影。
>
> ——塔索[1]

在人类的各种不合理的倾向中,这一倾向,看来哲学家比其他人摆脱得更迟,也更为勉强。

这是最根深蒂固的倾向。"因为它不断发出诱惑,甚至迷惑先进的心灵。"[2]

---

[1] 塔索(1544—1595),意大利诗人,本节诗句引自《解放了的耶路撒冷》。
[2] 圣·奥古斯丁语。奥古斯丁(约354—430),古罗马末期的基督教思想家。

如此明确地凭理性谴责虚荣心的人并不多,这虚荣心在我们身上已深深扎根,我不知道有谁曾经彻底摆脱过。为了否定它,你什么都说了,而且也相信全都能做到,可过后,不管你有什么道理,这虚荣心却引发你的内心倾向,令你无法抗拒。

因为,正如西塞罗所说的,即便是抨击虚荣的人,也愿意在自己所写的书的扉页上印上自己的名字,愿意凭自己鄙视声誉这一点来博得声誉。其他一切都可以交换分享,朋友需要的时候,我们可以拿出财产,付出生命;但和别人分享荣誉,把自己的名声赠予他人,却并不多见。

……

第四十二章
谈人与人的差别

......

谈起对人的评价,十分奇怪的是,没有任何事物不以其本身的品质来衡量,唯独人是例外。我们赞扬一匹马,是因为它矫健有力。

> 我们夸奖快马,是因为它连连获胜,
> 它的胜利赢得赛场上阵阵的喝彩声。
>
> ——尤维纳利斯[1]

而不是因为它的鞍鞯;赞赏一头猎犬,是因为它的敏捷,而不是因为它的项圈;欣赏一只鸟儿,是看它的翅膀,而不是看它的牵绳和铃铛。对于人,为什么不同样以其自身的价值去衡量他呢?他有大量的随从,豪华的宫殿,极大的权势,丰厚的年金。这些统统都是他身外之物,而不是他固有的本质。你不会去买一只装在袋子里的见不着的猫。如果你要买马,你就会把鞍具卸去,让它无遮无盖地供你细看。或者,若是像古代给王侯挑马那样将马遮盖,盖住的也只是非常次要的部

---

[1] 尤维纳利斯(55—140),古罗马讽刺诗人。

位,为的是不让你多费时间去看美丽的毛色和宽大的臀部,而让你留神察看腿部、眼睛、四蹄这些最起作用的器官。

> 君王相马,通常让它盖住,
> 以免受它美丽的毛色迷惑,
> 只看它宽臀、细头、高胸,
> 而不知它的四蹄往往柔弱。
>
> ——贺拉斯

你估量人的时候,为什么让他把自己裹得严严实实呢?他着意展示的是他非本质的部分,而却把可资正确评价的方面掩盖起来。你追求的是宝剑的价值,而不是剑鞘:一旦把剑从鞘中拔出,你有可能认为它一文不值。看人要看人的自身,而不是他的装扮。有位古人[1]的话说得蛮风趣:"你知道为什么你觉得他长得高大?因为你连他木屐的高度也算上了。"

雕像的基座不属于雕像本身。量度人可别算他的高跷。把人的财富、荣衔都去掉吧,让他只穿着衬衣出现。他的体格能胜任他的职务吗?他是不是健康而且劲头十足?他的心灵如何?美好吗?高尚吗?是不是各种品质都齐备?他是靠自己的财产抑或靠他人的财产而致富?运气对此有没有任何关系?他是不是镇定地直面出鞘的利剑?他是否不在乎如何离开人间,不管是老死还是暴毙?他宁静、平和、知足常乐吗?这些都是必须要察看的,借此便判断出人与人之间的极大差别来。

……

1　此处指塞内加。

第四十三章

关于反奢侈法

我们的法律试图节制饮食和衣着方面的挥霍无度,其方式似乎与其目标背道而驰。真正的办法兴许是唤起人们对黄金与丝绸的轻蔑,视之为虚荣的、无用的东西;而我们却对其倍加重视,高抬其价值,要以此令人心生厌恶,十分荒唐。因为宣称只有王侯国公才吃珍贵海鲜,才能穿丝绒衣服、佩金饰带,而却禁止平民这样做;这不是无异于抬高这些东西的身价,激发每个人都想去享用的欲望?

即便君主们毅然舍弃这些显示高贵的标志,其他表明身份的标志他们有的是。王侯的这种挥霍滥用比起其他人更不可原谅。通过许多国家的例子,我们可以学到足够的从外观上突出身份地位的好方法(说实在话,我认为这对于一个国家来说是必要的),而不致滋生明显的腐败和弊端。

令人惊奇的是,在那些无关紧要的事情上,习惯竟然轻而易举地很快起决定性作用。我们在宫廷里为亨利国王驾崩戴孝还不到一年,绫罗绸缎在众人心目中便身价大跌,以致你看到有人还穿丝织衣物,就立即认为他是下等市民。那时内科医生和外科大夫才保持这种着装。尽管人人的穿着都差不多一样,但是还是有许多鲜明的标志显示人们地位身份。

在我们的军队里,羊皮和帆布的油污紧身上衣突然备受推崇,而高雅、华丽的衣衫则受人的指责和鄙视!

君主们要开始摆脱这种靡费的开支,一个月内即可告成,不用诏书也无须敕令。我们全都会照办。法律只需反过来规定:除了街头艺人和妓女,任何人不得穿着红衣和披金戴银。查莱库斯就想到类似的招数来纠正洛克里斯[1]居民的奢靡风气。他的法令是这样规定的:有自由身份的女子,除非喝醉,随带的女仆不得多于一名;如果不是娼妓,她也不得夜间出城,身上不可佩戴金饰、穿着刺绣的华贵衣裙。男人除了皮条客,则不得戴金戒指,也不得穿精致的服装,如用米莱[2]城纺织的衣料制作的。通过这些激起羞耻感的例外通融,他巧妙地引导公民们摆脱无益的装扮和有害的享乐。

……

1　洛克里斯,古希腊城市名。
2　米莱,小亚细亚的爱奥尼亚古城。

第四十四章
谈 睡 眠

理智敦促我们一直沿着相同的路径前行，却没有规定步调的快慢要始终一样。虽则圣贤不允许受制于人的情欲而偏离正道，但也容许在无损于自身职责的情况下，受情绪的作用加快或放慢步伐，而并非像漠然的巨人，呆立着一动也不动。他就算是勇武的化身吧，我想，他冲锋陷阵时的脉搏也会比他去就餐时跳得快；热血沸腾、情绪激昂甚至是免不了的。由此，我注意到，有时大人物面临非常之举、至要事务，仍然镇定自若，连睡眠也不受影响，实属罕见。

亚历山大大帝即将与大流士[1]展开激战，那天早上，他沉睡不起，帕尔梅尼翁只好进入他的卧室，走近他床前，直呼其名两三回把他唤醒，因为开战时间已经迫近。

奥东[2]皇帝决定自尽，当晚他料理停当家里的事务，把钱财分给仆人，磨快了准备用于自刎的利剑，只等获知他的朋友们是否都安全撤走，这时间他便呼呼大睡起来，他的贴身仆从还听到他的呼噜声呢。

这位皇帝之死和伟大的加图之死有许多共通之处，特别是在这一点上：加图准备好自尽，等候着他安排撤退的元老们是否已离开乌提卡

---

1 指大流士三世（前？—前330），波斯帝国末代国王，前336—前330在位。
2 奥东（32—69），古罗马皇帝。

港的消息,这时间他便沉沉睡去,隔壁房间的还听到他的鼾声;随后,他派至港口的人回来唤醒他,向他报告说,因风暴所阻,元老们无法顺利扬帆启航;他便另派一人前往探询,复又倒头在床上睡去,直至那人回来告诉他,元老们确实已经离去。

……

第四十五章

关于德勒[1]战役

在我们的德勒战役中,充满了罕见的怪事;而那些不大爱护吉兹先生声誉的人,喜欢强调指出:在敌人凭炮火攻进陆军统帅的队伍时,他率领着大军,却按兵不动,拖延时间,是不可以原谅的。他本应冒着风险进攻敌人的侧翼,而不是等待敌人暴露其后防弱点的良好时机,从而导致遭受如此重大的损失。

不过,撇开战事结局已表明的情况不提,我认为,平心静气讨论这个问题的人,就不难承认:无论主将或是每个士兵的意图和目标,都应该是全局的胜利,而零星的战事,不管有多大的好处,都不应令其偏离这个目的。

……

---

[1] 德勒,法国地名。此战役发生于1562年,对抗的双方是天主教徒和新教徒。

第四十六章
谈 姓 名

蔬菜无论有多少种,都用"色拉"这个名称把它归在一起。同样,关于姓名的考察,我也在这里把不同的因素合成一个大杂烩。

每个民族都有几个名字是含贬义的,我不知道是怎么一回事,在我们这里有Jean(让)、Guillaume(纪尧姆)、Benoît(伯努瓦)。

同样,在亲王的谱系中,似乎有某些名字注定受命运影响,如埃及的Ptolémée(托勒密)、英国的Henri(亨利)、法国的Charles(夏尔)、佛兰德的Baudoins(博杜安)、我们古代阿基坦的Guillaume(纪尧姆);有人说Guyenne(居耶纳)这个名字就是由此而来的;这纯然是文字游戏,就连柏拉图著作中也有这样生硬的比附。

同样,有一件小事,因其奇特,值得一记,那是目击者写下来的:英国国王亨利二世之子诺曼底公爵亨利,在法国大摆宴席,来赴宴的贵族人数众多,出于遣闷,就按名字相似的划分席次;第一组为纪尧姆,竟有一百一十人要入此席,还未算普通士绅和仆从呢。

按赴宴人的名字排席次十分有趣;同样有趣的是,热塔皇帝着人按菜肴名称的首字母依次备菜上菜。例如,以M字母开头的,就端上:羊肉(mouton)、小野猪(marcassin)、鳕鱼(merlus)、鼠海豚(marsouin);其余的也照此安排。

同样,有人说,最好是起个好名字,这意味带来信誉和好名声;还有,说真的,取个易念、易记的漂亮名字也有方便之处,因为王公、大臣们更易认识我们,更不易把我们忘记。乃至对我们的仆从,我们也更通常指派和使唤那些名字最易上口的人。我见过亨利二世国王,从来叫不准一位来自加斯科涅地区的士绅的名字;对王后的一名宫女,他竟主张直呼其姓,因为他觉得她父亲给她取的名字过于怪诞。

苏格拉底也认为,父亲该多用心思,给孩子起个好名字。

再者,据说在普瓦捷[1]建造大圣母院起源于这么一件事:一名住在这个地方的淫逸放荡的青年,召来了妓女,人到当即问她的姓名,她叫玛利亚。他听到我们救世主的母亲的神圣的名字,唤起强烈的宗教感情,立刻肃然起敬。他不仅把那妓女遣走,而且由此改过自新,贯彻终生。据说,由于这次神迹,人们就在那青年住处的地方建起一座圣母礼拜堂,后来便扩建为我们今天所见的大教堂。

……

所列的名字故事中,最后我要说的是:我们法国以土地和封邑来称呼每个人,这是一种恶劣的习惯,而且后果很糟,世上令人混淆和误解家族关系的莫过于此。一名贵族家庭的子弟,获得一块封地,因此而得名,备受敬重,他不可能老老实实地放弃荣衔。他过世十年之后,土地归了外人,这一位的做法也一样。请想想吧,我们对这些人的了解能到什么程度。不必去寻找别的例子,只需看看王室的例子就可以了:有多少分封地就有多少家族的姓氏,这时候,谱系的本源我们都搞不清楚了。

这类的变更十分随便,当时我就见到,谁受命运青睐,获得某种不寻常的荣耀,没有不胡乱地给安上连他老爸也不晓得的新谱系头衔的,

---

1 普瓦捷,法国地名,位于西部。

没有不攀附名门望族家世的。幸运的是,默默无闻的家族最适宜冒名造假。按照他们自己的说法,我们法国有多少贵族是王族一脉的?我想,超过其他非王族的吧。

……

再说,书写名字的笔画是千人共用的。在所有种族中,同名同姓的人有多少?在不同的家族、不同的时代、不同的国家中,又有多少?历史上有三个苏格拉底、五个柏拉图、八个亚里士多德、七个色诺芬、二十个德梅特利乌斯、二十个狄奥多尔;你猜想一下,历史上不曾记载的人又有多少。有谁阻止我的马夫取名大庞培?不过,凭什么方法和力量给我死去的马夫或给在埃及被砍头的另一个人[1],与这个荣耀的名字、与这些有光彩的笔画连接一起,从而令他们受益呢?

……

---

[1] 影射庞培,庞培在埃及被杀。

第四十七章
谈我们判断的不可靠

这句诗说得真好:

> 凡事都可以既正着说,也反着说。
>
> ——荷马

例如:

> 汉尼拔取得了胜利,
> 却不懂利用胜利果实。
>
> ——彼特拉克

同意这种看法的人,跟我们的人一样,都强调指出:不乘胜追击至蒙孔图尔[1]是个错误;或是想指责西班牙国王的人,说他不晓得利用在圣康坦[2]对我们的优势。他可以这样说:犯这种错误是因为国王醉心于自己的幸运,内心满足于初战的成功,由于忙于消化业已取得的成就,

---
1 蒙孔图尔,法国地名,位于西部。
2 圣康坦,法国地名,位于北部。

竟没有兴趣去扩大战果。他怀中抱得满满的,再抓不了更多东西;命运把那么大的优势交在他手里,他却不配受用。因为,他让敌人有办法重整旗鼓;尽管取得胜利,他又有什么得益呢?

当敌人溃不成军,惊恐万状,他却不敢或不知道紧追不舍;当对方再度集结、休整奋起,受愤怒和复仇之念强烈驱动时,还能指望他敢于再次向敌人发动进攻?

……

但为什么不可以反过来这样说:不知节制欲求是莽汉和贪心鬼的行为;想要违背上主规定的限度,就是滥用他的恩宠;得胜之后再重新冒险,就是将胜利再度交由命运摆布;军事艺术中最为高明的一招,是不把敌人逼到绝境。……围攻一个被你逼至死地唯有以死求生的人是很危险的,因为逼急了会拼命。"困兽咬人最凶狠。"

……

由此,我们习惯于这样说:事态的进展和结果,尤其是在战争中,大部分取决于"运气",这是有道理的;命运不会迎合和从属于我们的推理和智慧,正如这些诗句所说:

> 粗疏的计划竟然成功,缜密的安排反倒失算;
> 命运不垂顾正当诉求,不理该受赏者的意愿,
> 它漫无目的到处乱碰;冥冥之中有一种力量,
> 管束、支配我们;按其法则引领世事的走向。
>
> ——马尼利乌斯[1]

---

[1] 马尼利乌斯,古罗马提比略皇帝时代的诗人。

不过,说得准确一点,似乎我们的意图和决定也取决于命运,命运以其混乱和不确定性左右着我们的推断。

蒂迈欧[1]在柏拉图的《对话录》中说:我们的推理冒失、轻率,因为我们的判断跟我们的人一样,都包含极大的偶然因素。

1　蒂迈欧,柏拉图《对话录》中的主要对话人。

第四十八章
谈 战 马

我嘛,从来只会按常规学习语言,至今还不知道什么叫形容词、虚拟式和夺格,现在居然成了语法学者。我似乎听说过,古罗马人把有些马叫"辕旁马"或"右牵马";人们牵在右面,或是领着作为接力之用,让其充分休息以备急时之需。由此,我们便把准备服务的"右牵马"叫战马。我们传奇故事通常说的"靠右前行",指的是"陪伴"。古罗马人也把训练到能成双快跑的马称为"飞马",不套笼头,不配马鞍;罗马贵族,在双马疾驰的时候,甚至全副武装,也能从一匹马跳到另一匹。努米底亚[1]的骑兵手牵第二匹马,为的是在鏖战的时候更换坐骑。"他们按我们骑手的方式跳换战马,都习惯于一人带两驹,在酣战的时候,全副武装从那疲惫的马匹跳至精力充沛的马上;骑手多么敏捷,而坐骑又是多么驯良。"(李维[2])
……

说到骑术娴熟和骑姿优美,我不认为有哪一个民族超过我们。我们习惯上所称的"好骑手",似乎更多的是关乎勇敢而不是技巧。我认识的最在行、最稳妥、最高效的驯马师,在我看来是卡纳瓦莱爵士,他为

---
1 努米底亚,北非古国名。
2 提图斯·李维语。提图斯·李维(前59—公元17),古罗马历史学家、文学家,其主要著作为《罗马史》,共142卷。

我们的亨利二世国王效力。

我见过一个人,双脚立马鞍,放开缰绳,转而卸下鞍子,抛到地上,回马时捡回,再度装好坐上,始终纵马疾驰;我见他骑马跨过一顶帽子,转身向帽子拉弓射箭,而且中的;他一脚点地,另一脚挂马镫,捡起他想捡的东西;他还做其他诸如此类奇巧动作,就靠这些,维持生计。

从前在君士坦丁堡也见过两人同骑一马,在马儿飞跑的时候,轮流上下跳跃。还见过一个人仅用牙齿给马套笼头,上鞍辔。又有另一个人,在两马当中,一脚踩一匹马鞍,另一脚踩另一匹鞍子,胳臂上还托起第二个人飞速奔驰。这第二个人,站得直直的,在马儿飞驰中挽弓,每射必中。还有好些人在鞍上倒立,双脚朝天,鞍鞯绑上些弯刀,头部就顶在飞跑的马匹系上的刀尖中间。

在我童年时代,那不勒斯的叙尔莫纳亲王训练一匹烈马做各种各样的动作,将钱币置于他的膝下和脚趾下,像用钉子钉上去似的,以示他坐姿的稳当。

第四十九章
谈古人的习俗

我们的民众除了自身的风俗习惯之外,就没有其他完美的准则与规范,我感到这点情有可原;因为这是一种通病,不仅庸人有,而且差不多所有人都有,就是只让自己眼光盯在出生环境的生存方式上,而不寻求任何超越。当有人看到法布里蒂乌斯或莱里乌斯,由于他们的穿着打扮跟我们不一样,便觉得他们的举止、仪态粗野;这点我还能接受。

我不满的是,他易受时尚的影响、摆布,缺乏主见;为了迎合时尚,竟然可以每个月改变主张、看法,做出与原先的观念完全不同的判断。先前的胸衣的衣撑安置在胸部中间,他便举出充分的理由,说放置得正是地方;几年之后,衣撑降至大腿之间,他就嘲笑过去的做法,认为荒唐至极,不可忍受。现时是这种穿着方式,就使他马上去谴责先前的方式,语调坚决,十分肯定。你会以为他精神错乱、理智缺失呢。

由于我们这方面的变化那么突然,那么迅速,弄得世界上全体裁缝师的创造都无法提供足够的新花样;因而常常发生这样的情况:被鄙弃的款式又重新受青睐;时兴的款式很快就遭淘汰。同一个人的见解,在十五至二十年期间,竟亮出两三种不仅不同而且是相反的看法,轻率易变,叫人难以置信。我们当中还没有这样精明的人,能够不受这种自相矛盾的说法迷惑,可以不被弄得眼花缭乱、意乱神迷。

我想在这里列举一些我所记得的古人的做法,有些和我们的相同,另一些则大不一样,为的是让我们心存世间事物不断变化的观念,从而保持更明确、更坚定的判断力。

我们所说的罩上披风比剑,在罗马人当中通常如此,恺撒就说过:"他们将披风绕在左手上并拔出剑来。"他还指出,自那时起,我们的民众中有一种恶习(至今仍存在),那就是路上遇上行人,拦住人家,非要人说出是谁不可,如果对方拒绝回答,那就招致辱骂和引起争吵。

古人每天饭前洗澡,就像我们用水洗手那样平常,开始他们只洗胳臂和腿脚,后来按照世界上大部分民族延续了几个世纪的习惯,赤裸全身在加了药物和香料的水里洗;光用清水洗的是朴素的表现。最讲究、最娇贵的人士每天都往身上抹三四次香料。就像法国女子一段时间以来习惯除去额上的汗毛那样,他们也常常拔掉全身的毛。

> 拔除你胸部、腿上、胳臂的毛。
> ——马尔提阿利斯

……

女子在洗浴间可以同时接待男士,甚至使用男仆擦身、涂油。

> 一名腰系黑围裙的男奴隶站立旁边,
> 每当你赤身裸体洗热水澡时听你使唤。
> ——马尔提阿利斯

她们往自己身上扑点粉以对付汗水。

……

第五十章
关于德谟克里特和赫拉克利特[1]

尝试判断

判断是对付一切问题的工具,而且处处用它。为此,我在这里利用各种机会尝试运用自己的判断力。倘若是我完全不熟悉的问题,我就试着去应用,像是远远探测徒步涉水渡河,后来发现那地方太深,以我的身高蹚不过去,那我就在岸边待着;认识到自己过不去,就是判断的成功,而且是最为得意的成就之一。

有时候,我在微不足道、无关紧要的问题上,试试运用判断,看看能否使问题具体化,并为之提供支持和根据。有时候,我运用判断去转而探讨经人家反复琢磨过的重大问题;在这方面发现不了什么个人的东西,因为大路子已经开辟出来,只能踏着别人的路径走。这时候,判断力就来挑选它认为最好的途径;在千万条小径中,它认定这一条或那一条是最佳的选择。我先碰到什么问题就抓什么问题。我觉得所有问题都不错。不过,我从未打算将其完整地展现出来,因为我见不到全貌。

---

[1] 德谟克里特(前460—前370),赫拉克利特(前550?—前480),两人都是古希腊哲学家。

那些许诺给我们窥全豹的人,也并未做到这点[1]。

每一事物都由各部分构成,都有其方方面面;有时候我抓住一部分轻轻尝试,有时候我接触一下表面,有时候,我却深入其中,直至骨子里。我往里面扎下去,不是尽量扎得宽,而是尽可能往深处扎。我抓问题常常喜欢从别人未接触的方面着手。如果某些事情我不大熟悉,我就冒着风险,探究下去,我在这儿写上一句话,那儿留下另一句,那是整体中的散件,既无一定意图,也不作任何承诺,我不担保其正确无误,也不肯定自己就坚持下去,觉得合适时也不作变动。我可能一直犹疑不定,缺乏把握,陷入我常处的愚昧无知的状态中。

……

德谟克里特和赫拉克利特是两位哲学家;第一位觉得人生虚妄、可笑,出现在公开场合时总带着嘲讽的笑脸;第二位对我们这样相同的处境感到可悲、可怜,为此总是面带愁容,眼含泪水。

> 他们抬脚跨出自家家门时,
> 一个笑嘻嘻,另一个哭啼啼。
>
> ——尤维纳利斯

我更喜爱第一种品性,倒不是因为笑比哭更讨人喜欢,而是因为前者的鄙视态度更强,对我们的谴责程度更甚。我以为,按照我们的作为,我们受到怎样的蔑视也不为过。惋惜和怜悯夹杂着对所同情的对象带有几分重视;受嘲讽的事物,则人们认为它毫无价值。

……

---

[1] 原文也可以理解为:那些许诺给我们窥全豹的人,自己也见不到全貌。

第五十一章
谈言语浮夸

从前一位修辞学家说,他的职业是使小的东西显得大、令人觉得大。这真是一个会给小脚做大鞋的鞋匠。在斯巴达,炫耀自己有一套说谎吹牛的本领是会挨鞭子的。我想,斯巴达国王阿基达莫斯听到修斯底德[1]的回答不可能不感到惊讶。国王问他,贝里克利与他搏斗,哪个占上风。他回答说:"这很难确定;因为当我在角斗中把他打翻在地之时,他说服在场观看的人,他并未倒地,那他就赢了。"

给女子戴上面罩、涂脂抹粉的人为害不大,因为看不到她们自然状态的面目并非重大损失;而前面说到的那些人以蒙骗为业,骗的不是我们的眼睛,而是我们的判断力,他们歪曲和糟蹋事物的本质。像克里特、斯巴达这样的城邦,长期安定,治理有方,是不大看重雄辩家的。

阿里斯通[2]凭其智慧给修辞学下了个定义:"说服民众的学术";而苏格拉底、柏拉图则认为是"欺骗和奉迎的艺术"。那些在笼统的界说中否认这种提法的人,而在他们自己的准则中却处处证实这点。

伊斯兰教信徒不许给孩子教授修辞学,因为它不实用。

雅典人发现修辞学的应用在雅典城里有很大的影响,而这非常有

---
1 这位修斯底德不是古希腊历史学家修斯底德,而是个同名者。
2 阿里斯通(公元前三世纪),斯多葛派哲学家,以雄辩著称。

害,便吩咐将其煽动情绪的主要部分,连同绪言、结束语一起删去。

　　修辞学是为操纵和鼓动群氓与暴乱民众而创造的工具。这是只有在病态的国度才使用的工具,正如医药只用于病人身上。在那些平庸之徒、无知民众、所有人都可以为所欲为的地方,如雅典、罗德岛和罗马,那些公共事务处于无休止激烈争议的城邦,雄辩家便大批涌来。

　　的确,在那些国度里,很少人是不借助辩才而青云直上的。庞培、恺撒、克拉苏、卢库卢斯、兰图卢斯等人就靠口才获得巨大支持而跃升他们所最终达到的权势高位……

　　……

第五十二章

谈古人的节俭

阿提利乌斯·列古鲁斯[1],远征非洲的罗马将军,正当他攻打迦太基人战绩辉煌、威名赫赫的时候,写信给本国的领导人说:他共拥有三顷土地,完全交给一名佃农管理,那佃农却偷了他的耕具溜之大吉。由于担心妻子儿女受苦,他请求准假回家照料。元老院便委派另一人管理他的产业,还给他补回被窃的农具,并指令由国家出钱供养他的妻子儿女。

大加图当时是执政官,他从西班牙回国之时,卖掉了自己的坐骑,为的是节省把马带回意大利的海运费用。他在撒丁岛任总督时,外出巡访都步行,只带一名随员为他拿袍子和祭祀用品;箱子通常由他自己来提。他自豪地说,他从未穿过价钱超过十个埃居的袍子,他一天花费于菜场的不超出十个苏;而他在乡下的房子,不曾抹过灰浆、上过涂料。

西庇阿·埃米利亚奴斯[2]曾两度取得辉煌胜利,担任过两届执政官,出使国外时仅带七名仆从。有人说,荷马历来只有一名仆从,柏拉图有

---

1 阿提利乌斯·列古鲁斯(约公元前三世纪),古罗马将领。
2 西庇阿·埃米利亚奴斯(前185?—前129),即小西庇阿,古罗马统帅,大西庇阿长子的养子。

三名,斯多葛派的首领芝诺一名也没有。

  提比略·格拉古,虽然当时是罗马的头号人物,他因公出差每天也只领五个半苏。

第五十三章
关于恺撒的一句话

如果我们偶尔费神去察看我们自己,把花在考察身外事物的时间来考察我们本身,我们就不难感到,我们自身的构造并不强壮,也不完善。我们对任何事情都不能始终称心如意,这不是有缺陷的突出表现?就连按自己的愿望和想象去挑选事物也无法做到,这不也是个明证?哲学家们寻求人类尽善尽美的重大争论一直存在着,而且还将永远存在下去,没有结论,达不到一致意见,这也是很好的证明。

> 渴求之物显得比什么都重要,
> 一旦到手,我们又转而他求,
> 人的欲壑,没有填满的时候。
>
> ——卢克莱修

不管我们认识到什么,享受到什么,我们都会感到不满足于此,我们还会起劲地追求未来的、未知的事物,因为现存之物无法令我们满足。我认为,倒不是由于它缺乏足以令我们满意的东西,而是由于我们以病态的、失常的方式去把捉现在。

他看到，维生的必需，
世人几乎都有了保障，
有人享尽了荣华富贵，
还因儿女声誉而增光。
可众人依然心烦意乱，
连声抱怨，充满忧伤。
他明白全坏在容器上，
器皿肮脏，盛物变质，
哪怕你灌进玉液琼浆。

——卢克莱修

我们的意愿犹疑不定，不知道留住什么，什么也不懂得好好享用。有人认为，那都是已有的东西存在缺陷的缘故，于是追求并醉心于他并未认识也不了解的其他事物，把意愿和希望都寄托在上面，对之大加赞赏，顶礼膜拜。这正如恺撒所说的："对陌生事物，信赖更深或恐惧更甚，乃人之本性缺陷使然。"

第五十四章
谈不实用的玩意儿

有一些无意义的、不实用的玩意儿,有时人们还以此来博取赏识;例如诗人写诗,全篇的诗句都以同一字母起头;我们还见到古时希腊人借诗行的长短排成鸡蛋、圆球、翅膀、斧子等样子;他们把诗句拉长或缩短使之构成这样或那样的图案。还有人乐于计算字母可以有多少种排列法,发现其数目多得令人难以置信,这便是他的学问。普卢塔克的著作中有此记载。

有一个文化人,能娴熟地用手把小米粒投进针眼里,逢投必中;人家向他介绍此人,还随后问他,要给点什么礼物作为对这种绝技的奖励;他随即下令,叫人送给那身怀奇技的艺人百来升小米,免得这门出色的技艺疏于练习。这种做法蛮有趣,而且依我看来,也是正确的;我觉得他的主意好得很。

因事物的稀奇、新鲜或难度大就加以推崇,不问是否有益处和用途,这是显示我们的判断力低下的明证。

……

第五十五章
谈 气 味

据说有些人,例如亚历山大大帝,由于罕有的特殊体质,汗水散发出一股香气;普卢塔克和另外一些人曾经探求其中的原因。不过,人体的通常情形则相反,最好的状况是没有气味。洁净气息之好闻,无非是不带任何刺激我们的异味,就如健康儿童的气息。故而普劳图斯这样说:

> 女人最好闻的气味就是无气味。

女人最好闻的气味就是无气味,即如常言所说,女人最赏心悦目的举止是难以觉察、不事声张的举止。至于外加的异常香味,人们有理由怀疑,使用的人是要掩饰身上某种原有的怪味。由此,古代诗人就写过这样的俏皮话:散发香气就是发出臭味。

> 科拉西努斯,你取笑吧,我们身上没有气味;
> 我宁愿自身毫无气味,也不愿散发出香气。
>
> ——马尔提阿利斯

另外,还有:

> 波斯图穆斯,总是散发香气的人其实气味难闻。
> ——马尔提阿利斯

不过我很喜欢闻到香气,而非常厌恶臭味;对臭味我远远就闻到,比任何人都灵敏。

> 我的嗅觉辨出息肉的气味
> 或毛茸茸腋下浓重的狐臭,
> 远胜嗅出隐藏野猪的猎狗。
> ——贺拉斯

我觉得气味愈纯净、愈自然就愈好闻。至于香气,那主要是女子操心的事。在远古的蛮荒时代,锡西厄的妇女洗澡之后,便用当地产的香草药料在全身和脸上扑撒和涂抹;待要接触男人,才卸下妆来,脸和身子便都光滑、芳香。

……

第五十六章
关于祈祷

……

色诺芬[1]在其著作中似乎有这么一段话,他指出:我们应该少向上帝祈祷,因为要祈祷就得心灵清静、满怀虔敬,能经常进入这种状态并非易事;不然的话,我们的祈祷非但徒劳无用,而且有害。我们说:"宽恕我们吧,就像我们宽恕那些伤害过我们的人一样。"我们说这话表示什么呢,不就是向上帝表露我们不复仇、不记恨的心灵?可是我们却呼吁上帝通过帮助我们参与犯错的同谋,我们是在怂恿上帝放弃公正。

这事只能悄悄地向神禀告。

——佩尔西乌斯

守财奴祈祷上帝是为了徒然地保存他多余的财宝;野心家祈祷上帝是为了获胜和实现自己的意欲;盗贼求助上帝是为了躲过实施其罪恶时所遇到的险阻和困难,或是为他轻而易举地杀害了路人而表示谢恩。他们在即将翻越或炸掉的房子的墙脚下祈祷,怀着充满残酷、邪

---

1 色诺芬(约前430—前355),古希腊历史学家、作家,苏格拉底的弟子。

念、贪婪的用意和期望。

……

纳瓦尔王后玛格丽特谈起一位年轻亲王的事情,虽然她并未提及他的名字,但是凭他的显赫身份,人家已晓得他是谁了[1]。他出门与巴黎一名律师的妻子幽会、交欢,途中要通过一座教堂;他干这桩艳事,来回经过该圣地时都不会不祈祷和诵经。我让你们想一下,他脑子里充满好色的念头,会把圣恩用于什么地方?然而王后却把这件事说成是特别虔诚的表现。不过,光凭这一点倒不能认定妇女不大适宜讨论神学问题。

心灵龌龊、受撒旦控制的人不可能进行真正的祈祷和转而归依上帝。一边干坏事一边向上帝呼吁求助的人,就如一个割人钱包的人呼唤法官相助,或如撒谎者以上帝的名义为谎言作证。

……

---

[1] 这里指的是弗朗索瓦一世。

第五十七章
谈 年 龄

……

至于我,我认为人到20岁,心灵的成熟程度该展露的就已经展示出来,可以预示他将来的作为如何如何了。以往到了这个年龄还没有显示出自己力量的人,后来也从未曾显示过什么。在这个时期,人的天生素质和品德,正展现其活力和美好的地方,不然就永远也不会再展现的了。

> 初出的刺儿不扎人,
> 日后就永远扎不了。[1]

多菲内[2]的人这样说。

就我已知道的人类的所有丰功伟业,不管属何种类,据我的看法,大部分是在30岁之前而不是30岁之后完成的,古代和现代都一样,而这点还往往体现在人们的一生当中。对于汉尼拔[3]和他的死敌

---

1 这是一句民间谚语。
2 多菲内,法国旧省份名,靠南部。
3 汉尼拔(前247—前183或182),迦太基统帅,他在坎尼战役取胜时仅31岁。

西庇阿[1]的一生,不是满可以放心这样说吗?

他们光辉的半生,是借青年时期所赢得的荣耀而享有的;他们作为伟大人物,是跟他人比较而言,而不是跟自己本身相比。说到我本人,我肯定地说:这个年龄过后,我的思维和体格就缩多长少,退多进少了。那些善于利用时间的人,其学识与经验有可能随年岁而增长;但朝气、敏捷、毅力以及其他一些我们固有的更为重要的基本品质,都要减退并且衰弱下去。

> 年岁的重负压弯了我们的身躯,
> 四肢日渐无力,脑筋不听调遣,
> 说起话来啰唆,思索起来混乱。
>
> ——卢克莱修

有时是身躯先行衰老,有时则是心灵首先衰老。我见过不少人,他们脑子的衰退比肠胃和腿脚都来得早。由于得这种毛病的人自我感觉不明显,而且病兆也不大显露,因此那就越发危险。这次我倒抱怨起法律来,并不是因为它规定我们参与工作的时间太长,而是让我们从事工作的时间太晚。考虑到生命的脆弱,也考虑到人生面临多少常遇的天然暗礁,依我看来,童年、悠闲和学习不应占去那么多的光阴。

---

[1] 西庇阿(前235—前184),即大西庇阿,古罗马统帅,29岁时征服西班牙,在扎马战役打垮汉尼拔时年仅33岁。

第 二 卷

第一章
谈我们行为的摇摆不定

那些致力于考察人类活动的人,要把个人的行为归纳为一个整体并以同样视觉呈现出来,就陷入无比为难的境地;因为人的行为常常自相矛盾、千奇百怪,简直不像是同一人所为。小马略[1]忽而是战神玛斯的儿子,忽而又是爱神维纳斯的儿子。据说,博尼法斯教宗八世初任职时像只狐狸,处事时像头雄狮,死时像条狗。尼禄,这个凶残的真实典型,当人家按惯例把处决死刑犯的宣判书呈给他签字时,他竟说道:"上帝啊,我真想不会写字!"判决一个人死刑竟令他心里那么难受?

像这样的例子不可胜数,甚至每个人都可以给自己举出一些;我就觉得奇怪,有时看到一些聪明人竟然费神去把这些片段捏在一起,而我倒认为,摇摆不定是我们天性中最普遍、最明显的缺陷;有滑稽诗人普布利流斯的著名诗句为证:

> 只有傻主意才不容更改。

根据其生活中的日常行为去判断一个人表面上不无道理,不过,鉴

---

[1] 马略(前157—前86),古罗马政治家、统帅。

于我们的性格和主张天生就不稳定,我倒常常觉得,那些优秀作者硬要把我们塑造成恒定的、牢固的整体是非常错误的。他们选择一种普遍的模式并按此形象把一个人的全部行为纳入其中予以阐释,如果无法曲解以自圆其说,就认为这是那人虚伪的表现。奥古斯都[1]这个人他们就无法解释,因为他一生中变化莫测,反复无常,就连最大胆的评论者也放弃对他作出完整的、明确的判断。我认为人最难做到的是始终一致,而最易做到的是摇摆不定。就事论事去细细判断别人的行为更常常能说到实处。

……

易变无常

我们平素的行为,随欲望而定,或左或右,忽高忽低,受机遇的支配。我们的心思所至,不过是当时所渴求的东西。我们像变色龙一样,置身于所处环境,便呈现与环境一致的颜色。我们此刻才定下的计划,一会儿就作改变,有时我们还会走回头路哩。飘忽不定,易变无常,情况就是这样。

> 我们有如提线木偶,
> 　听任他人之手摆布。
>
> ——贺拉斯

我们并非自主前行,而是受外力推动,宛如漂浮之物,时而徐行,时

1　奥古斯都(前63—公元14),古罗马皇帝。

而疾冲,顺应水势之缓急。

> 我们不是看到,每个人都不知道自己想要什么,
> 他不断寻觅,变换处所,仿佛借此可卸下重荷?
>
> ——卢克莱修

新奇之念,每天出现。我们的思绪随着时节之变动而变化。

> 人的思想晃动不定,有如天神朱庇特
> 向大地挥洒的充沛的太阳光线。
>
> ——荷马

我们在不同的意念之间游移摇摆,没有任何欲求由我们自主决定、绝对把握、恒久不变。

……

我们所显露的这种变易和矛盾令人捉摸不定,有人竟以为我们一个人兼有两副心肠,另一些人则认为一身受制于两种力量:一种引导我们行善,另一种促使我们作恶。一个单纯的人是不可能如此变化多端的。

不但事变之风令我随其方向而摆动,而且我自己也在摇摆晃动,因为立脚点不稳之故。留意自我观察的人,很少发觉自己两度处于同一状态之中。我的心绪时而以这一面貌呈现,时而以另一面貌呈现,视自己从哪一方面去处置它而定。我谈论自己前后不同,因为我本人看自己也千变万化。种种矛盾集中于一身,按角度的多少不同、形式的若干差异。羞怯,傲慢;端庄,放荡;唠叨,寡言;刻苦,懦弱;聪敏,鲁钝;忧

郁、开朗；虚伪、真诚；还有慷慨、吝啬与挥霍等等，所有这一切都在我身上有所表现，就看我转到哪个角度观察自己。谁要认真自我探究，都会发现本人身上乃至自己的判断上这种变化无常、前后不一的地方。我谈起自己来没有什么可说是完整、纯正、稳定、不含糊、无混乱而且一语说准的。前后矛盾是我的逻辑中最常见的部分。

……

看看哪种原动力起作用

我们的行为，不过由各个零散的举动组合而成，"他们鄙弃欢愉，却怯于受苦；他们轻视声誉，却抵受不了恶名。"（西塞罗）我们总愿意博取虚有其表的荣誉。追求美德只能追求其自身，如果戴上美德的面具而另有他求，我们马上就会露出真相。这是一种烈性染料，灵魂一旦沾上了它，要将其除去就不能不受伤害。因此，要判断一个人，就得长期而又认真地紧随他的踪迹。如果坚定性并非仅仅建立在自身的基础上（"经过深思熟虑才选定要走的路线"）（西塞罗），如果环境的不同令其变换步伐（我想说的是改变路线，因为步伐可快可慢），那就由他去吧。这样的人，正如咱们的塔尔博特[1]在箴言里说的，只会随风转舵。

一位古人说，我们的生活既然离不开偶然，偶然对我们产生如此重大的影响也就不足为奇了。一个人对自己的一生没有预先定出个大致的目标，要很好地安排自己的具体行动，那是不可能的。在脑海里缺乏总体的设想，就不可能把散片归类排好。如果不知道要画什么，置备颜料又有什么用呢？没有任何人会为自己的一生描绘出确定无疑的蓝

---

[1] 塔尔博特（1373—1453），英军将领，曾在法国的省份统治了一段时间，故有"咱们的塔尔博特"的说法。

图,我们只能一小部分、一小部分去构想。弓箭手首先要知道要瞄准的地方,然后才按目标调整手、弓、弦、箭以及动作。我们的方案落空,是因为没有目标和方向。没有要抵达的港口,再好的风向也是枉然。

……

我们完全由散件构成,结构不规则,形状多样,每一散片时时刻刻都在起作用。我们自身的前后不同不亚于跟他人的差异。"*请想想,做一个始终如一的人多么不容易。*"(塞内加)勃勃雄心可以令人学会勇敢、节制、慷慨甚至正义感;求财欲念可以促使出身寒微、无所事事的小店伙计满怀信心远离家园,驾上小舟,去搏击外面世界的大风浪,而且还令他学会辨别是非,通晓事理;维纳斯爱神把决心和勇气交给了尚在受教育、受管束的年轻人;她竟使一些犹在母亲膝下的少女们的温柔心灵充满斗志;

少女受爱神指引,偷偷越过熟睡的看守,
独自一人投身黑夜里,去会自己的情郎。
———提布卢斯[1]

既然如此,仅凭表面行为来判断我们自己就不是明智的做法;应该直探内心深处,看看是哪种原动力在起作用。但这是一件带有风险的艰巨工作,我不希望很多人从事于此。

---

1 提布卢斯(前54或50—前19或18),古罗马诗人,多用格律哀歌体写作。

第二章

谈酗酒

……

对罪恶的程度和轻重不加区分,那是危险的。那样,杀人凶手、叛徒、暴君就太占便宜了。他们因为别人懒惰、好色或不够虔诚,良心上竟觉得好受一些,那是没有道理的。人人都强调旁人的罪过,而对自己的罪过则轻轻带过。我觉得,就是教育者,也常常混淆罪恶的类别。

苏格拉底说,智慧的主要功能是辨别善恶。我们这些人,就是最优秀的也有瑕疵;对于学识,我们同样应该这样说:学识在于区别不同的恶习。倘没有精确的学识作区分,好人和坏人就混淆不清,无从识别。

说到酗酒,我认为是一种鄙陋、粗野的恶习。酗酒者的神志不能自守。有些恶习,如果可以这样说的话,包含着某些高贵的成分。有的陋习就掺杂着学识、勤奋、勇敢、审慎、灵巧和精妙;而酗酒则完全是肉体的、俗气的。因此,今天的诸国中,唯一崇尚酒的国家是最粗鲁的国家[1]。其他恶习损害智力,而酗酒则摧垮智力,糟蹋身体。

当酒力深透到我们全身的时候,

---

1 暗指德国。

四肢沉重不灵,双腿蹒跚颤抖,
神志不清,目光游移,舌头打结,
随后就是呼喊、打嗝,争斗。

——卢克莱修

最糟糕的情况是当人失却理智,无法自我控制之时。

有人这样说:葡萄液汁发酵的时候会使全部桶底之物往上漂浮,酒也一样,它使多饮的人尽吐隐秘。

……

有一位我特别仰慕和敬重的夫人告诉我,在波尔多附近,她家所在地卡斯特尔的地方,有一名寡居的村妇,名声极佳,感到自己有受孕的早期迹象,便对邻居说,如果她有丈夫的话,就认为自己是怀孕的了。但是,随着时日的推移,揣测的缘由成为实在,终于到了十分明显的地步。她竟至在教堂主日讲道时叫人当众宣布,谁承认这事是他干的,她许诺宽恕他,而且,如果他认为合适的话,还答应嫁给他。一名年轻庄稼汉,听了这番公布的话,壮起胆来,声言有一天节日,他见她喝了许多酒,沉睡在她自家的近旁,姿态十分不雅,他便趁此跟她发生关系,并未把她弄醒。他们两人成了亲,现时仍生活在一起。

……

第三章
塞阿岛[1]的习俗

死与生

……

> 死亡处处存在,此乃上帝恩赏;
> 可以夺走生命,无法免掉死亡,
> 千条道路全朝通往死亡的方向。
>
> ——塞内加

死亡不是治一病的药方,而是治百病之方。这是一个安全港口,绝不叫人担惊受怕,还常常受人追寻。人自我了断或是忍受结局,赶到自己日子的前面还是等待末日来临,无论这一天从何而来,结果总是一样。线条不论在哪儿断开,都关乎到整体,线团便就此了结。

心甘情愿的死是最美的死。生要依赖别人的意向,死只取决于自

---

[1] 此岛位于爱琴海。

己的心愿。没有任何事物比死更依从我们的脾性。名声并不影响这么一件要事,过分看重声誉,那就是精神不正常。如果死的自由缺失,那么生存就是受奴役。

……

> 苦难中藐视死亡不难,
> 扛住磨难的才是好汉。
>
> ——马尔提阿利斯

为了免遭命运的打击,便躲进一个竖起厚厚墓碑的洞穴中,这是怯懦的行为,而不是英勇之举。无论风暴如何,勇者不会中止自己的路程,缩回自己的脚步。

> 任凭天崩地塌,
> 勇者全不惧怕。
>
> ——贺拉斯

为了规避其他祸患,我们常常奔向当前的劫难;甚至有时因躲避死亡,竟促使我们冲向死亡。

> 请问,因怕死而死,
> 岂不是癫狂至极?
>
> ——马尔提阿利斯

……

轻生可笑

轻生的观念是可笑的。因为说到底，我们的存在就是我们的一切。那些活得比我们高贵、比我们丰富的造物，倒可以指责我们的存在；而我们自己鄙薄自己，自己轻视自己，则是违反天性的。这是一种特殊的病症，为人类所独有，在任何其他生物中都看不到这种自我憎恨、自我鄙视的情况。

我们现成是这个样子，却希望成为别的什么，这也是幼稚的妄想。这种愿望对我们没有任何好处，因为它自相矛盾，不可能实现。谁想从人变为天使，都不会给自己带来什么，也绝不会提高自身的价值。因为他本人既已不存在，谁会为这种转变感到欢欣，谁又会替他感受这种转变呢？

> 谁要体验未来的痛苦和磨难，
> 苦难来临时他必须活在人间。
>
> ——卢克莱修

我们以死为代价换回来的这一生的安全、无苦、无痛、免于灾害，这一切却都不给我们带来任何好处。不能享受太平的人，避过了战事也是枉然。无法领略安闲的人，远避劳苦也是徒费力气。

持自尽见解的人，对于下面这一点倒犹疑不定，即：什么场合是一个人拿定主意自杀的适当时机？他们称这个为"**合理出路**"。他们说，既然令我们生存在世上的理由并不十分充分，死，也必然常常基于一些微不足道的理由；虽然如此，但在这方面，总得要有某种尺度。

有一些怪诞的非理性的情绪不但促使个人,而且推动整群人寻死。我前面举过几个例子,这里我们还提一下米利都[1]的少女。她们经过一番荒唐的密谋之后,竟一批接一批地上吊自尽,直到法官到场制止此事为止。法官下令说,那些还要这样上吊的女人,用一根绳子把她们串联起来,剥光衣服拖到市内游街。

……

塞阿岛的习俗

塞克斯图·庞培[2]曾去亚洲,经过塞阿岛。他在岛上逗留期间,据他的一名随从人员告诉我们,恰逢一位威望甚高的夫人,已向自己的同胞申说为何决定自我结束生命的理由,请庞培出席她的殉礼,让她的死增添光荣:他照此去做了。当时,他曾运用自己十分出色的口才,极力劝她改变初衷,但无济于事,最后只好同意她满足自己的愿望。她已过了九十岁,思路清晰,身子硬朗。其时她躺在比平时更着意装饰的自家床上,用手肘支撑着身体,说道:"塞克斯图·庞培呀,众神,尤其是我要离开的神而不是我即将去见的神,会感谢您不嫌弃劝我生活下去,而又做我死时的见证!我嘛,向来一直受到命运的眷顾,恐怕贪恋人生会使我看到命运相反的另一面。我以圆满的结局离去,向自己残存的灵魂告别,留下两个女儿和一大群外孙。"随后,她谆谆劝导家人要团结和睦,并把财产分赠他们。她吩咐大女儿主持祭祀家神,接着便一手稳稳地拿过盛毒药的杯子,向墨丘利[3]神许了愿,祈求他把她领到另一个世界

1　米利都,古希腊城市名。
2　塞克斯图·庞培,著名的古罗马统帅、政治家庞培的幼子。
3　墨丘利,罗马神话中的商业神。

的舒适位置上,然后她猛然喝下那杯致命的饮料。她告诉在场的人,药力正逐渐发作,还跟他们说身体各个部位依次变冷,最后冷到了心房和内脏,她便叫两女儿来尽最后的孝心,给她合上眼睛。

普林尼[1]谈及北方某个民族,说那里气候温和,除非出于居民本人的意愿,生命通常不会自行终结;然而到了高年,他们厌倦了生活。他们有这样的习俗:进了佳肴美食之后,便到专供舍身悬崖之上,纵身跳入海中。

我以为,无法忍受的痛苦和害怕更为悲惨的死亡是促使人自尽的最可谅解的理由。

---

1 这里指老普林尼(23—79),古罗马作家。

第四章
"公事,明天办吧!"

……

此时,我正读到普卢塔克的书中谈及自己的段落,他说:拉斯蒂克斯参加他本人在罗马举行的演讲会,会间,那人收到皇帝送来的邮件,他等到会议全都结束才打开;据说,就此事全体与会者都曾高度赞扬这位人物的庄重态度。说实在话,这关乎到好奇心,牵涉到对新东西渴望了解、难以抑制的情绪;它会促使我们仓促而迫不及待地撂下手中一切事务去应对新来人,令我们顾不上礼节和体统,无论身在何处都一下子打开送到的信函。普卢塔克赞扬拉斯蒂克斯的持重是有道理的;他还可以对他不愿打断演说的礼貌和周到称道一番。

不过,我却怀疑他的慎重态度是不是该受赞扬,因为意外接到信函,特别是皇上的来函,不及时启封,或许会带来重大损失。

与好奇相反的坏习惯是漫不经心,我本性就明显有此倾向;我也曾见过有些人毛头毛脑到极点,他们收到信放在口袋里三四天,还未拆封。

我从不私拆人家托我转交的信件,也不偷看由于偶然机缘落到我手中的信函。我在某大人物的身旁,他在看重要函件,如果我的眼睛不经意地扫到几句,心里就感到不安。我比任何人都更不爱打听和过问别人的事。

在我父辈的时代,德·布蒂埃先生掌管都灵市,有人交给他一函件,透露一桩酝酿劫掠这座城市的阴谋。他与客人进餐,正在兴头上,耽误了看来件,差点丢了都灵。普卢塔克在书上也提到,恺撒前往元老院被密谋者杀害的那天,如果他早点看了人家呈给他的密件,他就可免受此劫难。底比斯的专制君主阿基亚斯也是如此;佩洛皮德为了解救自己的国家,便设计杀掉他。另一名雅典人,也叫阿基亚斯,给他写了报告,把人家的策划一五一十记下;信件送到时,他正用晚餐,没有立即拆看,还说了这么一句话:"公事,明天办吧!"在希腊,这话后来成了名言。

……

第五章
谈 良 心

……

柏拉图说,惩罚紧随罪恶之后;赫西奥德[1]纠正这种说法,他认为,惩罚与罪恶同时发生。等候惩罚的人正接受着惩罚。恶行给怀恶意的人带来痛苦。

恶毒的企图对图谋者尤为有害。

——古谚语

犹如蜇伤人的胡蜂,它自己受的伤害更甚,因为它由此永远失去自己的尖刺和力量。

它把生命留在自己造成的伤疤里。

——维吉尔

由于自然界的矛盾对立规律,斑蝥身上藏有某种针对自身毒液的

---

[1] 赫西奥德(约公元前八世纪),古希腊诗人,著有《工作与时日》等。

解毒素。同理，人也一样，作恶尝到快感的同时，亦在良心上萌生与此对立的忧虑感，引发诸多苦恼的思绪，无论醒时或睡着，都折磨着我们。

> 确有不少这样的罪人，
> 在梦话或谵妄中招认，
> 道出长期隐瞒的真情。
>
> ——卢克莱修

……伊壁鸠鲁说："坏人如何躲藏都不起作用，因为他们藏到哪里都不得安宁，良心会叫他们自己露馅儿。"

> 罪人不获良心法庭的宽赦，
> 这是他遭受的首要惩罚。
>
> ——尤维纳利斯

……

刑　讯

刑讯是一项危险的创造。我觉得，这与其说是追查真相，倒不如说是考验体力。因此，能够顶得住刑讯的人便可隐瞒真情，而受不住刑罚的人则会胡乱供认。的确，因受刑而承认过错，或因受刑而被迫说出莫须有的事情，这两种情况，何以见得前者一定多于后者呢？反过来说，倘若没有犯下被告之罪的人，能相当坚强地顶住了刑罚，犯罪者为什么就做不到呢？他换回的酬报是可免一死啊。

我想,刑讯的做法,其根据是重视良心的力量。因为,似乎良心与刑罚结合能促进犯罪者供认过失,削弱他的抵抗心理。另一方面良心也能给无辜者以力量,使之不屈服于肉刑。但是说真的,这种办法并不可靠,而且十分危险。

为了躲避难熬的痛苦,什么话不会说、什么事情做不出来呢?

屈打成招,无辜受苦。

——西鲁斯[1]

这样一来,法官为免无辜者一死而用刑,却使无辜者备受折磨丧生。千千万万的人,由于不堪受刑竟胡乱招认。在这些人当中,我认为菲罗塔斯[2]就是其中的一个。我想起亚历山大对他的指控情形以及他身受的种种折磨。

总而言之,人类因自身弱点而制造的种种祸害中,据说这还算是最微不足道的了。

然而,在我看来,这多么不人道,多么徒劳无用啊!许多国家,希腊和罗马都给了它们以野蛮之国的称号,它们尚且认为:当一个人的罪行尚未确定的时候,便使用严刑对其进行肢解,这种举动是恶劣的、残酷的。其实,在这方面,它们还不如希腊和罗马那么野蛮哩。您对被告的案情毫无所知,他有什么责任可言?您不想无缘无故地处死他,而却让他饱尝比死亡还要难受的折磨,您这样做公正吗?事情十分明显:您想想,多少被告人宁愿含冤一死,而不愿意经受比死还要难熬的审讯。那种审讯极端凶残,被告人常常不待判决,便已经在刑具下死去。

1 西鲁斯,生平不详,留有《格言集》。
2 菲罗塔斯,亚历山大的武官,被控犯叛君之罪。

有那么一则小故事，我不知道是从哪里听来的，它却正好说明我们的司法公正意识。有一名村妇在将军面前控诉一名士兵抢了她留下喂孩子用的一点面糊。证据嘛，一点也没有。当时那支军队蹂躏了那里的一带村庄。那将军真是一名大法官。他警告那妇人要注意自己的说话，如果她撒谎，那是要犯诬告罪的。妇人一口咬定自己所说的不假，将军便下令将士兵剖腹以弄清真相。那妇人说的果然是真情。预审和判决就这样合而为一了。

第六章
谈身体力行

......

死之体验

那是在第二次或在第三次内战期间吧,我记不大清楚了。有一天我骑着马在离家四公里左右的地方溜达。我家处于法国内战的兵家混战争夺之地,不过我想自己还是安全的,而且离住所很近,也就没有带更多的随从。我骑的是一匹易于驾驭的驯马,但不很壮实。在回家的路上,突然发生一件我这匹马不习惯于应付的事情。我的一名手下人,长得粗壮高大,他骑着一匹德国的高头大马,那马不听使唤,生气勃勃、壮健有力。仆人为了逞能,策马跑到他的同伴前面,径直朝我这边猛冲过来,像巨人那样以全身的冲力和重量扑向我这矮个子和小坐骑,将我撞得个人仰马翻:小驹躺倒在地上,昏然不知所向;我被抛到十来步远,仰天瘫倒,脸上皮开肉绽,手持的宝剑也被摔到十来步远,腰带则折成几段。我失却意识,昏死过去,像一段木头似的毫无动弹。

那是我有生以来唯一的一次晕倒。我同行的人开始千方百计想救醒我,后来以为我死了,便把我抱在怀里,送我回家去。那可不是容易的,我家离出事地点约有两公里的样子。

两个多钟头过去了,大家认为我已经死去,可是半路上我又开始呼吸、动弹起来。我的胃里倒灌进了许多血,为了将血排出,自然而然地来了力气。家人将我扶了起来,我大口大口地吐出鲜血。一路上我还吐了好几次。就这样,我又逐渐活了过来,不过恢复得非常缓慢。我最初的感觉与其说是接近于生,毋宁说是濒临于死。

因惊魂之未定,
未自信已生还。
——塔索[1]

这一事故的记忆深深地留在我的脑海中,死的形象和死的想法自然而然呈现,令我对这种不幸的遭遇,倒有点适应。我开始睁开眼睛时,视力微弱,两眼昏花,只看到阳光而已。

双目时开时闭,
人儿半睡半醒。
——塔索

至于神志的活动,它也随着躯体的复活慢慢回复过来。我发觉自己浑身血迹。的确,我的上衣沾满了自己吐出来的鲜血。我意识恢复后的第一个念头是:我头部挨了一枪。当时我们附近确实响起了一阵火枪声。我仿佛觉得自己的生命就留在嘴唇边。我闭上眼睛就像是要

---

[1] 引自意大利诗人塔索的长篇叙事诗《被解放的耶路撒冷》。

促使它离开似的。我放松自己,听任人家摆布,倒也自得其乐。这种想法只在我脑子里轻轻掠过,它也像其他感觉一样十分轻柔,异常微弱,实际上,不仅没有痛苦,而且还有一阵舒适之感,那是慢慢进入甜蜜梦乡的人的感受。

……

我倒下的消息已先我而行,传回家里。当我快到家的时候,上前接我的家人骚动惊叫,在这种场合那是常有的事。这时我不但回答了来人的问话,而且据说我还吩咐人家把马交给我妻子乘骑;我看见她走得一跌一撞,步履艰难。那段路是上坡,很不好走。看起来,似乎我是在神志清醒的情况下表达这种念头的,不过我当时却完全不是这样。那不过是虚幻模糊的意念,只因视觉和听觉而引起,并非从我心底里发出。而我当时并不知道自己从哪里来,往哪里去,也不晓得衡量和思考人家对我说的事情。其时的反应不过是感官的自然而然的习惯反应。如果说心灵也在其中起作用的话,那也像在梦中的情形一样。它只被感官的模糊印象所轻轻触动,即受到微微接触或表面波及而已。

当时我的身体状况的确异常舒适,宁静。我没有为自己感到悲伤,也没有为他人觉得难受。我只感到极端软弱无力,但毫不痛苦。我看见自己的房子,却认不出来。当家人让我躺下的时候,我觉得舒服极了,因为那班可怜的手下人,沿途抱着我走,路又长,把我折磨得够受,而他们也累坏了,几个人轮换了两三次。

家人拿了许多药来要我服用,我一一拒绝了,我自己确信,头部已受了致命的重伤。说实在的,那时如果死去,倒是挺自在的。由于神志不全,我并没有意识到死,而身体极衰,我也感受不到任何痛苦。我飘飘然地,轻快舒适之至。我不知道有什么比我当时的处境更好受的。……

但过了很长一段时间以后，我的记忆开始恢复了。第二天我回想起当时看到那匹马向我直冲过来的情景，脑子里如电光一闪，猛然一震，我仿佛从另一个世界回到尘世中来。

这长长的事故叙述，如果我没有从中得到对自己有用的启迪的话，那是没有多少意义的。说实在的，要了解死是什么，我认为只要跟它打打交道就行了。正如普林尼[1]所说，每个人都是自己的研究好对象，只要他能够注意发现自己。这不是我的信条，而是我的考察所得；这不是别人的教训，而是我自己的教训。

……

把自己亮出来

我要描绘的不是我的行为，而是我自己，我的本质。我认为，估量自己要审慎，提供证明要认真，无论是抑是扬，都始终如一。如果我觉得自己善良、聪慧或接近于此，我会高声说出来；说得比实在情况低，那是愚蠢，而不是谦逊。按照亚里士多德的说法，对自己低估，就是懦弱和胆怯。任何美德都不靠虚伪承托；而真实则绝对成不了错误的材料。过高估计自己，并不总是自大表现，而还常常是由于愚蠢所致。自得自足，过分沾沾自喜，乃至对自己迷恋起来，我认为，这才是自负的恶习的实质。

消除此恶习的最佳药方，就是对某些人的主张反其道而行之；他们禁止人家谈论自己，从而不许人家去想自己。骄傲寓寄于思维之中；语言只能起小部分作用。那些人以为，照料自己就是自我赏识，自己跟自

---

[1] 这里指老普林尼，据说此语出自其著作《博物志》。

己多打交道，就是自恋行为。这有可能发生。但此种极端情况只会出现在这样的人身上：他们对自己不作深入探索，事后才认识自己，而把幻想和悠闲视作是自我照料；他们认为，丰富自己的思维，塑造自己的性格，不过是建造空中楼阁。总之，他们把自己看作是和其本人并不相干的外在之物。

倘若有谁陶醉于自己的学识，居高临下地傲视一切，那就让他抬起眼睛，转而看看过去的年代，他会发现可以把他踩在脚下的高才何止千千万万，他会为此自惭形秽的。如果他因自己的勇猛而自鸣得意，那就请他想想两位西庇阿[1]的生平，想想许许多多军队和民族的历史，他们都远远地把他抛在后边。那种同时记住自身的其他许多缺陷和弱点乃至人生境况之虚妄的人，就不会因任何出众的品质而骄傲起来的。

只有苏格拉底认真考究过他的天神的告诫：人要有自知之明；经过研究，他达到了自我贬抑的境界；因而唯有他才配得上贤人的称号。谁有这样的自知之明，就通过自己的口大胆地把自己亮出来吧。

1　指大西庇阿和小西庇阿。

第七章
谈荣誉赏赐

记述奥古斯都生平的人,都注意到这么一点:在治军方面,他对有功者的馈赠十分慷慨,而纯荣誉赏赐则极为吝啬。不过,他本人尚未上战场,就接受过他叔叔授予的各种军功赏赐。

为了赞扬和奖赏美德,设立一些无实际价值的虚标志,比如:桂冠、橡树帽、桃木冠,某些服装的样式,乘车游城或举火炬夜游的特权,公共集会中的某种特设席位,特赐的称号和头衔,徽章的某种特殊标志;诸如此类的东西,根据各自的国情,以不同形式出现,至今仍在沿用;这是一项了不起的发明,为世界上大多数政府所采纳。

我们国家以及许多邻国,都有骑士勋章,就是为此目的而设的。这的确是优良的、有益的风尚:找到承认少数杰出人物价值的方法,令他们感到高兴和满足,而所付出的并不增加民众的负担,也无须君主的破费。从古人的经验得知,从我们的过去也可见到,优秀人物渴望这类赏赐远胜于物质的报酬和奖励。这并不是没有理由和确切根据的。如果给纯粹的奖励添上其他实物和钱财,此种混搭,非但并不能提高声誉,反而令其降低,招致贬损。

圣米歇尔勋章,在我们当中长期以来享有盛誉;它最大的特点是不附带任何其他物质利益。从前贵族们追求这枚勋章比谋求差事、职位更为热衷;没有别的荣衔比这勋位更受敬重和更有声望。具有美德的人更乐意接受至纯的、荣誉多于实用的奖赏。

的确,其他赏赐的并没有如此高尚,那是应用于多种场合的。钱财可赏给效力的仆从、送快递的信使、跳舞艺人、杂技演员、说好话的人、提供一般服务的人;甚至有恶行的人也可获得奖励:溜须拍马的、拉皮条的、变节背叛的。无怪乎有德行的人不大乐意接受这类普通的金钱赏赐,而更愿意赢得专门为他们而设的高贵的、超乎寻常的奖赏。奥古斯都对这种勋位比其他赏赐更吝啬、更计较是有道理的,尤其因为荣誉是一种特惠,其主要属性是稀有,美德本身亦如此:

见不到恶的人,会看出谁是善吗?
——马尔提阿利斯

……

第八章
谈父亲对儿女的深情

......

父慈子爱

一个父亲,获得孩子的爱(如果这也能称为爱的话),是因为孩子对他有所求,那他确实非常不幸。

应该以自己的美德和本领而赢得尊敬,以自己的仁慈和友善而博得爱戴。贵重物质成了灰烬仍有其价值;高贵人士的遗骸、遗物,我们素来敬重、尊崇。一个经历了光辉一生的人,到了暮年也不会因而衰朽;他们照样受到尊敬,尤其是子孙的尊敬;要以理性培养好儿孙的心灵,令其记住自己的责任,而不是以物质的强迫或引诱,也不靠粗野的方法和暴力。

> 如果以为,建筑在暴力之上的权威,
> 比之基于慈爱的权威更加牢固可靠,
> 那就大错特错了,起码我这样认为。
> ——泰伦提乌斯[1]

---

[1] 泰伦提乌斯(约前195—前159),古罗马喜剧作家。

在培育娇嫩心灵的方面,我谴责一切体罚。塑造心灵为的是荣誉与自由。强迫与压制有着说不出的奴性味儿。我想,凭理性、智慧、灵巧都做不到的事情,借武力也不会取得更大的效果。别人就是这样培养我的。

人家说:我小时候只挨过两次皮鞭,而且都打得非常轻。我对自己的孩子也坚持这样做。不过他们都很小就死去,只有莱奥诺尔,我唯一的女儿幸免于夭折。她长到六岁多,无论引导她或惩罚她的过失(母亲宽容孩子的过失是很自然的),也顶多是训斥一下,而且语气都很轻。我知道我的方法是正确的,合乎自然的。就是女儿令我大失所望的时候,也不能指摘我的方法,而一定另有原因。

倘若我有儿子,我会更加慎重对待,因为男孩子不像女孩子那样生来要侍候他人,男子的身份要自由得多。我多想自己的儿子心中充满自由和独立的精神啊。皮鞭的教育只会使心灵更加怯懦,或越发促其坚持邪恶。我看不出有其他效果。

我们想得到孩子的爱吗?我们不愿意孩子有巴不得我们死掉的想法吧?(虽然孩子有这种可怕的心愿是不正当的,不可原谅的;"*任何罪恶都不以理性为基础*"[1]。)那么,我们就应当尽自己的可能让孩子们生活得愉快、合理。为此,我们不宜过早结婚,不然,我们的年龄就会与儿女的年龄相差无几。这种弊端会使我们遭遇极大的困难。我这话特别针对贵族而言。那是个悠游自在的阶层,正如大家所说的,就靠年金过日子。其他社会阶层要靠赚钱为生,儿女众多,而且近在身旁,这是家计的好安排:子女是发家致富的新手段,新工具。

我33岁结婚,我赞同35岁成婚的意见,据说这也是亚里士多德的

---

1 泰特斯·里维厄斯语,他是古罗马的历史学家(前64或59—公元10)。

主张。
……

及时卸套

请放明智一些吧,及时为你的老马卸套,
免它跑得气喘吁吁,失蹄倒地,成为笑料。

——贺拉斯

岁月不饶人,它自然而然地令身体与心灵极度衰退;我认为,这二者的衰退是同等的(如果心灵不是更厉害的话);不及早认识并感受到这点乃是个错误;这一错误使世界上许多伟人身败名裂。我从前见过而且十分熟悉一些声威赫赫的人物,他们在美好年华阶段赢得了盛名;不难发现,我从其声名而了解到的才干大部分早已不复存在。为了顾全他们的美誉,我多么希望,他们摆脱自己已经无法胜任的文治武功,归隐家中,优游度日。

我从前常常出入一家贵族门第,主人鳏居,年事已高,但精神矍铄。他有好几个待字的女儿,还有一个已届踏足社会之龄的儿子。这样一来,他家的意外开支就很大,而且还有不少陌生来客。他对此的兴趣极低,不但要考虑节省支出,而且还因为年岁的关系,已经过着一种与我们的生活方式相差甚远的生活。有一天,我以平时说话的方式,大胆地跟他说:最好是让出位置来,把主屋(只有那屋家具齐全而且舒适)腾给儿子,而他则退隐到附近的属于他本人的庄园里,那里再没有任何人来打扰他的休息,因为,鉴于他儿女的情况,他不这样做就不可能避免干扰。他后来听了我的话,生活过得很好。

这不等于说,对儿女作了这样的承诺之后就不可以收回。我现时的情况正可以充当长者的角色,我也会给儿女享用我的居屋和财产,但是如果他们有理由让我反悔的话,我仍保留改变主意的自由。我会让他们享用这一切,是因为这种享用对我已经不合适。至于对总体事务的驾驭之权,只要我喜欢,我仍然保留着。我一向认为,让子女熟悉家业管理,在自己有生之年管束他们的行为,同时根据本人的经验向他们提供意见和建议,由自己把家庭的传统荣誉和规矩亲自交到承继者的手中,从而确保对他们将来的作为所寄予的期望得以实现,这对一个老父亲来说,该是多大的慰藉啊。

正因为如此,我不愿离开子女陪伴,我愿意就近指引他们,根据自己的年岁状况,分享他们的快乐和喜庆节日。

倘若我不在他们中间生活(因为年老多愁,病痛缠身,我的在场不能不令他们扫兴,也不能不使自己的生活起居方式受限制),起码我也会生活在靠近他们的屋里的一处地方,不要外表好看的,而要起居舒适的处所。

……

作品——自家的宝贝

伊壁鸠鲁临终时,正如他自己说的,饱受肠绞剧痛的折磨;他聊以自慰的是,给人世间留下了美妙的学说。我们是不是可以这样认为:他写下一批内容丰富的著作,就如培育了一大群聪颖而又有教养的孩子?二者都令他感到满足。如果必须作一抉择:身后留下一个畸形、愚顽的孩子或是一部胡言乱语的、荒唐的坏书,他会宁愿接受前一种不幸,而不会选择后者;不仅是他,凡是有类似能耐的人,都会这样做的。

这也许对圣·奥古斯丁大为不敬——举例来说,假设有人向他提出,要么销毁他的著作(我们的宗教从中受益良多),要么生埋他的孩子(要是他有的话),恐怕他还是宁愿埋葬自己的孩子的。

我嘛,不晓得自己是不是更乐意与缪斯结合产出完美之作,胜于与妻子结合生孩子。

就我这个孩子[1]来说,我给予他的是纯粹的、不图回报的奉献,即如人们给予血肉之躯的儿女那样。我带给他的少许实惠并不由我掌握;他可以经历我不再了解的许多事情,留住我没有记住的东西;而当我有需要的时候,还得像陌生人一样,向他借用。

虽然我比他有智慧,他却比我富裕。

醉心于诗歌的人们,成为《埃涅阿斯纪》之父比当上罗马最美少年的父亲更感欢欣,失去前者比失去后者更加难过,很少有人不是这样的。因为,根据亚里士多德的说法,在所有艺术匠人当中,最迷恋自己作品的正是诗人。

……

---

[1] 蒙田把自己的《随笔》比作孩子。

第九章

谈帕提亚人[1]的武装

现时的贵族有一种有害的、极其懒惰的做法：非到紧急关头，不披挂武装；看来危险远去，便当即卸下。由此就造成许多忙乱。因为，冲锋令下时，每个人都呼喊着跑向自己的装备，有些人还在系护胸甲的带子，他们的战友已经溃退了。我们的祖辈当值期间只把头盔、长矛和护手铠甲交给手下带着，其余的装备全不离身。如今我们的军队，由于辎重和随从混杂，而随从又因为要看管主人的武器不得远离主人，而致乱作一团，不成体统。

李维谈到我们的军人时说："他们的身体无法吃苦耐劳，连肩披盔甲也觉得困难。"

许多民族古时上阵作战都不庇护自己，或是以一些不起什么作用的东西作掩护，至今仍然是这样。

　　他们扯下软木树皮，盖在头上。

——维吉尔

---

[1] 帕提亚人，西亚古国的民族，曾与罗马帝国抗衡。

亚历山大是有史以来最骁勇的将领,极少佩带护身装备。我们当中有些人对这类防御武装十分轻视,但并不因而影响他们的战斗力。如果说,看到有人由于不佩盔甲而致被杀,那么因盔甲的笨重而受制,或由于反弹或其他原因受伤、断裂而致送命的也为数不少。就我们盔甲的重量和厚度来看,似乎我们只力求防守,而我们承受重压远多于获得保护。为了扛起这副重担,够我们应付的了;我们受到掣肘,行动不便,好像我们仅靠盔甲碰撞去战斗,仿佛我们注定要保护盔甲而不是盔甲保护我们。

……

再说,熟悉罗马战事的马尔塞利努斯[1],好奇地仔细记下帕提亚人佩带武装的方法,他之所以这样做是因为帕提亚人的方法跟罗马人极不相同。他说:"他们的护身装备用细羽毛编织而成,不妨碍身躯活动,但异常结实,飞标触到,即时反弹(即如我们祖先曾惯常使用的鳞皮状盔甲)。"在另一处,他又说道:"他们的马匹强壮有力,覆盖上厚皮;而他们自己则从头到脚披上粗铁片,安排得十分巧妙,在四肢关节处活动自如。他们就好像是铁人,头部的装备也配置得非常妥帖,完全依照面部五官形状来处理。眼睛部位留出的两个小圆孔,见到亮光;还在鼻孔处留些缝隙,供人勉强呼吸;除这两处之外,兵器打不到他们的身上。"

……

1 马尔塞利努斯,古罗马历史学家,曾参与讨伐帕提亚人的战事。

第十章
谈 书 籍

我毫不怀疑,自己常谈的一些事情,由专业人士来谈会更好,也更实在。我此处尝试展示的纯然是自己的智能而不是掌握到的学识。谁指出我浅薄无知,并非跟我过不去,因为我很难向他人保证本人的说法正确,就是对自己也打不了包票,我并不满意自己的见解。谁要从中觅取知识,就往包含知识的地方探寻吧。我很少炫示什么。此处谈的是我个人的想法,我并不试图借此让人认识事物,而是令人家了解我本人。我谈论的事物或许有一天我会认识,又或许我先前就认识,由于我有幸到过其所处的底细清楚的地方。不过,我记不起来了。

我这人读了不少书,但记性不好。

因此,我什么都不能保证无误,除了表达我此刻的认识。请不必在意我所谈的事物,而请关注我介绍事物的方式。

……

正当的消闲之法

我安排各个小节,只是随意为之,并未按一定的章法。随着各种奇异之想浮现,我便将它集中起来。我的想法有时纷至沓来,有时则依次第而至。我希望人家看到我自然的、常态的步调,虽然并不整齐划一。我按自己的心境,信笔写来;而这里有些材料倒不容忽视,那是不允许信口开河,胡说八道的。

我希望对事物有更充分的了解,但我却不愿意付出高昂的代价。我的目的是悠闲地而不是劳碌地消度余生。任何东西我都不愿意为之费尽心血,就是做学问我也不愿意,不论其价值如何重要。我在书中寻找的是正当的消闲之法。如果要学习,也只是寻求关于认识自己的学问,关于教自己如何享受人生、如何从容辞世的学问。

这是我挥汗的马儿朝之飞奔的目标。

——普罗佩提乌斯

如果我阅读时遇到困难,我也不会为此费尽脑筋;经过一两番思索,我就会撂下来。

倘若我坚持不放,我就会糊涂起来,浪费时间;因为我是一个不善于思索的人。第一次思考,看不出问题,硬要坚持,越发不清楚。我没有喜悦情绪,就做不成任何事情。孜孜追求,极度紧张,令我判断不清,忧虑,厌倦。我的视觉模糊,迷失方向。我必须收回视线,多次向目标移注,就像判断红布的光泽,目光要在布面上移动,从各个角度,再三再四反复观看。

要是某本书引不起我的兴趣,我就另换一本。我只是对无所事事开始感到厌烦的时候才下功夫阅读。我不大读新书,因为我觉得古书更丰满、更充实;我也很少读希腊书,因为我对希腊文懂得不多,理解力还是个学童的水平,我的判断力无从运用。

……

两种历史著作

我喜欢非常纯粹或是异常优秀的历史学家。纯粹的历史学家绝不掺杂个人的东西,而只着意搜集一切自己认识的材料,真心实意地记下所有事情,不作挑选,也不剔除;让我们对真相作出全面的判断。例如,善良的弗鲁瓦萨尔[1]就是这样的历史学家,他以真诚的态度从业,出了差错,毫不介意地承认,并就人家指出的地方加以更正。他照录形形色色的传闻、不同版本的故事。这是赤裸裸、不成型的历史材料。各人可以根据自己的理解加以利用。

优秀的历史学家有能力选择值得了解的事情,可以从两份文献中辨出更真实的那一份。他们从亲王的地位和脾性推断出其意图和相应的言语。他们满有理由令我们以他们的见解为准。但当然,够得上这个程度的历史学家为数不多。

处于此二者之间历史学家(数量众多),令我们把事情弄糟;他们要给我们端出结论,以为凭自己可以作准,从而让历史屈就他们的非非之想。一旦评论往一边倾斜,就不可避免地绕开原道,偏离正向。他们着意挑选值得知道的事实,常常向我们隐瞒更能说明问题的某段话、某项私人活动。他们撇开自己不理解的事物,认为不可置信;还可能撂下他们无法很好地用拉丁语或用法语表述的事情。他们尽可以卖弄自己辩才和文笔,尽可以随意下断语,但也得给我们留下未经删削和挑拣的东西,容我们在他们之后自行判断;也就是要给我们完完整整地交代所有史实。

---

[1] 弗鲁瓦萨尔(1337—1404),法国编年史学家。

人们常常选些平庸的人士去担任编写历史的任务,近几个世纪尤其如此,唯一的考虑的理由是,他们能说会道;仿佛我们从历史著作中要学的是文法!他们这些人也有道理,既然是为此而要受雇的,售卖的是动听的言辞,那就主要关注这方面好了。这样,他们就从市内十字街头收集到的传闻,用漂亮的词语,为我们炮制出美文。

仅有的优秀历史著作都是那些亲身指挥事变或参与指挥、再或起码有机会领导过类似事件的人撰写的。这样的史书几乎都出自希腊人和罗马人之手。因为好几个见证人描述同一题材(当时不乏声誉与才识集于一身的人,会有这样的情况),倘若出差错,也不致太严重,估计是涉及存疑的事件。

由医生来论述战事,或由学生来评说亲王们的图谋,人们能指望得到什么呢?

……

第十一章

谈 残 酷

……

我生活在这么个时代,内战肆虐,残暴的事例层出不穷;就从古代的史书中也看不到我们现在天天亲遇的罪恶行径。但这丝毫也不致令我习以为常。要不是亲自目睹,我很难相信,竟有这样的恶魔,只为取乐而蓄意杀人:用斧子砍去别人的四肢,挖空心思去创设未用过的酷刑、新的处死法;既非出于仇怨,也非从中渔利,而仅仅以作乐为目的;面对垂死痛苦的人的可怜动作、悲惨的呻吟和言语,以观赏这样的情景为乐事,这真是残酷到了极点。"一个人杀害另一个人,不是出于愤怒,也不是由于害怕,而只是为了赏玩这种情景。"(塞内加)

至于我,我不可能看见人家追杀无辜的野兽而不感到难过,那野兽并无防卫能力,也没有冒犯我们。常常遇到这样的情况:鹿儿气喘吁吁,筋疲力尽,没有别的脱身办法,便跪倒在追逐它那些人的面前,流泪哀求赦免。

> 它浑身是血,发出哀叫,
> 仿佛是在向人求饶。
>
> ——维吉尔

对我来说,这看来总是令人极度不快的情景。

我抓到活动物,多半放回郊野。毕达哥拉斯向渔家和捕鸟人买下猎物也是这样放生的。

> 我相信,刀剑第一次沾染的是动物的血。
>
> ——奥维德

杀害动物的嗜血本性,显示出人性的残酷。

……

第十二章
关于雷蒙·塞邦[1]的辩护词

……

人——可怜的"怪物"

战争是人类最盛大、最有声势的活动。我真想知道：我们是否可以据此说明人类的了不起，抑或相反，从中看出人类的软弱和缺陷。说实在的，我们相互厮打、彼此残杀的技能，看来远胜于没有掌握这种本领的禽兽。

> 几时曾见百兽之王，
> 残害过柔弱的幼狮？
> 何处森林里的野猪，
> 死于凶猛同类的獠齿？
>
> ——尤维纳利斯

---

[1] 雷蒙·塞邦(1499—1546)，神学家，《自然神学》的作者。在本章中，蒙田并非认真为雷蒙·塞邦的神学观点辩护，而是借此表达他个人对某些事物或社会现象的看法。

不过,动物也并非完全没有这种本事。蜜蜂的疯狂搏斗,敌对蜂群的蜂王之间的彼此攻击都表明了这点。

> 蜂王两相争,
> 掀起大骚动,
> 联想战乱事,
> 百姓遇兵戎。
>
> ——维吉尔

我只要读到这一神奇的描述,就仿佛看到了关于人类的愚蠢和虚荣的写照。这种引起我们极端厌恶和恐惧的敌对行动,这种震天的喊杀声,真个是:

> 剑影凌霄汉,
> 刀光遍地闪,
> 兵骑震山岳,
> 杀声动九天!
>
> ——卢克莱修

可怕的千军万马,汇聚起来的狂怒、激情、骠勇,就凭某种虚妄的理由便激发起来,只因某种微不足道的原因便又平息下去,眼看这种现象令人不由感到可笑:

> 传说是帕里斯的爱情之火,

惹来希腊与蛮族打仗的战祸。[1]

——贺拉斯

只因帕里斯的奸情,整个亚细亚竟在战火中沉沦、毁灭。一个人的欲念、一点怨恨、一阵快意、一种纯粹出于私心的嫉妒——连两个爱吵闹的妇人都不值得为之相争的理由,竟成为这一场大动乱的出发点。

……

然而这个庞大的队伍,尽管有万种形态、千般活动、似要揭地掀天,这个疯狂的千手百面怪物,它仍然是人啊,是软弱、可怜、微不足道的人构成的啊!它不过是一窝被搅动、受刺激的蚂蚁。

黑压压的大军在平原上移动。

——维吉尔

一阵逆风,一只飞鸦的叫声,一匹马的失蹄,一只老鹰的偶然飞越,一个梦、一句话、一个信号、一片晨雾都足以将队伍摧垮,使之倒下。试让强烈的阳光直射众人的脸部吧,他们就会眩晕,昏厥。只要朝他们的眼睛刮一阵风沙,就像我们诗人[2]笔下的群蜂那样,军旗就会倒下,队伍就会溃散,即便是伟大的庞培来率领也无济于事。……

何谓美?

至于身材之美,在详谈前,我必须了解我们对美的定义是否有一致

1　"战祸"指的是特洛伊战争。
2　指维吉尔,下文引述到他所写的蜂群退敌的故事。

的意见。我们很可能不大知道自在的美、一般的美是什么,因为我们赋予人体美(即我们自己的美)以千百种不同的形态。如果具有某种特定的自然属性,我们对此就会有一致的认识,比如我们都认识火的炽热。现在我们却任凭自己的意愿去设想人体美的形态。

比利时人的肤色移于罗马人的脸上就变成丑。

——普罗佩提乌斯

印度人所描绘的美是:黝黑的肤色,外突的厚嘴唇,扁而宽的鼻子。他们在鼻孔间的软骨处插上粗大的金环,一直挂到嘴边;下嘴唇也挂了宝石圆环,垂到下巴处;牙齿外露,直到牙根,也是他们的一种美态。在秘鲁,耳朵愈大愈美,他们人为地尽量把耳朵往下拉。今天有人说,他见过一个东方民族热衷于拉长耳朵,给耳朵戴上沉重的珠宝,把耳孔弄得非常非常大,连手臂带衣袖也能从耳孔穿过去。有的民族着意把牙齿涂黑,对白牙齿不屑一顾。有的地方却把牙齿染成红色。女子以剃平头为美的,不但在巴斯克如此,在其他许多地方,据普林尼说,甚至在某些冰天雪地的地方,也是这样。墨西哥妇人以前额狭小为美,她们把身体其余部位的毛都拔去,而却在额前留发,并着意加以修整。她们还特别看重大乳房,追求把奶子提到肩上给孩子喂奶。这些,我们都觉得很丑。

意大利人以肥胖、大块头为美;西班牙人认为美的是干瘪、瘦削者。而我们自己,有人认为白净肤色美,有人认为褐色皮肤美;有人觉得温顺、纤弱美,有人觉得健康、强壮美;有人要求妩媚、温柔,有人要求威严、庄重。至于以什么形状为美,柏拉图偏爱的是球体,而伊壁鸠鲁学派则崇尚锥形或正方形;他们无法容忍神的形象呈球形之状。

不管怎样,在美的方面,大自然并未赋予我们更多的特权,它的一般规律怎样就怎样。如果说我们自认为不错,我们也发现,虽然某些动物不如我们,但也有另一些动物(其数量众多)超过我们的,"**在美的方面,我们比许多动物逊色**"(塞内加),甚至不如一些陆地动物,我们的同类。至于海洋动物(且不谈体形,那完全是两码事,无法类比),从颜色、光泽、亮滑和匀称程度来说,我们都远远不如它们。我们各方面也不如空中动物。关于人类直立,能仰视天空作为人之本源的特性。

> 其他动物都脸朝下看地上,
> 上帝却赐给人高仰的脸庞,
> 令他凝视上苍,远观星象。
>
> ——奥维德[1]

这不过是带有诗意的说法。因为有多种动物,其目光也是朝向天空的。骆驼和鸵鸟的脖子,我看比我们伸得更长,更直。

哪种动物的脸不朝上、朝前?不像我们那样向前面看?在正常的姿势下,不跟人一样见到同等范围的天空和陆地?

柏拉图和西塞罗说到的我们体格上的优点,有哪些点不能同时应用在千千万万的动物身上?

而最像我们的动物,正是同族中最丑陋、最猥琐的。从外表和脸型来看,那是猕猴和狒狒:

---

[1] 奥维德(前43—约公元17),古罗马诗人,著名作品有《变形记》《爱的技巧》等。

> 猴子，这奇丑的动物，多像我们啊！
>
> ——西塞罗

从内脏和生殖部位而言，那是猪。说实在的，当我想到一丝不挂的男人时（就是姿色美丽的女性也如此），看到他的瑕疵、他的天性羁绊以及缺陷，我就觉得，我们比任何动物都更有理由用衣服遮盖自己。我们把大自然赐给动物的东西，毛皮、羊毛、兽毛、丝都借过来使用，靠它们的美来装饰自己，遮掩自己，这是情有可原的。

还得请注意：我们是唯一因自身的缺陷而令同伴不快的动物；我们是唯一在进行天性活动时要回避同类的动物。

……

学识之虚妄

不过，我还得看看，人是不是有能耐找着他寻求的东西，人在许多世纪以来所致力的探索是不是令其增添某些新的力量和获得某些确实无疑的真理。

我相信，如果他凭良心说话，就会向我承认，他多年追求所得的，不过学会认识自己的弱点。我们与生俱来的无知，经过长期探索，得到了认定和证实。真正有学识的人的成长有如麦穗的成长：麦穗空的时候，它节节拔高，骄傲地仰起头来；而当它饱满、趋于成熟的时候，便开始谦逊，垂下麦芒。人嘛，也是这样，经过一切尝试和探索，在一大堆深广的学问和繁多的事物中，找不到任何有分量、坚实可靠的东西，只见一片虚无缥缈，于是放弃自以为是的傲慢，承认自己本来的地位。

……

从前那位最有智慧的人[1]，有人问他知道什么，他回答说，他知道这么一点：他什么都不懂。他肯定人家说的这番话是实情，那就是：我们懂的东西再多，也不过占我们不懂的事物的极小部分。换言之，我们以为掌握的知识，与我们的无知相比，简直微不足道。

柏拉图说，我们知晓的东西是虚的，我们不知的东西是实在的。

"几乎所有古人都说，我们不可能认识什么，通晓什么，了解什么；我们的感官有限，我们的智慧不高，我们的生命太短。"（西塞罗）

……

飘忽无定

我密切地注视自己，眼睛不停地盯在自己身上，就像一个没有什么身外事要做的人那样。

> 不在乎北国谁家君主施威，
> 不问底里达特王[2]因何失势。
>
> ——贺拉斯

我发现自己的卑微和软弱，好不容易才敢于说出来。

我立足虚浮不稳，觉得会随时摇晃，失却平衡。我的目光无定，自

---
1 指苏格拉底。
2 底里达特王，亚美尼亚几代国王的称谓。

感空腹、饭后都不一样。当我身强体壮或是风光明媚的时候,我便和颜悦色、喜气扬眉。但如果我的脚趾长了鸡眼,我就会愁眉苦脸,对人不予理会。

同一匹马的步伐,有时我觉得沉重,有时则觉得轻快。同一段路,这一回我觉得很短,另一回我又觉得很长。同一样事物,有时觉得有趣,有时则感到乏味。某个时候我什么都能够做,换另一个时候我什么都做不了。此刻我认为那是乐趣,过后可能变为苦恼。

千种变化无常的行为,万般反复不定的思绪,集于我一人之身。我既郁郁寡欢又暴跳如雷。有时是愁肠百结,不能自已,有时却满怀欢畅。某一时候我捧起书本,读到某些段落,会觉得美妙至极,激起内心的波澜;换一个时候再读这些段落,不管我如何反复翻阅,如何琢磨,我总觉得晦涩难懂,兴味索然。

即便就我自己所写的东西来说吧,我也有许多时候体会不出原先的想法。我不知道自己想说的是什么。我费神去修改一下,要放进一点新意思,因为已忘掉原来更有价值的含义。

我不断前进,复又折回,反反复复。我的思想总不能笔直前行,它飘忽无定,东游西窜。

> 宛如大海上一叶扁舟,
> 在狂怒的风暴中漂流。
>
> ——卡图卢斯

多少回(有时我乐意这样做),我支持与自己的见解正相反的观点,以此作为练习或作为消遣;我的脑子开动起来,转向这个方面;我完全专注于此,竟觉得没有理由坚持原先的意见,于是干脆把它放弃。可以说,我是随自己的倾向行事的,不管是倾向哪一边,我自身的重力带我前进。

任何人只要像我那样观察自己,在谈及本人的时候,都会说出差不多类似的话来的。

……

感官的缺陷

在感官问题上,我第一个想法是:我怀疑人是不是具备大自然赋予的所有感官。我看见好些动物,有的没有视觉,有的缺乏听觉,照样活得完整、充实;谁晓得我们自己是不是也缺少一种、二种、三种乃至好几种感官呢? 因为,即使缺了一种,靠思索推理也是无法发现的。感官的特长,是达到我们的感知官能的最高限度。超越于此,就没有任何东西能令我们发现感觉。甚至任何一种感觉也无助于我们去发现另一种感觉。

> 听觉能纠正视觉吗?
> 触觉可以矫正听觉?
> 味觉错误触觉可知?
> 嗅觉和视觉可混同于其他感觉?
>
> ——卢克莱修

它们一起构成我们认知官能的最终界限。

> 每一感官都有独特力量,

都具备自身的特殊功能。

——卢克莱修

一个天生的盲人，要他很好地理解自己的失明，那是不可能的；要他渴望获得视觉，并为这一缺失而深感遗憾，那也不可能。

因此，我们不应该满有把握地认为：我们的心灵对现有的感官深感满意，因为，即使存在什么病态或缺陷，它也无法感觉出来。对于盲人，无法用推理、论证和比喻向他说明他脑海里的某件事物的光线、颜色和形相是怎么一回事。没有任何办法能促其感官获得视力。我们遇到天生的盲人希望能够看见东西，那不是因为他们理解自己要求什么，而是他们从我们那里知道缺了点什么，希望获得存在于我们身上的东西。这一东西，他们说得出来，其效应和结果都说得很好，但究竟为何物，他们却不晓得，无论远近，他们都不理解。

我见过一位名门绅士，生来失明，或者起码是自幼失明，不晓得什么叫视觉，他对自己所缺的并不理解，却跟我们一样使用关于"看"的词语，还用得蛮有个人特色。有人把他的教子领到他面前，他把教子搂在怀里，说道："上帝啊！多漂亮的孩子！看见他，叫人真高兴！他的脸容多快活！"他像我们一样地说："这个客厅外观漂亮；光线好，阳光充足。"还不止于此，由于他听到我们从事诸如打猎、网球、射靶之类的活动，他极感兴趣，而且还热衷去做。他相信自己投身其中，跟我们并无两样；他为此兴高采烈，十分开心，而这些仅仅是通过耳朵来感受的。在平地上，他在策马而行时，有人朝他高喊："瞧，一只兔子！"随后又跟他说："兔子逮住了！"他听到其他人因捕获猎物而十分得意，他也为此而感到自豪。打球时，他左手拿球，挥拍打去；射箭时，他挽弓随意而射，满足于由手下人告诉他是射高了还是射偏了。

人类是不是也缺乏某种器官而正做着类似的蠢事,是不是由于有此缺陷以致事物的大部分形相我们并未见到,这又有谁晓得呢?又有谁知道我们对大自然的许多杰作所遇到的不解困难是不是由此而来的?动物的不少动作超越我们的所能,是不是因为我们缺乏某种感觉官能而致?某些动物是不是由此生活得更充实、更完整?

感觉之虚幻

诗人们描绘那喀索斯[1]疯狂地爱上自己的倒影,他们赋予感觉的力量是多么巨大!

> 他欣赏自身的迷人之处,不知不觉恋上了自己,
> 他赞赏的竟是他本人,渴望得到的也是他自己,
> 他点燃起来的炽烈情火,去燃烧的还是他自己。
> ——奥维德

皮格马利翁[2]看到自己所雕的象牙女像不禁意乱神迷,他宠爱她,伺候她,就像她是活人一样!

> 他不停地狂吻她,还以为得到了回吻,
> 他抓住她,紧抱她,感受到躯体的弹性,
> 他担心搂得太紧,至令玉体留下青痕。
> ——奥维德

---

1 那喀索斯,神话人物,美少年,因拒绝回声女神的求爱而受到惩罚,死后化作水仙花。
2 皮格马利翁,神话人物,善雕刻,曾热恋自己所雕的少女像,感动爱神;后爱神赋予雕像以生命,让两人结为夫妇。

请将一名哲学家放进铁丝网造的笼子里,并把笼子挂到巴黎圣母院塔楼的高处吧。哲学家清楚地看到,他是不可能从笼子里掉下去的。可是,如果他不曾习惯于修屋顶的高空作业,他眼看这种高度而不担惊受怕,那是不大可能的。因为,尽管钟楼中的走廊用石砌成,要是做成空心的,要在上面走得很稳,也不容易。有些人只要想到这个高度就受不了。且让我们在两座塔楼之间来架一根梁吧。梁的宽度就像我们在其上散步所需要的宽度那样。那么,我们即便拥有毫不动摇的哲学智慧,我们也不可能具备这样的勇气:在梁上行走能如履平地。

我在本地的山坡上经常有此体验(而我还不是顶害怕这种事情的哩),我发现,尽管我离深渊还有相当于我身长的一段距离,而且如果我不是故意去冒险的话,我是不可能掉下去的,但是我眼看这种望不见底的深渊,还是禁不住害怕,我的小腿、大腿都颤抖了。

……

第十三章
谈评判他人的死亡

死亡无疑是人生中最值得关注的事情。我们在评判他人面临死亡的镇定态度时，必须注意一件事：人们不易相信自己已到了大限。临死时，很少人坚信，这是自己的最后时刻。令我们受希望幻觉左右的莫过于在这一阶段。幻象在我们耳边絮絮叨叨："其他人病得更重，却并未死去。事情并非如人们所想的那样毫无希望。在最坏的情况下，上帝也创造过其他奇迹来。"

出现这种情况是由于我们过分看重自己。似乎我们的消亡，万物或多或少都会因之而受影响。似乎万物都在同情我们的境遇。由于我们的看法不正确，呈现出来的是扭曲了的事物；我们以为是事物不存在，而其实是我们的目光不及。犹如在海上航行的人那样，高山、田野、城镇、天空、陆地都跟他们一起同时移动。

> 我们驶出港口，大地和城市远远离去。
> ——维吉尔

谁曾见过老人，不称颂往昔的时光，不指责当前的境况，不把自己的贫困和忧伤归罪于当今世界和人们的时尚？

> 老农人摇头复叹息，
> 拿现在和过去相比，
> 他常赞父亲的运气，
> 诉说着前辈的仁慈。
>
> ——卢克莱修

我们把一切都和自己联系起来。

正因为这样，我们认为，自己的死是件重大的事情。未对星象作庄严观测得到肯定之前，我们不会轻易死去。"众多神祇围着一个人而忙碌。"（塞内加）我们越是看重自己，就越会有这样的想法。怎么啦？许多学识将不复存在，带来如此重大的损失，却得不到命运之神的特别关注？一个如此罕见的堪作楷模的灵魂竟同平庸无用的灵魂一样消逝？这个保护着许多人生命的生命，其他生命有赖其维持的生命，使许多人为其效力，占据着许多位置，难道它就和仅仅靠它而存活的生命一样，轻易地被夺去？

我们谁都自以为是了不起的人物。

正因为如此，恺撒对其领航人说出了如下的一番话，这话比威胁着他生命的大海还要狂妄。

> 如果你畏惧苍天不愿开往意大利，
> 那你就依靠我的庇佑往前航行吧。
> 你惊恐的唯一缘由是还不认识我，
> 请相信，我便是那庇护你的神明，

你且迎击狂风暴雨,破浪向前吧。

——卢卡努斯

……

第十四章

我们的思想如何自陷困境

　　设想人的思想在两种同等的欲望之间保持绝对的均衡,那是蛮有趣的事情。他肯定永远无法作出抉择,因为倾向和选择就意味着二者的价值不等。如果我们怀着同等强烈的饥渴之欲,被置于酒和火腿之间,那么我们就没有别的办法,只有渴死和饿死。

　　有人问斯多葛派的学者:我们的心灵是怎么在两种无差别的事物中作出选择的?比如说,在一大批的钱币中,个个都一样,没有任何理由令我们有所偏爱,为什么我们取这枚而不取另一枚?为了解释这个难题,斯多葛派学者回答说:心灵的冲动超越常规,不按准则运作,它受外来的、偶然的、意外的推动而作用于我们。

　　而在我看来,毋宁说是:任何呈现在我们面前的事物都不会没有某种差别,纵然这差别非常轻微;看上去或摸上去它总有些什么更吸引我们,虽说几乎觉察不出。同样,如果设想一根绳子的强度到处一样,那么这根绳子就绝对不可能断掉。你要它先从哪里断开来呢?而所有地方都同时截断,则是违背自然的事情。

　　我们还可以说说几何定理。有些定理以其确凿无疑的证明作出结论:内盛物大于容器,圆心与圆周相等,两条彼此不断靠近的直线永远不相交;还有点金石、化圆为方的问题,此中的理性与经验正好截然相反。或许我们可以由此得出某种论据以支持普林尼这一大胆的言辞:"没有任何确定之物确凿无疑,没有任何事物比人更可怜,更自傲。"

第十五章
我们的欲望因遇障碍而增强

最有智慧的哲人说：任何论点都有其反面论调。不久前，我琢磨过一位古人引用的表示对死亡蔑视的妙语："没有任何事物能令我们快乐，我们预备其失去的东西除外。"又说："失去一件物品，与担心它可能失去，二者同样令人难受。"[1]他想借此说明：如果我们担心失去生命，生命的享有就不可能给我们真正带来快乐。

然而，反过来也可以这样说：我们越是看见一件东西不稳靠，越是担心它被夺走，我们就越发紧紧抱住它不放，对它就愈加珍惜。因为，我们明显感觉到，就像火遇冷烧得更旺一样，我们的意欲也因遇到障碍而更加激发起来。

> 如果达娜厄[2]不曾被幽禁在铜塔里，
> 朱庇特就不会潜入令她怀孕生子。
>
> ——奥维德

---

1 均为塞内加语。
2 达娜厄，阿耳戈斯王之女，因神曾预言她的儿子将要杀死外祖父，国王为防患于未然，便把她幽禁在铜塔里，主神宙斯化作黄金雨跟她幽会，她因而怀孕生子。儿子后来在掷铁饼时果然无意中把外祖父打死。

没有什么比因易得而致烦腻更令我们倒胃;没有什么比罕见而难得更激发我们的兴致。"任何事情,其乐趣都因为存在风险而增加,而风险本该是要远避的。"(塞内加)

噶拉,请拒绝我吧,如果欢乐没有夹杂痛苦的折磨,爱情很快就会令人餍足。

——马尔提阿利斯

为了使爱情持久,莱克格斯[1]只许斯巴达的夫妇偷偷交欢;他们如被发现同睡一起,就像跟别人同床一样可耻。幽会的困难,给人撞见的危险,翌日的羞惭,

柔情恹恹,默默无言,
还有出自内心的感叹。

——贺拉斯

这都会令人兴味大增。多少有趣的色情嬉戏来自关于性事的诚实而婉转的谈论。肉欲本身也寻求借助痛苦来激发。它令人灼痛,损伤别人的时候,就愈加甜蜜。名妓弗萝拉说,她每次跟庞培幽会,都非要在他身上留下咬痕不可。

他们紧紧压住自己所追求的躯体,

---

[1] 莱克格斯,传说是斯巴达的法典制定者。

令她受痛,牙齿还常常狠咬芳唇,
莫名的刺激促其伤害可爱的尤物,
无论怎样,她引发其狂暴的激情。

——卢克莱修

到处都是这样:难办给事情带来价值。
……

第十六章
谈 荣 誉

……

美德,如果是为了博取荣誉的推崇,那它就是虚妄的、毫无意义的事情。我们努力让它享有特殊位置,并使之与运气区分开来,这都是徒然之举。的确,有什么比名声更带偶然性的呢?"**命运之神确实主宰着万事万物,它扬此抑彼,全凭自己的一时的兴致,而不是根据事物的实在价值。**"[1] 做好事为人所知,被人察觉,这纯粹是运气使然。

命运轻率地把荣誉赐给我们。我常常看到,荣誉大于功绩,而且往往超过功绩甚远。那第一个发觉荣誉与阴影极为相似的人[2],做得比他自己所想的还要好。荣誉与阴影,二者都极为虚幻。

阴影有时走在身体的前面,有时大大超过身体的长度。

有些人这样叮嘱贵族人士:在英勇行为中只求荣誉。"*仿佛不为人知的就不是善举。*"(西塞罗)他们由此得到的结果,只能是教人不要在无人见证的情况下冒风险,令人注意目击者能否传扬自己的勇敢行为,而本来是有千百个可以做好事而不为人注意的机会的。除得此结果之外,他们还能得到什么呢?有多少个人的英勇行为被埋没于战事的群

---

1 萨卢斯特语。萨卢斯特(前86—前35),古罗马历史学家、政治家。
2 指西塞罗。

体之中？在这种混战的时刻，谁有闲暇去观察别人，就肯定没有怎样投身进去，他为自己的战友的功绩作证的同时，也给自己的不良行为提供了证据。

"荣誉是我们天性追求的主要目标，而一个真正明智而伟大的心灵将荣誉寄托在行为，而不是寄托在名声上面。"（西塞罗）

……

虚　荣

知道受赞扬，有一种油然而生的甜丝丝的感觉；不过，我们对此太看重了，重视得过了头。

> 我不畏避称赞，我没有铁石心肠；
> 但若做好事的目的只为博得赞扬，
> 就是你连声叫好，我也却辞相让。
> ——佩尔西乌斯[1]

我不大关心我在别人的心目中怎么样，而更关心我在自己的心目中怎么样。我想靠自己致富，而不想靠借来的东西致富。外人只看到外部事变和事情的表面；每个人外表上都可以装得神色自若，而心里却焦躁不安，充满恐惧。别人看不见我的内心，只看见我的举止。

人们指斥战争时期的虚伪行为，那是对的。事实上，一个机灵而内心却怯懦的人，要规避危险而又冒充勇士，没有什么比这更容易的了。

---

[1] 佩尔西乌斯（34—62），古罗马讽刺诗人。

逃避个人冒险机会的办法有许许多多,我们可以骗过世人一千次,才做一次冒险之举。即便这时候陷于困境,我们也可以靠适当的面部表情、口气坚定的言语来遮掩我们的玩意儿,哪怕是我们心里怕得要命。

柏拉图谈及一种指环,戴在手指上,将戒指面转向手掌那边就能隐身。如果用了这种戒指,许多人就往往会在最该露面的地方隐藏起来,而且会后悔置身于如此荣耀的地方,不得不表现出镇定自若的神态。

只有弄虚作假的人才喜爱虚荣,
只有撒谎者才因诬告担惊受怕。
——贺拉斯

因此,一切根据表面现象而作的判断都极不可靠,只能存疑。唯有每个人自己对自己所作的见证才是最切实的见证。

……

第十七章
谈自负

谈看待自己

还有一种荣誉感,那就是我们对自身的价值评价过高。这是一种欠考虑的自爱的感情;这种感情使我们把自己看得和实际情况不一样。正如热恋的感情,它把秀美和妩媚赋予所爱的对象,使钟情的人们失去明晰、正常的判断力,竟将其热爱的对象看成是另一个人,比实际完美得多。

我并非因担心在这方面犯错误,就希望个人不重视自己,把自己想得比实际情况差。在任何情况下,判断都应该绝对公正。对此对彼,都应看到其真实面貌,这才合理。如果他是恺撒,那就让他大胆地认为自己是世界上最伟大的统帅吧。

我们只在乎体面,体面把我们弄昏了头,使我们将事物的本质撇在一边。我们紧抓枝叶,却放弃了树干和主体。女士们并不怯于去做的事情,我们却教她们一听到人家提及就脸红害羞。我们不敢直呼某些器官的名称,而却毫无顾忌地运用它去干各种荒淫的勾当。

体面不许我们用言辞去表达合法而又符合天性的事情,我们倒深信不疑；理性不让我们去做违法的坏事，但却无人相信。我觉得自己就陷于体面规则的束缚中，因为它既不让人讲自己好，也不让人讲自己坏。这里，我们就暂且不谈它吧。

有些人凭运气（应称为好运或厄运）过上某种高人一等的生活，他们可以用自身的行为来表明自己是怎样的人。但是有些人命中注定生活在芸芸大众当中，如果他们不谈自己，是不会有人提及他们的；这样的人斗胆地向那些想了解他们的人谈谈自己，倒是情有可原的，卢奇利乌斯[1]便是榜样。

> 他像告诉知心朋友那样，
> 把秘密都倾注在写作上。
> 作品是他苦和乐的知己。
> 一生的境况都描绘出来，
> 犹如记在许愿的神牌上。
>
> ——贺拉斯

……

自我评价

谈到我个人的情况，在我看来，很难发现有任何人对自身的评价竟低于我的自我评价，乃至对我的评价低于本人对自己的评价。

我认为本人属于平庸无奇之辈，只有一点我觉得是个例外：具有最卑劣、最鄙俗的缺点，但却不加以否认，也不寻求辩解的理由；我欣赏自

1　卢奇利乌斯（前180—前103），古罗马讽刺诗人，诗作有《闲谈集》30卷。

己仅仅是因为我了解自己的价值。

如果我有点自命不凡,那是性情的一时流露而受到表面感染所致;这种自负并未成形而导致影响我判断的眼光。

我被浇湿,但却没有受浸染。

说实在的,谈到精神产品,不管它以何种方式产生,由我产出、令我完全满意的,一件也没有。别人的赞赏也不能令我高兴起来。我的品位讲究而又挑剔,对待自己尤其如此。我不断自我否定,处处都感到自己犹疑不定,会因软弱而却步。本人没有任何东西能满足自己的鉴别力。

我的眼力相当犀利、准确,但真正去干,就看得模糊不清;在诗歌方面的试验就明显地表露这一点。我极其喜爱诗歌,我对别人的诗作不乏鉴别力,但自己动起手来,说实在的,我却像孩提一般,连我自己也无法忍受。在其他任何方面都可以充当傻瓜,在诗歌方面可万万不行。

> 诸神、众人、张贴诗的海报柱,
> 都不允许平庸无奇的诗人留驻。
> ——贺拉斯

但愿有人把这一诗句张贴在所有出版商的店铺门前,以拦阻许许多多蹩脚诗人进入。

> 没有谁比劣等诗人更自信。
> ——马尔提阿利斯

……

自画像

本人身材矮小粗壮,面部丰满而不臃肿。性情嘛,半开朗半忧郁,不温不火。

  双腿、前胸,满布浓毛。

           ——马尔提阿利斯

我身子结实,体魄强壮,虽则年事相当,但极少受疾病的困扰。我至此是这样,可此刻我不认为会仍然如此,因为我已步入衰老之途,跨过了四十的岁数。

  年岁渐长,体魄日衰,
  盛年不再,暮境即来。

           ——卢克莱修

今后的我,将不是完全的人,再不复是原来的我。我一天天消逝,已不再属于自己。

  岁月之流,渐次将我们拥有的带走。

           ——贺拉斯

我缺乏敏捷与机灵,不过我的生父却异常机敏;他活泼好动,直至垂暮之年仍然如此。他在与他地位相等的人们当中,找不到在体育运动方面可与他比拼的;就像我一样,不大能遇到比我更差的,跑步除外(这方面我属中等水平)。音乐方面,我没有唱歌的好嗓子,也不擅长乐器,人家教不会我什么。舞蹈、网球、摔跤方面,我只掌握一点皮毛。游泳、击剑、马术和跳跃,我哪一样都不会。

我双手笨拙,写出来的东西连自己也看不上眼;竟至对自己涂鸦之作宁愿重写一遍,而不想花心思去辨认。我朗读也不见得好。我觉得令听者感到压抑。要不然,倒是个好文员。

我不会把信折叠好加上蜡封,也不会修羽毛笔;不晓得使用餐刀,不懂给马匹套鞍辔;不会抓、放猎鹰,也不会跟狗、鸟、马说话。

总的来说,我的身体状况与精神状态,二者十分相称。我并不活跃好动,只是精力充沛、持久。我能吃苦耐劳,但当我主动接受劳苦的时候是如此,只有我乐于这样做的时候是如此。

乐然后不知工作之艰辛。

——贺拉斯

换言之,倘若我不是受某种乐趣所吸引,若不是纯粹出于我个人的意愿,而是受别的什么支配,我就会一事无成。因为我是这样的人:除了健康和生命令我操心之外,我是什么都不想去费神的,而且我也不愿意以身心之苦去换取任何东西。

如果竟要以此为代价,
我宁愿不要那绿树成荫、
奔流入海的塔古斯河
挟带而下的全部金沙。

——尤维纳利斯

因为我性爱悠闲,而且十分喜欢无拘无束;我宁可献出鲜血,也不愿意消耗精神。

……

深入自己的内心

根据我坦率透露的某些特点,人们可能设想出另一些不利于我的特点。但不管我呈现出来的是怎样的面貌,只要人家认得,我本人就是如此,我就达到了目的。我斗胆写下如此卑微、如此浅薄的东西,而没有表示歉疚之意,那是因为我这主题本身就微不足道,只好这样写。

如果人们愿意的话,就来指责我的写作计划好了,指责本人的写作方式,可不行。无论如何,没有他人的意见,我也看得清楚我这些东西没多少价值和分量,也看得清自己超越常轨的写作意图。我的判断力没有失误(这些"试笔"就是其成品),这就足够了。

> 即便你长有一个长而又长的鼻子,
> 长得竟连阿特拉斯[1]也不愿意要,
> 即便你说笑能令拉丁努斯[2]不安,
> 可对于我这些微不足道的玩意儿,
> 你不可能说得比我自己说的还糟。
> 空嘴咀嚼又有何用?饱腹须要肉食。
> 别白费劲了,你的恶言留给得意者吧,

---

1 阿特拉斯,希腊神话中以肩顶天的巨神。
2 拉丁努斯,传说的古罗马英雄,拉丁部族的名祖。

至于我，我知道这一切不是什么东西。

——马尔提阿利斯

　　我不保证本人不说蠢话，只要我自己没有弄错，认识到那是蠢话就行。一边知道，一边出错，在我来说，那是十分常见的事情。我不大可能以其他方式搞错，我的出错从来不是于偶然所致。把愚蠢行为归因于我的鲁莽性格，这并非什么大不了的事情，因为我通常都把不良行为归咎于这一原因——我自己禁不住这样做。

　　……

　　世人总是朝前面看，而我却把视线转向自己的内心，我定神观察，整个视线贯注于此。各人都看前面，而我却看自己的里面，我只跟自己打交道，不断考察自己，自我控制，自我体验。其他人虽然想到这个方面，但总是往别的地方走去；他们总是朝前走。

　　无人试图深入自己的内心。

——佩尔西乌斯

　　而我却向自己的心坎挺进。

　　……

第十八章
谈戳穿谎言

我不想树立雕像

我不是要树立雕像,将其安置在市中的十字街头,教堂之内,或是广场之中。

> 我不想夸大其词,空话连篇,
> 而只愿会晤相叙,娓娓交谈。
>
> ——佩尔西乌斯

我这本书只配放在书架的一角,博得邻人与亲友的喜欢。他们会高兴地借此和我相叙,与我细细倾谈。别的作者都着意谈论自己,他们认为这一题材丰富而且有价值,可我却相反,我觉得自己非常贫乏浅薄,人家不可能指责我卖弄自己。

我乐意评价别人的行为,但我自己的行为,由于太微不足道,很少可以供人评价。

我本人没有积多少功德,说起来只会羞惭不已。

因而，倘若我听到有人向我谈及祖先的生活方式、面容、举止、惯常言语以及人生遭遇，我该多么高兴啊！我会非常留神细听。如果我们对友人和前辈的肖像不屑一顾，对其衣服和武器的式样十分鄙视，这肯定是不良的天性使然。至今我还保留着他们的文具、印章、祈祷书和他们个人使用过的剑。家父平常捏在手中的几根长杖条，我也没有将其移出房间去。

"子女对父亲的感情愈深，则对其衣物和戒指就愈加珍惜。"（奥古斯丁）

然而，如果我的后人另有所好，我也会有回报的办法：他们对我的重视程度不可能低于那时我对待他们的程度。

我写此书与大众的全部关系，就在于我借用了印刷工具，更为快捷，也更加方便；而作为酬报，也许我的书页会用作市集上牛油块的包装纸。

但愿金枪鱼和橄榄都不缺包装。

——马尔提阿利斯

我会常常为鲭鱼供应舒适的衣装。

——卡图卢斯

即便谁都不读我的书，我用很长的空闲时间去整理一些有益而又有趣的思想，是不是就浪费光阴了呢？我要将自己的面貌呈现出来，常常需要做一番准备并摆正姿态，这样我才好勾勒自身的形象。最后，雏形出来了，多少可以说，它是自然而然成形的。向他人描绘自己的时候，我着笔的色彩比我原有的还要鲜明。与其说我在写书，不如说书造就了我,书与作者成为一体,不可分离,它是我生活中的一员,只与我发生关系。它不像其他书那样,另有目标,需要涉及第三者。

我这么认真仔细不间断地描述自己,是不是浪费时间了呢?那些光凭兴之所至偶尔在口头上作点自我分析的人,不可能从本质上深入考察自己,只有为此进行研究,并以此作为工作、作为手艺的人才会洞察入微,因为他满腔热情,竭尽全力长时间坚持详细的记录。

最令人陶醉的乐趣是不露形迹,避开众人的目光,乃至避开第二者的目光;虽然这种乐趣只是个人的内心感受而已。

我多少次凭着这一活儿,驱除烦闷的思绪啊!

……

玩言语

撒谎是丑陋的恶习,一位古人曾羞惭地描述过这种恶习,他说:这是蔑视上帝,同时也是畏忌众人的表现。对于撒谎的丑恶、卑劣和腐败,不可能有比这表达得更充分的了。请设想一下,还有比害怕众人和藐视上帝更丑陋的吗?沟通人与人之间关系的唯一渠道既然是话语,因此说假话的人就是背叛公众社会。话语是我们交流意愿和思想的唯一工具,是我们心灵的写照:没有了它,我们彼此就无所维系,我们就会互不了解。如果它欺骗了我们,那就破坏了我们之间的一切关系,打破了我们社会的一切联系。

新印度的某些民族(我们不必知道其名字了,它们已不复存在,因为这场堪称坏榜样的闻所未闻的征服之战[1]造成极大的蹂躏,竟至连其

---

1 征服者指西班牙。

名字和原地的情况都泯灭了),他们用人血祭祀神祇,但只从舌头和耳朵取血,以此来补赎听谎言和说谎话的罪过。

希腊一位风趣开朗的人士说,小孩子玩骨头,大人玩言语。

至于揭穿谎言的各种做法、这方面牵涉我们名誉的规则以及这些规矩所经历的变化,我下一次才交代我所知道的情况。如果可能的话,在这段时间我会了解,这种反复掂量、字斟句酌并视此为与我们名誉攸关的习惯,是从何时开始的。不难断言,古代的罗马人和希腊人并不存在这种习惯。看到他们彼此揭露,互相使用侮辱言辞,却不因而大争大吵起来,我常常感到新鲜、奇怪。他们履行职责的规矩采取的是与我们的规矩不同的另一种方式。当着恺撒的面,他们有时可以称其为"小偷",有时可以称其为"醉汉"。瞧,他们(我指的是这两个民族的最伟大的将领)互相叱骂,不受拘束;而言语只用言语来回报而并不导致其他后果。

第十九章
谈信仰自由

良好的意图,如果不加以有节制的引导,也会令人做出极其恶劣的事情,这是屡见不鲜的。当前的争论使法国此刻陷于内战的动乱中,最好、最安全的办法无疑是维持原有宗教和管治方式不变。不过,在那些支持这种主张的好心人当中(因为我说的不是以此为借口或报私仇、或满足贪欲、又或博取亲王宠幸的那些人;而是其行事本着信奉宗教的热忱、出于维护国家和平和安定的渴望的人们),我说的是,见到他们不少人因狂热而失却理智,有时竟做出不公正、粗暴、莽撞的事情来。

早期基督教和法律一道开始享有权威之时,确实有许多人受宗教热情的推动,反对一切异教的书籍,文化人为这桩重大损失而感到痛惜。我估量,这场浩劫给文学造成的灾难甚于野蛮人的历次纵火焚烧。

科内利乌斯·塔西佗[1]是一名很好的见证者:因为,尽管他的亲戚伽尔巴皇帝明确下达诏令,各地图书馆都要着意收藏,但是任何一部著作只要有五六个违背我们信仰的句子,就躲不过搜寻人的仔细检查,他们热衷于把全书销毁。

……

---

1 此为古罗马元老院议员、历史学家的塔西佗(55—120)。

第二十章
我们领略不到任何纯粹的东西

……
我们的快乐和幸福,无不掺进痛苦和烦恼。

> 从欢乐的源泉冒出的无名伤感,
> 令你在快乐时刻觉得焦灼不安。
>
> ——卢克莱修

极度快感多少近似叹息和呻吟。你不是会说,快活得要死吗?甚至当我们描绘其逼真形象的时候,也给它加上一些与病态和痛苦有关的修饰词语:慵困、疲惫、虚弱、力不能支,死去活来。这都说明它们的密切关系,实质上的一致。

深沉的愉快,庄重多于兴高采烈;极度的、充分的满足,平静多于欢欣雀跃。"*乐极而致生悲。*"(塞内加)快乐也会伤害我们。

一句希腊古诗要表达的正是这个意思:"**诸神给我们的一切幸福都不是无偿赏赐。**"也就是说,诸神并不赐予我们任何纯粹的、完美的幸福,我们要为此而付出某种痛苦的代价。

痛苦和快乐,本质上迥然不同,我不知道在哪个关节上竟自然联结起来。

苏格拉底说:有位神灵曾试图把痛苦和快乐混合起来,捏成一块;他没有达到目的,但起码做到令其末端连接在一起。

梅特罗道吕斯[1]说:忧愁中夹杂着某种快乐。我不知道他这话是不是有别的意思。但我想象得出,乐于在忧郁中沉浸,总是带有一定的意图、赞许和得意的,且不说可能还掺杂着争取同情的欲望了。即便在忧愁的怀抱里,也有多少吸引我们、令我们快慰的甜蜜而微妙的滋味。一些有着某种性情的人,不就是以忧愁为精神养料的么?

哭泣时带有某种快意。

——奥维德

……

---

[1] 梅特罗道吕斯(前330? —前277),古希腊伊壁鸠鲁派哲学家。

第二十一章
反 对 懈 怠

韦斯巴芗[1]皇帝身患重病(后来他便死于此病),仍然不忘过问朝政,即便在病榻上,他也接连处理多件重大的国事。医生劝诫他,说这样做会损害健康,他却这样说道:"一个帝王应该站立着辞世。"我蛮喜欢的一句豪言壮语,不愧是一位伟大的君主。

……

莫莱[2]已气息奄奄,可哪里需要他就让人把他抬到哪里去,他在队列中沿途给将领和士兵鼓劲打气。而当他的战阵被冲破一个缺口时,他竟手执宝剑,跨上坐骑,大家都拦不住他。他竭力要参与拼杀,手下人有的拉住缰绳,有的扯着战袍,有的拽住马镫,都不让他走。这一番用劲耗尽了他剩余不多的生命。大家让他再躺了下来。突然,他从昏厥中猛醒过来,只为告诉众人,对他的死,不要声张(说这话是他余下的唯一功能了);这是他当时要下达的最必要的命令,为的是避免这死讯令官兵灰心丧气。他咽气时把手指放到紧闭的嘴巴上,示意不要作声。可曾有谁死前能坚持这么久?谁又能死时精神不倒?

勇敢对待死亡的最高、最自然的境界,是不仅毫不慌乱地直视它,

---
1 韦斯巴芗(9—79),古罗马皇帝。
2 莫莱(?—1578),摩洛哥君主。

而且毫无忧虑地自由自在地过日子,一直到那个时刻。就像小加图那样,在他脑子里、心里已酝酿好血淋淋的暴毙意图[1],把死亡掌握在自己手中,照样高高兴兴地睡觉和学习。

1　小加图是自杀而死。

第二十二章
谈驿站

我身体结实，短小精悍，干跑驿站这一行并不差；但我放弃了操业，这职业折腾人，不可长期从事。

那时我读到如下的描述：居鲁士国王因帝国的疆土辽阔，为了快捷获得各地的讯息，下令测试一匹马一天不停歇能跑多少路程；据此距离，他派人准备好马匹，提供给他送信的来人使用。有人说，这个速度可与鹤飞的速度相比。

……

塞西那[1]发明的给家人送信的办法更为神速。他外出都带上燕子，要传递信息时，便把燕子放回家里的窝去，根据他与家人的约定，给燕子涂上一定的色彩，表示他要表达的意思。在罗马，家里的男主人上剧院都怀揣鸽子，想要向家里人交代什么时，便把信系在鸽子上放走。鸽子训练有素，可把复信带回来。D.布鲁图斯[2]在摩德纳[3]被围时也曾使用过鸽子，别的地方其他人也都使用过。

在秘鲁，信使们乘坐由人抬的轿子，轿夫跑得飞快，第一批跑完，交

1　塞西那，古罗马一名骑士。
2　D.布鲁图斯，古罗马前138年的执政官。
3　摩德纳，意大利城市。

由第二批接上,一步也不停歇。

我听说,瓦拉几亚人是土耳其国王御用信使,他们传递信息异常快速,因为他们途中遇到任何骑马人,都有权令其下马,用自己疲乏不堪的坐骑与之交换;为了减轻疲劳,他们在身上紧紧绑上一条宽布带。

第二十三章
谈以恶劣手段,实现良好意图

……

现时有不少人也这样议论,希望我们当中的激烈躁动可以转移到对邻国的战争去。他们担心,此刻控制着我们躯体的不良体液,如果不排出去,就会令我们高烧不退,最终彻底自我毁灭。说实在的,对外战争如同生一场病,但这病要比内战温和得多。不过,我不相信上帝会赞同这样的不义之举,为了自身利益去触犯他人,挑起事端。

……

然而我们自身的弱点往往促使我们去使用恶劣的手段来实现良好的意图。利库尔戈斯[1]是历史上最有美德、最正派的立法者,为了教育人民不要纵酒,竟想出这么一种极不正当办法:强迫农奴狂饮,让斯巴达人看见他们酩酊大醉的丑态,从而对这一恶习产生厌恶。

从前有些人允许医生,对无论判何种死刑的犯人,活活地开膛破肚,以此察看自然状态下的脏腑,从而提高自己医术的准确性;这样做就更不对了。因为,如果非要不走正道的话,为了心灵健康要比为了躯体健康更情有可原。

……

1 利库尔戈斯,传说中古代斯巴达的立法者。

第二十四章
谈罗马的强盛

有人拿当今虚假的强盛与罗马的强盛相提并论；关于这个议论不休的话题，我只想说一句话，表明那些人的天真幼稚。

……

在恺撒时代，一个普通公民，支配王国领地，并非是新鲜事。恺撒就把德尤塔鲁斯王的王国夺去，交给帕加马市名叫米特里达特的绅士。记叙恺撒生平的传记作者们写道，好几个王国都被他卖掉了。苏埃托尼乌斯说，他一下子从托勒密[1]国王获取三百六十万埃居，这十分接近将其王国卖出去之数：

> 加拉提亚值多少，本都值多少，吕底亚值多少。
> ——克劳狄乌斯[2]

马克·安东尼[3]说，罗马人民的荣耀不表现在他们取得了什么，而表现在给予了什么。……

---
1 托勒密王国为埃及古国，被罗马所灭。
2 克劳狄乌斯(370—404)，古罗马诗人。
3 马克·安东尼(前83—前30)，古罗马将军。

……

奥古斯都凭战争夺取的所有王国,他不是还给原来的失主,就是作为礼物赠给他人。

关于此事,塔西佗谈及英国国王科吉杜纽斯的时候,用一句妙语让我们感到这无比的威力,他说:"罗马人自古以来就惯于令那些被他们征服、置于其威权下的国王,去掌管自己的王国,从而让国王作为奴役的工具。"

我们看到苏莱曼[1]随意把匈牙利王国及其他王国作为礼物赠送,这很可能更多的是出于这种考虑,而不是他一再声称的:那么多的王国和权力压在身上叫他吃不消。

---

1 苏莱曼一世(1494—1566),奥斯曼帝国苏丹,曾征服匈牙利。

第二十五章
不 要 装 病

马尔提阿利斯写有各种各样的诗作,其中一首讽刺诗属优秀作品,诗中以谐趣的笔调叙述凯利乌斯的故事。那人为了避免讨好罗马某些权贵,不想恭候他们起床、侍候他们、尾随其左右,便假装患上了风湿病。为了装得有模有样,他给自己的双腿涂了油,并用绑带裹上,姿态和举止活脱脱就是一个风湿病人。最后,命运迎合他,让他真的得了风湿病。

> 模仿痛苦的力气和作用那么强大,
> 凯利乌斯的风湿病再也不必装假。
> ——马尔提阿利斯

我在阿庇安[1]的某部著作中,好像也读到过类似的故事。有这么一个人,不想被罗马三执政官流放,为了避过跟踪者的耳目,藏匿起来,改容换装,还别出心裁地装扮成独眼。当他重获少许自由时,要把长时间贴在眼睛上的膏药揭去,他竟然发现:蒙在眼罩下的那只眼睛真的失去

---

1 阿庇安(约95—约165),古罗马历史学家,著有《罗马史》。

了视力。

……

当孩子假装独眼、瘸腿、斜视以及模仿人体其他缺陷时,母亲训斥他们是有道理的;因为,这个年龄身子娇嫩,可能会养成坏习惯,除此之外,我不知道什么原因,似乎是命运开的玩笑,我就听说过好几个例子,装病的人果真就成了病人。

……

第二十六章
谈大拇指

塔西佗说,有些蛮族的国王,为了表示坚决承担义务,采取彼此伸出右手,互相交叠,大拇指紧紧地缠在一起;由于用劲挤压,血涌上了指尖。他们用尖锐的利器把指头刺破,然后彼此吮吸对方的大拇指。

医生说,大拇指是首要的手指头。Pouce[1]源于拉丁语的pollere,希腊人称为ἀντίχειρ,就像说是"另一只手"。似乎拉丁人有时也把大拇指作整只手讲。

> 她起来不用情话的撩拨,
> 也无须温柔拇指的触摸。
> ——马尔提阿利斯

在罗马,并紧且弯下两只大拇指,是表示喜爱之意。

你的崇拜者弯下拇指,对你的表演表示赞赏。
——贺拉斯

---

[1] 法语,意即"大拇指"。

若将大拇指竖起并转向外边,就表示不喜欢。

民众一旦把拇指转向外边,
就得随便杀个人让其取乐。

——尤维纳利斯

罗马人规定,大拇指受伤的人免于上战场,似乎是因为无法紧握武器。奥古斯都没收了一名罗马骑士的财产。这骑士,为了不让其两个儿子从军,竟耍诡计剁掉了他们的大拇指。奥古斯都之前,在古意大利战争期间,元老院也曾判卡尤斯·瓦蒂努斯[1]终身监禁,还没收了他的全部财产,就因为他故意砍掉自己的左拇指,以逃避那次远征。

记得有个人,我想不起是谁了,他打赢了一场海战之后,便把战败敌兵的拇指都砍掉,使其失去战斗力,无法再划桨。

雅典人砍掉埃吉纳岛[2]人的大拇指,使其丧失航海技术的优势。

在斯巴达,教师惩罚学童,就采用咬他们大拇指的方式。

1 卡尤斯·瓦蒂努斯,此人的生平不详。
2 埃吉纳岛,此岛今属希腊,历史上曾是海上强国,同雅典进行过多次战争。

第二十七章
怯懦是残暴的根源

我常听说,怯懦是残暴的根源。

据经验,我发现这种非人道的邪恶心灵的乖戾、暴虐往往伴随女性的懦弱。我见过一些极端残酷的人却轻易为某些鸡毛蒜皮的事情而哭泣。……

英勇行为仅仅在遇到抵抗的时候才表现出来。

> 他只乐于宰杀顽抗的公牛。
>
> ——克劳狄乌斯

一旦看到敌手听任摆布之时,英勇就到此为止了。可在欢庆胜利的时候,怯懦的人加进来了,他们未能担当第一种角色,便来参与第二种角色,也就是血腥屠杀。伴随胜利而至的杀戮往往是下层民众和负责辎重的官兵所为。在全民战争中之所以见到那么多闻所未闻的暴行,那是因为那些庸俗的小民,要在战斗中经受磨炼,而由于无法在别的方面显示如何英勇,便大开杀戒,直至血染双肘,把踩在脚下的人体扯碎,以此来充英雄好汉:

豺狼、怯懦的狗熊、卑劣的野兽，
全都恶狠狠地扑向垂危的活人。

——奥维德

就像那些怯弱的恶狗，不敢攻击野外的猛兽，只晓得在家里撕咬野兽的皮肉。

……

第二十八章
万物各有其时

……

哲人们说:年轻时应做准备,年老时享受其成果。他们注意到我们天性的最大弱点,就是我们的欲望层出不穷。我们总是不断开始新的生活。我们的企求和欲望该会有一天感受到年迈的状况。

我们一只脚已踏进了坟墓,而我们的欲念和追求却不断地萌生。

> 死前你请人凿石造墓,
> 竟然把建坟之事忘却,
> 却为自己营造了华屋。
>
> ——贺拉斯

我自己最长远的计划都不超过一年时间;自此之后,我想到的只是自己的辞世。我抛开一切新的追求和事业,向我行将离去的地方一一作最后的告别。每天我都在放弃自己所拥有的东西。

"很久以来,我无失亦无得;我行囊的储备已足够我人生旅途的需要。"(塞内加)

> 我已生活过，我走完了命运给我指定的旅程。
>
> ——维吉尔

我在老境到来的时候，终于感到如释重负；年事已高，生活中深受其扰的许多欲望和牵挂都减弱下来。世界的进程，财富、地位、学识、健康乃至自我，都不必为之操心了。

有人在应该学会永远沉默的时候，却在学习说话。

任何时候都可以继续学习，但不是课堂上的学习。老态龙钟的长者还在学 ABC，太滑稽了！

> 不同的人，具有不同的爱好，
> 不同的事物适合不同的年龄。
>
> ——伪加卢斯[1]

如果一定要学，咱们就进行一些适合目前情况的学习，以便像古人那样回答问题。有人问那位古人，衰老之年学来何用？他答道："为的是更舒坦地、更洒脱地离开人间。"

---

[1] 伪加卢斯，公元六世纪下半叶的古罗马诗人。

第二十九章
谈 勇 气

……

大约七八年前,离此处两里地有一名村民(今天他还活着),长期因妻子的醋劲而大伤脑筋;一天他收工返家,妻子迎接他的照样是惯常的破口大骂,他怒不可遏,当即拿起手里执着的砍柴刀,把那副弄得妻子如痴如狂的器官割下来,朝她脸上扔去。

据说,我们这里有一位年轻绅士,风流倜傥,经过执着追求,终于赢得一名漂亮女子的芳心,正要交欢的时候却发现自己无法坚挺举起,感到异常绝望:

> 那阳物像长者下垂的头颅,
> 疲软无力,是男人的耻辱。
>
> ——提布卢斯

回到家里,他随即把这器官割掉,让这残酷的、血淋淋的牺牲品洗涤罪过。这若是出于深思熟虑和宗教信仰,就像库柏勒[1]的祭司们那

---

[1] 库柏勒,希腊罗马神话中主管生殖的女神。

样,对于如此崇高的行为,我们有什么话不可以说的呢?

多尔多涅河上游,离我家五里地的贝尔热拉克,不久前有一名妇女,由于前一天晚上饱受脾气暴躁的丈夫的折磨和毒打,决定以死来摆脱虐待。她起床后,像往常一样与邻居交谈,言语间透露出交代家务事之意。接着,她拉着一个姐妹的手,把她领到桥上,向她道别之后,像闹着玩似的,神色平静自若,从高处纵身跳入河中,便就此溺亡。此事还要多提一句:这个自尽计划是她经过一夜的深思熟虑而决定的。

印度的妇女则是另一回事。该国的习俗允许一夫多妻。最受宠幸的那个可随死去的丈夫自杀殉葬。她们每个人都毕生费心思去压倒同伴以赢得这份宠爱和权利。她们悉心侍奉丈夫,只求被选中做其死后的伴侣作为酬报。

……

在这同一国度里,裸体修士(无衣派信徒)也有类似的做法。他们的死亡方式并非受他人所迫,亦非一时的心血来潮,而是表明对教规的信奉。当他们到了一定的年纪,或是眼看得了某种致命的疾病,便让人给自己垒起一个柴堆,在其上放一张装饰漂亮的睡床;喜气洋洋地款待过自己的亲友之后,便决然地到床上躺下。火点着了,只见他们手脚仍纹丝不动。裸体修士中的加拉努斯就是这样死去的,死时亚历山大大帝的全军都在场。

他们这些人当中,谁不是烧掉自己尘世的俗物、让灵魂荡涤干净而死去,就不被认为是幸福和神圣的。

……

一名土耳其的青年贵族,面临穆拉德二世[1]和匈雅提[2]两军的交战,

---

1 穆拉德二世,奥斯曼帝国苏丹,1421—1451年在位。
2 匈雅提(1407—1456),匈牙利王国的督军。

个人立下了赫赫的战功。他那么年轻又那么缺乏经验(因为这是他初次参战),却表现出如此非凡的勇武,穆拉德二世便召他来问,他回答说,教他勇敢的老师是一只野兔子。他说道:"一天,外出打猎,我发现一只野兔在洞窟里。尽管我身边带有两条出色的猎犬,但为了万无一失,我觉得还是使用弓箭为好,因为这是一个很好的目标。我开始挽弓射箭,我的箭囊里的四十支箭都射完了,却不但没有射中它,而且并未把它惊醒。随后我放出猎犬,它们也未能逮住它。由此我明白,那野兔受到命运的庇护,箭镞和利刃只有命数许可才起作用,而运气我们是无法提前或推迟的。"

这个故事应该让我们附带看到,我们的理智会受各种现象的影响。
……

第三十章
一个畸形儿

这个故事我只简单讲一讲,因为我要留给医生去讨论。

前天我看见一个小孩,由两名男子和一个乳母带着,自称是他的父亲、叔叔和婶婶。他们领着孩子向人展示他的畸形以博取几文钱的施舍。孩子其他方面一如常人,能够站立、走路和牙牙学语,几乎跟同龄儿童一样。他除了吃乳母的奶,其他都不愿意接受。有人在我面前试着把食物放进他口里,他稍微嚼一下,不吞咽而吐了出来。他的喊叫声似乎有些特别。他刚满十四个月。

他的乳头下粘连着一个无头婴儿,脊椎管闭塞,其余完好。那婴儿的一条胳臂较短,是他们出生时因出事故而折断的。两人面对面连在一起,仿佛是小的要搂抱大的。联结的部位只有四指或差不多四指宽,你若把那未完全发育的孩子稍微托起,就看见另一个孩子的肚脐;也就是粘连的地方是乳头和肚脐之间。残缺孩子的肚脐看不到,但可看见肚皮的其余部分。没有粘在一起的部分,如双臂、屁股、大腿和小腿摇摇晃晃地挂在另一个孩子身上,一直垂落到齐膝的地方。乳娘对我们说,他两处都排尿。此外,残缺婴儿的肢体是有营养、有生命的,跟大的那个一样,只不过较为细小罢了。

……

"常见的东西,即便不明其缘由,也不令人感到诧异。但从未见过的东西出现,就会被认为是个奇迹。"(西塞罗)

与习惯相反的东西,我们称为"违背自然"。其实无论什么都是按照自然法则存在的。但愿这条万物本于自然的道理驱除新事物给我们带来的误解和惊诧。

第三十一章
谈 发 怒

……谁没认识到,国家的一切取决于对儿童的教育和培养?可人们却极不慎重,让孩子由父母摆布,不论其父母如何愚蠢、凶恶。

其间,我经过大街见到怒气冲冲的父亲或母亲,恨不得将孩子剥皮抽筋,把他们打得死去活来;我多少次真想玩个什么把戏替孩子们出出气!你看他们心头火起,眼露凶光:

> 火冒三丈,暴跳起来,
> 宛如山顶崩塌的岩石,
> 一个劲地往山脚下栽。
>
> ——尤维纳利斯

(据希波克拉底[1]说,使面容扭曲的病是最凶险的病)。他们的声音高亢,震耳欲聋;还经常面对的是刚断奶的孩子。孩子被打得肢体残废,傻头傻脑,而我们的司法部门却对此不闻不问,仿佛这些瘸腿、断臂的人不是我们的社会成员似的。

---

1 希波克拉底(前460—前377),古希腊医师,西方医学奠基人。

你给国家增丁添口,值得感激;
但得让他报效祖国,耕耘土地,
能投身工作,无论平时、战时。

——尤维纳利斯

没有哪种情绪像发怒那样扰乱判断的公正性。对于因愤怒而胡乱判决犯人的法官,任何人都会毫不犹豫地给予处死的惩罚。那么,为什么竟容许父亲和教师在暴怒时鞭打和责罚孩子呢?这不是促其改正,而是报复。惩戒竟作为治疗孩子的药物,我们可以容忍医生对其病人大发雷霆吗?

……

第三十二章
为塞内加和普卢塔克辩护

这两个人物我都熟悉,他们有助于我安排晚年,我这本书纯然是凭披阅他们的遗作而写成的,我有义务维护他们的名誉。

关于塞内加。信奉所谓新教的人们散发了为其教义辩护的成千累万的小册子,有的还出自高手,可惜的是没有用在更有意义的题材上。我曾经读过其中一本,书中为了铺陈和充实它要寻找的、我们那位可怜的已故国王查理九世的统治和尼禄[1]的统治的相同点,竟拿已故的洛林红衣主教与塞内加作比较:比较他们的际遇(两人同是君主的首辅)、他们的性格、他们的习惯、他们的行为。依我看来,这样的比较大大抬举那位红衣主教大人了。有些人钦佩他的智慧、口才、对宗教的虔诚、对国王的尽忠效力;还庆幸他生长于这么一个时代:能有一个如此高贵、尊严、灵活、堪当重任的教会人士主政,对于公众来说是多么的新鲜、难得和必要。我是同意他们的,虽则如此,但说句实在话,我并不认为他的才能有多大,可与塞内加相比;他的品德也不如塞内加那么端正、完美无缺、忠贞不渝。

然而,我上面提到的那本小册子,为达到自己的目的,竟借用历史

---

[1] 尼禄(37—68),古罗马皇帝,以残暴著称。

家迪翁[1]的指责,对塞内加作侮辱性的描述。我对迪翁的见证是全然不信的,因为他这人变化无常。他一会儿称塞内加智慧过人,又是尼禄恶行的死敌,过后又说他吝啬、放高利贷、有野心、卑劣、好色,装出一副哲学家的样子欺世盗名。塞内加的美德在本人的著作中跃然于纸上,他对上述某些诽谤(如极端富有、挥霍无度)已予以明确的批驳,因此我不相信这方面任何相反的说法。再者,在这类事情上,相信罗马的历史家比相信希腊的、外国的历史家要明智得多。而塔西佗和其他历史家谈及他生和死时都充满敬意。他们向我们描述,在一切方面,他都是一个极其优秀、品德高尚的人。我对迪翁的判断只想提出这样的指责,那是无可置疑的:他对罗马事务的见解糊涂到极点,竟敢于维护恺撒的事业而攻击庞培,支持安东尼而反对西塞罗。

现在来谈普卢塔克[2]。

……

---

1 迪翁(约155—235),古希腊历史学家,曾在罗马任要职。
2 下面蒙田并不直接写普卢塔克,而是花许多笔墨去写当年评述普卢塔克的作家,其内容会令当今读者提不起阅读兴趣,故从略。——译注

第三十三章
斯布里纳[1]的故事

……

但是,所有这些美好的性情都被那份狂热的野心糟蹋和压抑;他(指恺撒——译者)被野心弄得晕头转向,不难认定,是野心掌控和指挥他的一切行动。野心让一个开明大度的人变成了窃国大盗,令其挥霍无度,大肆铺张,使之说出这样混账而且极不公正的话:只要是为他攀登高位效力效忠的人,即便是世间上最坏的、最无耻的,他都会像对待最善良正派的人那样,给予呵护并凭借自己的权力加以提拔。

野心使他陶醉于极度虚荣之中,他竟敢当着自己的同胞面前吹嘘他本人曾经使伟大的罗马共和国变得徒有虚名,并说他今后的传话就该成为法律。他以高高在上的姿态接见元老院的来访团;他接受众人的膜拜,认可人们对他施行朝拜神祇的礼仪。总而言之,我认为,光是这一恶习就毁掉他先前养成的最美好、最丰满的品性,令所有善良的人们都觉得他可憎可恨;因为他为了追求自身的荣耀而败坏自己的国家,搞垮世界上所曾见的最强大、最繁荣的共和国。

与之相反,也可以找到大人物因寻欢作乐而忘记处理政务的好些

---

[1] 斯布里纳,一个名不见经传的年轻人,本章主要谈古罗马统治者恺撒,章末才提到这名青年人,起烘托作用。

例子,如马克·安东尼等人就是这样。不过,倘若遇上情爱与野心旗鼓相当而且彼此冲突的时候,我毫不怀疑野心会高占上风。

现在回到我的本题来,能够用理智控制我们的欲念,用强力使我们的器官循规蹈矩,那是很了不起的。但是,为我们亲近的人而鞭挞自己,不仅要摆脱令人心动的柔情欲念,驱除那种讨他人喜欢、受人爱戴和追求所感受的愉悦感,还要憎恨和厌恶自己身上招来爱慕的魅力,责怪自己叫人着迷的俊美;这种人的例子,我所见不多。这里倒有一个,那就是托斯卡那的青年斯布里纳:

> 光彩夺目有如黄金镶就的宝石,
> 又如颈项或冠冕上美妙的装饰;
> 或如亮丽洁白的象牙镶嵌在那
> 黄杨木或奥尔库香木的框子里。
>
> ——维吉尔

他长得俊俏异常,貌美无双,连清心寡欲的人面对他的神采都不禁怦然心动;他所到之处都煽起情爱的火焰,由于不满意听任这种局面持续下去,他转而迁怒于自己,拿造化给予他的丰厚赏赐泄愤,似乎他人的过错应拿这些天赐的资质问罪。他划破皮肤,故意弄出伤口和疤痕,把自己脸上天然造就的完美比例和配置毁得不成样子。

对此我倒要说说我的看法:我佩服这样的行为,但并不推崇。这种极端做法是违背我的准则的。意图可嘉,用心良苦,但我认为,这有点儿欠缺慎重。怎么啦?要是他因这一难能可贵的举动而造成的丑陋,今后令他人陷进鄙视、憎恨或嫉妒的罪孽之中,或者别人将这一冲动行为理解为出自疯狂的野心而加以诬蔑,那又如何呢?邪恶本性,只要愿意,有什么方面不可以借机会以某种形式表露出来呢？更正确,也更体面的方式是:凭借这上帝恩赐的俊美做出道德的榜样与行为的范例来。
　　……

第三十四章
对恺撒作战谋略的观察

……

这里,我愿意把留在我记忆中他作战的某些异乎寻常的特点记录下来。

有消息说,朱巴国王率领大军来攻打他,他的军队有点儿惊慌;他并没有抑制士兵们的想法,也不贬低敌人的兵力,而是把士兵召集起来,给予宽慰鼓励,采取一种与我们平常习用的相反的做法:他对士兵们说,不必费神去打听敌方的兵力了,他早已了解得一清二楚。于是他依照色诺芬书中居鲁士所提的建议,向士兵们报了一个大大超过实际也超过军中传言的敌军数字。这种瞒哄并无大碍,因为实际碰到的敌人比原先料想的弱,要比原来认为弱其实很强的有利得多。

他特别注重让士兵们习惯于单纯服从,不过问也不谈论上级将官的意图,这意图仅仅在即将执行时才告诉士兵。如果他们发觉了什么,他乐于马上改变主意以蒙骗他们,为此,他指定某处扎营之后,常常超越该地,延长行程,尤其是天气不佳和下雨的时候。

高卢之战初期,瑞士人派来使者,要求他准予借道通过罗马土地。虽然他已决定用武力阻止他们,但还是对他们以笑脸相迎,拖延几天才给他们答复,以便利用这段时间调集军队。这些可怜的来人不了解他是何等善于掌握时间。他曾多次说过：军事统帅的最重要本领是懂得抓住时机而且行动迅速。他用兵之神速的确是闻所未闻，不可思议。

如果说，这样以谈协议为掩护来取得对敌人的优势是不太厚道的话，他只要求士兵勇敢，仅仅惩罚反叛和违令的过错也是缺德的。得胜之后，他常常放任士兵胡作非为，一段时间不以军纪约束，还说自己的士兵训练有素，就是身上洒上香水、抹上香粉，作战照样勇往直前。

确实，他喜欢士兵装备华美，让他们披挂雕花的金银色盔甲，促使他们为保住武装而更加顽强自卫。他向他们讲话时，称他们为"战友"，这个名称，我们依然沿用。他的继任者，奥古斯都把它改了；他认为恺撒这样做是出于军务需要，为了笼络志愿追随者的人心：

> 渡莱茵河时，恺撒是我的长官，
> 现在这里，他是我同谋的伙伴，
> 共同的罪孽使人彼此平等相看。
>
> ——卢卡努斯

但是这样的称呼对于皇帝和统帅来说未免有失尊严，于是再度简单地称他们为"士兵"。

恺撒虽然对士兵以礼相待，但惩罚起来却十分严厉。第九军团在普莱桑斯附近发生哗变，尽管其时仍在与庞培军队对阵，他还是以残酷的手段把它捣个粉碎；后经对方多次求饶，他才予以赦免。他制服士兵靠的是威严与胆量而不是凭借仁慈。

在谈及渡莱茵河挺进时，他说，用船运兵，有损罗马人的声誉，于是下令造桥，以便踏着平稳的步伐过去。他就在该处建成了那座壮观的桥梁，还详细解释它的构造细节。他在任何场合都不愿多谈自己的功业,唯有在这类人工建造物方面向我们展示他的创意如何巧妙。

在他的著作中,我也注意到,他临战前重视对士兵的动员。因为他受到突袭和进逼之时,总提到他没有时间给自己的部队讲话。在跟图尔内人那场大战之前,他写道:"恺撒部署完一切之后,便立刻奔向命运带他去的地方,好给下属打气。他遇到第十军团,没时间多讲什么,只跟他们说,要记住自己惯常的勇敢,不要慌乱,无所畏惧地顶住敌人的进逼。由于敌方已逼近到弓箭的射程之内,他便传令开战。他又从那里飞快地转往别处去鼓励其他将士,却发现他们已经交火。"

上面那段是他所说的话,说实在的,他的语言在许多场合帮了他的大忙。就在当时,他指挥作战的口才已备受推崇,军中很多人把他的演说记录下来,由此结集成册,在他身后长时间流传。他的措辞有着特殊的气韵魅力,熟悉他的人(其中就有奥古斯都),听人朗诵收集到的演说词,竟能分辨出哪些句子、词语不是他讲的。

……

第三十五章
三名贞烈的女子

谈婚姻

人人皆知,在婚姻方面尽责的人,找不出十二个;因为这是荆棘满布的场地,妇女的意欲难于长时间地维持。男人的处境虽然有利一些,但困难问题也不少。

美满婚姻的试金石及其真正的考验,是看两人结合维持的时间,看看这结合是否甜蜜、忠诚、称心。我们这个年代,丈夫去世后,妻子往往都表示对其恪守妇道,而且表达出强烈的情爱。这可真是迟来的、不合时宜的表白!恰恰证明,她们爱的只是亡故的丈夫。

人生中充满摇摆不定;死亡饱含着爱,也讲究礼节规矩。犹如父亲深藏着对子女的慈爱,妻子也故意不对丈夫表露自己的深情,以保持符合礼仪的敬重举止。这种深藏不露并不合乎我的口味。她们徒然地扯发,抓伤自己,而我却会走到女仆或秘书跟前,凑到耳边悄声问道:"他们两人过去怎么样?共同生活得怎么样?"我总是记住这句有意思的话:"悲痛最轻的女人哭得最厉害。"(塔西佗)她们痛苦的颜容令活人厌恶,对死者毫无用处。我们倒认为,只要生时令我们快活,死后就是笑也无妨。

如果我生时当面朝我吐唾沫,我离开人世时却来替我擦双脚,难道这令人生气的举动就能使人复活?如果说哀悼丈夫包含某种荣誉的成分,那么这荣誉只属于给丈夫带来过欢乐的妇人。那些在丈夫生前流着泪水的女人,让她们在丈夫的死后内心、外表都笑个痛快吧。因此,可不必注意那双含泪的眼睛,那一声声叫人怜悯的叫唤;请留意黑纱下的举止、气色以及丰腴的双颊吧。通过这些就看得一清二楚了。寡妇的健康没有改善的不多,身体状况却是装不了假的。这种拘泥虚礼的举动与其说是做给逝者看,倒不如说是做给来者看,这样做,得益多于付出。

我童年时候,有位诚实而又美丽的夫人(她还健在),是亲王的遗孀。她在自己的衣饰中多穿了些什么守寡习俗不容许的东西,有些人责备她,她就对他们这样说:"因为我不想交新朋友,也没有再婚的意愿。"

为了不致过分违背我们的习惯做法,我这里也选择三名女子来谈谈,她们都在丈夫临终时充分显示出本人的美德和深情。这些例子虽然稍有不同,但都热烈到令人献出生命。

小普林尼在意大利时,住处附近有一位邻居,饱受外阴溃疡的痛苦折磨。他的妻子,看着他呻吟不已,就请他允许她贴近仔细察看患处的状况,而且跟他说,她比谁都会更坦率地告诉他想知道的病情。获得许可之后,便对他做了认真的检查,她觉得他已无法康复,他所能等待的,是长期带着难熬的痛苦,了却此余生。因此,她便给他出主意:自杀是最可靠、最有效的解药。看到丈夫对此严苛的做法迟疑不接受,她便跟他说:"亲爱的,我看着你所受的痛苦,别以为我的难过比你要轻,不要以为我不愿意使用我给你开的解药以摆脱自己的苦痛。你健康时我乐意陪伴你,你得病时,我也一样乐意。消除这种恐惧吧,想一想我们痛痛快快地跨出这一步便可以从痛苦中解脱;我们高高兴兴地一起离开。"

她说的这几句话,鼓起了丈夫的勇气;她决定他们从家中一扇朝海开的窗户纵身投入水中。为了把生时对丈夫那份忠诚、热烈的感情保持到最后一刻,她还想把他搂在怀里死去。但是担心在坠落时害怕,手会松开而不能合抱一起,于是她在拦腰处把自己和丈夫紧紧地捆绑起来;就这样,她为了丈夫死得安宁,献出了自己的性命。

> 正义之神要离开这片土地,
> 在他们那里留下最后足迹。
>
> ——维吉尔

这名女子出身低微,在平民百姓当中,这种难得的贤惠举止并不罕见。

另外两名女子是富贵之家的夫人,这个阶层,贤德的事例十分稀罕。[1]

……

---

[1] 另外两名是贵族夫人,作者详细交代其身世,妇人的"贞烈"行为亦无非是与丈夫同生死之举,此处从略。——译注

第三十六章
谈出类拔萃的人物

如果有人要求我选择心目中最出众的人物，我觉得有三位驾凌于所有其他人之上。

一位是荷马。……

> 他弹起抑扬有致的竖琴，
> 唱出美妙动人的诗篇，
> 宛如阿波罗配乐的咏唱。
>
> ——普洛佩提乌斯

不过，作出这样的评判时，仍然不应该忘记，维吉尔的才干主要还是得益于荷马。荷马是他的引路人和导师。《伊利亚特》[1]中的一个章节就为那部恢宏神圣的《埃涅阿斯纪》提供了主题和素材。我不是就这样来考量的；我总括许多其他因素，这些因素使我看来这位杰出人物几乎超出人本身的极限。

事实上，我常常觉得奇怪：他以自己的权威给世界创造了好些令人

---

1 《伊利亚特》，荷马写的著名史诗。

信奉的神祇,而他本人却没有得到神的地位。他是个盲人、穷汉,在各门学科还没有立规、定型的时候,他却门门通晓,以致后来从事治理的、指挥战争的、撰写关于宗教或哲学著作的(无论是哪一派)、提倡艺术的,全都把他看作是无事不知、无物不识的祖师爷,把他的书视为包罗万象的知识宝库。

……

另一位是亚历山大大帝。要知道,他年纪轻轻就开始他的伟业,而且靠有限的手段去实现如此辉煌的意图。他还是少年,就已在追随他在全世界作战、经验丰富的高级将领中树立了威信。命运对他特别眷顾,使他立下许多偶然的、有的我甚至要说是贸然行事的功勋:

　　他把阻挡实现雄心的障碍统统推倒,
　　满怀喜悦地从废墟中开出一条通道。
　　　　　　　　　　　　　　——卢卡努斯

他的伟大还在于:不过三十三岁,便在人居的大地上所向无敌,才过了半个人生就完成了常人所能做的一切;以致你无法想象,倘若他有一般人的寿命,在他的合法执政时期,他的武功文治会何等辉煌;你也无法想象,会做出什么超人之举。他提拔的军人成了王族,他死后由四位继承者分治帝国。他们都是他军队里的普通将士,其后人统治着这片辽阔的土地,并且维持了很久。他身上集中了许多高贵品德:正义、克制、大度、守信、仁爱、对被征服者讲究人道。他的品格似乎实在无可挑剔,而一些个别的、少见的、异常的行为倒是应谴责的。但是执掌如此宏伟的事业不可能都依照正义的规则。对他这样的人就应以其举措的主要结果进行判断。

……

第三位出类拔萃的人物,依我看来,是伊巴密浓达。

论荣耀,他远远不及其他两位(况且,光荣也不是事物实质的一部分);论果断和勇敢,那也不是受野心驱使的人那种果断和勇敢,而是出于思路清晰的头脑、受理性和智慧指导的果断和勇敢;他具备了可能想象到的一切。以他的美德来说,我认为不逊于亚历山大和恺撒;因为,虽然他的战果不是那么丰硕,战绩也不是那么辉煌,但从总体考虑并结合全部的情况来看,还是有足够的分量和重要性的。他在军事上的胆略与才能得到充分的体现。

希腊人众口一词盛赞他为他们当中的第一人;但既是希腊第一人,就不难成为世界第一人的。至于他的学识与才华,这样的定论在我们当中流传至今:从来没有人像他那样通晓那么多,而谈论自己却又那么少。因为他属毕达哥拉斯学派。凡是他说的东西,无人比他说得更好。他是个杰出的演说家,善于打动人心。

他的品德与觉悟远远超过所有参与管理国家大事的人。因为这方面的事务应是唯一要着重考虑的要事,只有它真正显示我们是怎样的人,我把这唯一大事看得比其他一切事务的总和还重要,在这方面他是不输于任何哲学家的,包括苏格拉底在内。

他这人,高洁是他固有品质,始终如一,不受侵蚀。与之相比起来,亚历山大就显得低等、无常、易变、软弱和带偶然性。

……

第三十七章
谈父子相像

……

重病在身

我在和疾病作斗争,患的是最糟糕、最突如其来、最痛苦、最致命、最无可救药的病症[1]。发病已经有五六回了,时间都很长,而且痛苦难熬。不过,只要精神上摆脱死亡的恐惧,不因医学展示的威胁、诊断、后遗症而惴惴不安,那么,就是在这种状况下,我还是能够坚持下去的。或许是我抱着不切实际的想法吧。事实上,痛苦并未真正达到非常剧烈、尖刻的程度,一个有自制力的人还不至于发狂,也不至于完全绝望的。

我患肾绞痛起码体会到这样一个好处:那就是它教我认识死亡,而过去我是不可能下决心去了解死亡、去和死亡打交道的。我愈是感到重病在身,剧痛难忍,我愈觉得死亡并不那么可怕。我过去形成了一个想法:既然我活着,仅仅是出于生存的本能也得活下去。肾绞痛一来,坚持要活的念头被打破了。虽然疾病带来的剧痛耗尽我的体力,但却

---

[1] 蒙田45岁时患上肾绞痛。

没有把我引向另一个有害的极端,即爱着生命,却宁愿死去!

不要怕死,也不要求死。

——马尔提阿利斯

怕死和求死,是两种值得担心的情绪,但求死比之怕死更易获得解脱的手段。

再者,有这么一句箴言,它郑重地告诫我们,在忍受痛苦的时候,要保持得体的举止和不以为意的平静态度,我总觉得这是不切实际的装腔作势。哲学是只注重本质和现实的,为什么竟对外表重视起来了呢?演员和修辞大师十分看重我们的形相举止,就让他们去为外表操心吧!我们的哲学应该大胆允许受病痛折磨的人发出呻吟之声,只要是这种怯懦并非出自心里,也非源于肺腑。此种有意识的呻吟与不由自主的叹息、哭泣、心跳或脸色突变,哲学上都应归于同一类。既然内心不恐惧,言语也不露出绝望情绪,我们的哲学就不必苛求了!只要思想上处之泰然,即便痛得手臂扭曲难看,那又有什么要紧呢!我们要养成这样的天性:着眼于自己,而不管他人,讲求实在,而不重虚架子。

哲学的任务是培养我们的智慧,就让它只作为智慧的指引者吧。我的心灵受哲理的引导,在肾绞痛的袭击下,依然能认识自己,照样保持原来的习惯。心灵与痛苦作斗争,强忍着痛苦,而没有在痛苦的折磨下可耻地屈服。它因斗争而深受震撼和激发,但没有被压倒,也没有垮下来。它能够进行交流并能在一定程度上自我排遣。

在如此严重的病痛中,竟要求我们故作若无其事的姿态,那是十分残酷的。要是我们的内心活动正常,脸色难看,那又有什么要紧呢?只要发出呻吟之声身体会轻松一点,那就呻吟好了。如果身体要活动才觉得舒适,那么就让它随意扭曲、摆动吧。如果高声呼喊多少可使痛苦烟消云散(有些医生就说,这样做有助于孕妇顺利分娩),或者可分散对疼痛的注意力,那就让他喊个痛快吧!我们不是要非喊不可,而是要允许声音发出来。

伊壁鸠鲁不仅容许他的圣贤在痛苦时高喊,而且还劝他这样做。"角斗士亦如此,他们挥起戴硬皮手套的拳头攻击敌手的时候,就发出哼哈之声,因为叫喊时全身肌肉绷紧,出拳更加有力。"(西塞罗)痛苦的折磨,我们已经够受,别为这些多余的规矩操心了。我说这番话是想为一些人辩解,他们在病痛的煎熬和袭击下常常大发雷霆。而至于我自己,到目前为止,我生病后还能保持较为沉着的神态。这倒不是我竭力维持体面的外表,因为我并不看重这种好处。病痛让我怎样表现,我就怎样表现。或许我的疼痛并未到十分激烈的程度,或许是我比常人表现得坚强一些,当剧痛难熬的时候,我也呻吟,我也怒气冲冲,但不至于像诗中那个人物那样失态:

> 他叫痛,抱怨,呻吟,呼天喊地,
> 还连连发出尖声刺耳的凄厉言辞。
>
> ——阿克司乌斯[1]

我在最剧痛的时候对自己做过考察。我发现自己仍然能够说话、思索,还能够像其他时候一样正确回答问题,不过连贯性稍差而已,那是因为受疼痛的干扰、妨碍之故。我被认为最沮丧而家人也都迁就我的时候,我常常试试自己的力气,我主动来谈些与我当时的状况无关的

1　阿克司乌斯(前170—前86或74),古希腊悲剧作家。

事。我凭着短暂的努力竟然什么都能做到,不过维持的时间不太长就是了。

可我就是没有睡梦中的西塞罗那样的本事,他在梦中搂住一个少女,醒来却发现自己的结石排到了床单上!我的结石却令我对女人失去兴趣!

……

我们不必要去寻求奇迹和选择偏僻的难题。我觉得,在我们常见的事物中,就有些不可思议的怪事、超乎奇迹的难解之谜。我们由此而生的这滴精液,多么神奇的呀!它不仅含有祖先的形貌特征,而且包含他们的性情倾向。这么一滴液体怎么会蕴含无穷无尽的形态的呢?

这些形态在错综复杂的进程中怎么传递相似性?如曾孙像曾祖父、外甥像舅舅。罗马的雷必达一家,有三个孩子(不是依次而是间隔的),出生时同一只眼睛上面都有一块软骨。在底比斯[1],有一个家庭,其成员从娘胎里就带上一块标枪似的印记,谁没有这个记号就被认为是野种。亚里士多德说,某些民族实行共妻制,以容貌的相似认定父子关系。

我的结石症来自父亲的遗传,这是可信的,因为他就在膀胱里长了一大块结石而痛死。他到六十七岁那年才发现这个病,在此之前,他的腰部、胸侧和其他部位都没有什么凶兆或异常感觉;他活到这个岁数,身体一直康健,很少生病;得了结石症之后,还活了七年,最后的岁月过得异常痛苦。

我出生早于他患此病的二十五年前,那时他身强体壮,我在他的孩子中排行第三。这种病的隐患长期藏在哪里?父亲离患病还有那么多

---

1 底比斯,希腊地名。

年,他把我造出来的这一点点体液,怎么会有如此长远的影响?我们同母生的兄弟姐妹很多,只有我一人四十五岁之后开始罹患此病,怎么会隐蔽得这么深?谁能把这个过程向我解释清楚,我一定会像对其他许多奇迹那样深信不疑;只要他不像别人那样,给我搬来一套比事实本身还要深奥奇妙得多的理论。

但愿医生原谅我有点放肆,因为通过这种命中注定的遗传和曲折输送,我接受了对医学的憎恶和鄙视。我对医术的这种反感来自祖传。我父亲活了七十四岁,祖父六十九岁,曾祖父将近八十岁,从未服过什么药;对他们来说,凡是不属于日常食用的东西都视为是药物。

医学是据病例和试验而成就的;我自己的看法也这样形成。可怎能做出准确而又说明问题的试验呢?我不晓得在医疗记录中能否找出三个人,在同一屋檐下出生、成长、死亡,全都按医嘱生活。

……

医学和医生

多少回我们看到医生把病人治死后相互责怪!我想起几年前,我家邻近的城市发生一种流行病,病情可置人于死地,十分凶险。这场风暴带走了数不清的人,疫情过后,当地最著名的医生之一出版了一本关于这场疫病的小书,书中他表明自己改变了对居民放血习惯的看法,并承认这是流行病的主因之一。此外,医书的作者们都认为,没有任何药物不包含有害成分;既然治病的药也会损害我们,不明情由胡乱使用的药物又该造成什么后果呢?

在没有其他例外的情况下,我还认为,对于憎恶药味的人来说,在不适当的时刻带着反感的心理服药,那是危险而有害的做法。我相信,那是病人需要休息的时候却极力去干扰病人。除此之外,考虑到医生据以断定我们得病的因素是那样微弱而难于捕捉,我的结论是:用药稍有差错会给我们造成很大的伤害。

因此,如果说医生的失算是危险的话,我们就倒霉透了,因为医生很难避免一再犯错。他必须掌握许多因素、考虑到各种情况才能准确定出治疗方案。他还要了解病人的体质、性情、脾气、倾向、行为、想法乃至想象。他应考虑到外界的情形,自然环境、空气条件、气候状况、星辰位置及其影响。他要熟知疾病的起因、征兆、发展和发作的日子;了解药物的分量、效力、产地、形状、年份、服用法,还必须善于把所有这些因素衔接紧凑,配合得当,以求得完美的协调。倘若他在这些方面稍有疏失,就是仅仅一项弄错,也足以令我们受罪。上帝知道要认识这大部分因素多么困难;因为,每一种疾病都可能呈现出数不清的症状,医生怎么找出该病的典型症候呢?就拿尿样分析来说吧,他们之间产生多少争论和疑惑!我们看到他们对病情认识的没完没了的争辩,又是从哪儿来的呢?我们又怎能原谅他们常常把貂认作狐狸的错误?我生过的病,只要稍为有点疑难的,就从未遇到过三位医生意见一致。

我更乐意举出关于我这病的例子。最近在巴黎,一名贵族遵医嘱开了刀,膀胱就像摊开的手那样,找不到任何结石。还是在巴黎,有一位主教,是我的好友,他看过的大多数医生都主张他开刀,我相信别人的话,也帮着劝他。他死后,剖开看了,发现他患的不过是腰痛。结石多少可以用手触及,对这种病诊断错误尤为不可原谅。我由此觉得外科要可靠得多,因为做什么眼睛看得见,手摸得着。

……

第 三 卷

第一章
谈功利与诚实

……

介入抑或弃权

此外,我对大人物既不恨之入骨,也不满怀深情。我的思绪不取决于自己所受的损害,也不受制于他们给我的厚待。我对君主只怀着法律规定的公民应有的感情,这种感情不因个人私利而激发或压抑。我对自己抱着这么一种态度感到满意。对正义的公益事业我也只是一般关注,不会头脑过热。那种牵涉到个人性命和私人情感的介入,我是不干的。愤怒与仇恨都超乎正义的要求,那样的情绪只有对于光凭理性不足以尽责的人才有作用。举凡合法的、公正的意愿都是平和适度的。否则就要产生恶变,成为犯上作乱的非法意图了。我走到哪里都昂首阔步,心胸开朗,春风满面,其原因就在于此。

说实在的,我不怕承认,如果有必要的话,我乐意像那老妇人[1]那样,一边献烛礼拜圣米歇尔,一边供奉他的恶蛇对手。我会为正义一方

---

[1] 加尔文故事中的一老妇,给圣者上一支蜡烛祈求保佑,给魔鬼也上一支蜡烛求其免灾。

赴汤蹈火,不过如果有可能,我会避火而行的。

如果势在必须,那就让蒙田庄园与公共建筑物一道沦为废墟吧。但是倘若并非必要,我还是要感谢命运之神令其得以幸免。我要运用本人的责任所赋予的自由好好保存它。阿提库斯[1]站在正义的一方,但他拥护的那一边给打垮了;在这天下大乱、分崩离析的俗世中,他不就是靠自己的温和克制而得以自保的吗?

像他那样的平民,是比较好办的。关于这类政事,我想还是不要怀着野心厕身其中、主动参与的好。不过,处于本国四分五裂大动乱的环境中,若是依然脚踏两边,始终无动于衷,不表任何倾向,我看这种态度既不可取,也不诚实。

……

平和执中

可不要把源于私利和个人欲念的内心怨恨和刻毒称为"责任感"(而我们每天都这样做),也不要把背叛行为和邪恶举止称作"勇敢表现"。他们把自己的恶毒意向和暴力倾向唤作是"热心",其实他们热心的并不是事业,而是一己的私利;他们鼓吹战争并不是因为它正义,而是单纯为了战争。

在彼此敌对的人们中间,并没有什么可妨碍我们举止正直而又得体。在这种情况下,你处理事情即便未能一视同仁(感情难免有程度上的差异),但起码也要讲究分寸,这样就不至于受一方约束,对你凡事都可以提出要求。你接受他们的好意适度即可,要满足于身处浑水之中

---

1 阿提库斯,古罗马骑士,不主动参与政事,被奉为灵活运用自保对策的榜样。

而又不去趁机摸鱼。

另一种处事方式,就是全力为这一方又为那一方效力;这样做,不是出于审慎,而更多的是,有意为之。你维护这一方的利益而背叛另一方,却又受到另一方的同等礼遇,难道这一方就不知道,你同样也会背叛他的吗?他会把你当做恶人,然而他却听你的话,利用你,利用你的不忠诚行为。的确,两面派的用处在于他们能带来点什么,不过可得小心,要尽可能别让他们多带走什么。

我对一个人讲的任何话,在适当的时候都可以对另一个人讲,只是语气稍有变化而已。我只转述无关紧要的,或是已为人知的,再或是对双方都有好处的事情。没有什么功利目的令我会向他们说假话。要我保持缄默的事情,我会严格地藏在心底里。但我尽可能少保守这样的秘密,因为,保留王公贵族的秘密,对于不想借此干什么的人来说,是挺麻烦的。我通常提出这样的交易:请他们少给我托付什么,但放胆相信我给他们说的话。我知道的,总是比我想知道的多。

坦率的言谈能引出对方的话来,正如酒和爱情能引出话来一样。

利斯马科斯国王问菲力彼代斯[1]:"我的财产当中,你想我给你什么?"菲力彼代斯回答得很乖巧:"你愿意给什么都行,只要给的不是你的秘密。"

我看,如果用一个人干什么事而又对他遮掩事情的真相,或是隐瞒私下里的盘算,每个人遇此情况都会十分恼火。至于我,人家不愿我处理的事情便不多告诉我,我倒觉得高兴;我也不希望我所知的事情超越自己的谈话范围,妨碍自己的言谈。如果我不得不充当欺骗的工具,那么起码良心上要过得去。我不愿意被人看作是热心的、忠诚

---

1 菲力彼代斯,亚历山大帝国时代的喜剧演员。

的奴仆,可以出卖他人。对自己不守信用的人,对主人不忠实就有了辩解的托词。

……

第二章
谈　懊　悔

描绘人

别人在塑造人，我只是加以描述而已，而且我是描绘一个塑造得很不成功的人[1]。倘若我来重新塑造他，我肯定会将他造成另一个样的，但他已经定型，只能如此了。

然而，尽管我画中的线条游移多变，但笔触并没有越出正轨。世界不过是一副永恒摆动着的秋千。其中的一切事物也都在不停地摇动：大地、高加索的山岩、埃及的金字塔，莫不如是，因为它们都从属于宇宙的总运动，而自身又处于运动之中。所谓固定，无非是运动得稍慢一些而已。

我无法完全把握我的对象：他飘忽不定，摇摇晃晃，像醉汉那样。我此刻捕捉到的是我正与他打交道时的状况。我描绘的不是他的本质，而是他一时的形象。这所谓"一时"不是一个时期，也不是大家所说的以七年为期[2]，而是以每天、每分钟计算的。我不得不随时调整自己

1　指蒙田自己。
2　古人以七年为一周期：7岁为知事之年，14岁为青年，21岁为成年。

的描述内容。

过一会儿,不但我的情况可能改变,而且我的意图也会发生变化。记录下来的不过是繁复多变的事态、游移不定甚至前后矛盾的思想。也许是我换了另外一个人,也许是我根据不同的情况或从另一角度看待事物。总而言之,我很可能会自相矛盾,但正如狄马德斯所说的那样:我是不会违背真实情况的。

如果我的思想能够固定,那我就不会先做试验,而是要下决心了。但我的思想却一直处于探求阶段、尝试阶段之中。

我陈述的是卑微的、没有奇光异彩的生活,但那又有什么关系呢?一个平常人、一个老百姓的生活也和出身高贵的人生活一样包含着道德哲学的意味。每个人都具备作为人的条件的一切品质。

别的作家以其特有的异于他人的标志呈现于读者之前。而我却第一个以自己常人的性格,以蒙田本人,而不作为文法家、诗人或法学家和公众见面。如果有人抱怨我谈自己谈得太多,我是会对那些连他们自己也想不到的人表示不满的。

……

真正的懊悔

这里,请原谅我常说自己很少懊悔,我良心上自感满意,不是天使般或驽马般的满意,而是作为人的良心自得;我还得加上这么句老话(不是出于客套的老话,而是本自真诚、谦逊的老话):我是作为无知者、探索者来说话的,至于结论,我完全借助大众确立的正当信仰去求得。我并不教训人,我只是陈述事实而已。

真正罪过的罪恶没有不伤人的,也不会不遭到公正评判的谴责。

因为它的丑陋和可恶是那么明显,以致有人说,罪恶主要源于愚蠢与无知,这也许是有道理的。很难想象有人会了解罪恶而不憎恨罪恶。心怀恶念的人吸取自己身上的大部分毒液从而中毒。罪恶在心灵上留下悔恨,如同肉体上的溃疡,不断地破裂和流血。

理智化解其他烦恼和痛苦,但却唤起懊悔的苦恼,它是从内心深处发出来的,因而更为难受;正如发烧时感觉的冷和热要比外界天气的冷热更加难熬。我所说的罪恶(但各人有自己的衡量准则),不光是理智与天性谴责的罪恶,还包括公众舆论(哪怕是失实和谬误的)认定的罪恶,只要得到法律和习俗的认可。

……

老年与懊悔

总之,我憎恶那种老年带来的非必然的懊悔。有位古人说,他感谢年岁的增长令他摆脱了情欲之扰,他的看法与我大不相同。我绝不会感激性无能会带给我的什么好处。"**上帝决不会如此仇视自己的创造物,竟致把性衰萎列为是好事。**"(坎提良[1])我们到老年,欲望减少,行事之后深感餍足,我看这不是我们的道德意识使然。忧虑和衰弱令我们谨守着了无生气的病态美德。我们不应当让自然衰退带走一切,连我们的判断力都保存不了。从前青春与欢愉没有妨碍我认识肉欲之乐的罪过影子,而年岁带来对肉欲的淡漠也未妨碍我看到这罪过中的情欲本相。

如今我不再是寻欢作乐的年龄,可我对此的判断和往昔一样。我

---

[1] 坎提良(30—100),古罗马修辞学家。

努力振作自己的理性意识;我觉得理智本身和年少风流的时候是一样的,也许只是随着老境到来有所减弱和衰退;我感到,理智因考虑到我身体的健康而不让我沉湎于欢乐,正如早年为了精神健康,理智也没少发挥作用。我不因为眼看理智退出战斗,就认为它更勇武有力。诱惑对我已无能为力,失去威胁,不值得运用理智与之对抗。我只需伸出双手就能把它驱走。倘若让我此时的理智面对从前的情欲,恐怕理智没有原先的力量承受其冲击。我看不出它判断事物跟先前有什么不同,也见不到有任何新亮点。因此,如果说它处于健全状态的话,那是一种带亏损的健全。

　　……

第三章

谈三种交往

个人的品味性情，不必固守不变。我们主要的本领，在于懂得适应不同的活动。囿于一种生活方式而无法摆脱，仅够称得上是生存，而非生活。越是出众的人士，越是多姿多彩，灵活善变。

大加图[1]的例子堪为明证："他思维灵活，善于从事各种活动，而且所事之事，均显露出好似具备与生俱来的天赋。"（李维）

倘若如何培养自己由本人来决定，那么无论哪种方法多么出色，我都不会执着不放，而不再旁顾其他。生命的进程高高低低、崎岖不平而又异彩纷呈。对个人的喜好一味盲从，深受束缚而无法脱身，乃至到了无法扭转的地步，则不仅于己无助，甚而无法自主，而成为自身的奴隶。我此时作这番表述，是因为自己难于摆脱精神的羁绊。我的脑子一旦专注于某个主题，则全神贯注，紧张投入。无论给它多小的题目，它也会自行将其扩展、延伸，以便全力以赴。因此，如果精神无所事事，我就感到难过无比，甚至有损身体健康。

大多数人靠外部事物使脑子活动起来，得到锻炼；我则借以使精神平静下来、获得休息。"应以工作来摆脱无所事事的恶习"（塞内加），因

---

[1] 大加图（前234—前149），古罗马政治家、作家，曾任执政官、监察官等职。

为我的头脑从事的是一项最费事的重要工作,那就是研究自己。对于我的脑子来说,读书不过是使其暂时离开研究自身的活动。脑子刚出现一些初步想法,便兴奋起来,跃跃欲试,欲在多方面施展身手;它运用自己的本领,时而着眼于力度,时而着眼于秩序和美感;有时它又趋于归整,节制,坚定固守。它可以自行激发自身的机能。大自然一视同仁,赋予它充足的素材为其所用,也给予它足够的课题让其可以发明创新,进行判断。

对善于探察自我、努力认识自我的人来说,思索是一种极有成效、内涵丰富的研究手段。我宁愿塑造自己的头脑,而不愿意将其填满。与自身的思想进行交流乃是最佳的活动,没有任何活动能与之相比,虽然因人有异,或浅或深。伟大人物都以此为职责,"对于他们,生活就是思考。"(西塞罗)况且大自然也赋予思考以特殊的地位和优势:人类的行为举止中,最普通易行、超越时间限制的,莫过于思索。亚里士多德说:"思考乃是神灵的活动,神人、凡人都从中获得至福。"我借助阅读,寻找题材,引发思考,锻炼的是判断力,而非记忆力。

我无法对缺乏活力和激情的谈话保持兴趣。的确,优美雅致和严肃深沉都一样叫我感到满足和惬意,而前者甚至胜于后者。正是因为我对其他平板的交谈心不在焉,才会漫不经心地出于礼貌,说出或答上空洞可笑的傻话,不及孩童的水平。我又或执意地缄默不语,更显得愚笨而且失礼。我常常胡思乱想,趋于内向;而另一方面又对许多常理之事一窍不通,非常幼稚。正是出于这两点,人们可以三番四次地把我作为真实的趣谈资料,把我说得比谁都幼稚可笑。

且接着说下去吧,我这种挑剔的性格,令我不善于处理人际关系(我必须精心挑选交往的对象),连在普通场合里也显得笨拙不堪。我们生活于民众之中,跟他们打交道,如果我们与之交往感到厌烦,不屑于去适应卑微的平民——况且他们往往并不比高雅之士愚蠢低贱(聪慧睿智,倘若不能适应大众的蒙昧,也就平淡无奇)——那么我们只好对自己个人之事与他人之事,均不过问;而无论公私事务的处理,都与这些人相关。我们的心灵,在最舒展、最自然之时,呈现出其最美的状态;同样,我们最乐意而为的事情,也就是最好的活动。天哪,人若明智,按自己的能力来决定欲望,则受益匪浅。最让人受用的道理,莫过于此了。苏格拉底最喜欢的口头禅便是"**据能力之所及**",堪为至理箴言。应当将自己的愿望引向最易为、易达之事,并专注于此。

我的命运与成千的人联系在一起,不可分开,我却没有刻意与他们相处,而去攀附一两个非自己交往能力所及的人,或可说是固执缥缈虚无的欲望,这不正是自己的愚蠢癖好吗?我生性温和,任何粗鲁、乖戾都与我格格不入,这本来可使我轻易地免受敌视和憎恨:我指的是不受憎恨,而非得到爱戴;在这方面本人的条件是最好不过的了。尽管如此,由于我在社交场合态度冷淡,许多人理所当然地对我失去好感,他们另有看法,而且往坏处去想,那也无可厚非。

我很善于结交精心选择、世间难得的友人,并且能够保持情谊,皆因我对于志趣相投的知己非常渴求,执着不舍。我主动追求,如饥似渴地投入这种交往之中,所以很容易就依恋此种友情,同时也留下自己的影响痕迹。我曾常常有此幸运的体验。而对于泛泛之交,我却相当冷淡拘谨,因为倘若我不能放纵性情,我的举止就会不自然。再说,我年轻的时候,命运已令我品味到一份绝无仅有、完美无瑕的友谊,这就使我先入为主,而对于别样的交情的确心存疑虑。况且我脑中还牢牢铭记着一位先人的话:友谊乃毕生相伴,而非乌合之聚。还应说明的是,我很难做到交心时还留有城府,转弯抹角。再者,人们也常因当今交友多而滥,谨小慎微,心存顾忌。尤其是现在,谈论他人时若说真话便得冒风险,类似的告诫,多有所闻。

然而如果像我一样,追求的是自己生活的方便(我指的是实实在在的方便),那就应当如避瘟疫一般,躲开这些困难,避免此种顾虑重重的做法。我特别赞赏具有多层面性格的人,能伸能屈,随遇而安,与住处的邻里都能交谈,谈房子,谈行猎,谈官司,还能与木匠、园丁愉快地聊天;我羡慕那些对仆役态度随和、与侍从关系密切的人。

还可一提的是,柏拉图说过,对仆人无论男女,发话时应以命令口吻为宜,不开玩笑,不显露亲密随便。我对他的意见却不敢苟同。除却上文提及的理由之外,对于命运所造就的地位悬殊给予这般重视,既不人道,也不公正。我以为尽量缩小主仆间差别的社会,才是最公道的社会。

有人竭力将自己的思想拔高,使之升华;我却让其降下来,使之浅近平实:正是将其夸大才令其缺陷暴露出来。

> 你大谈埃阿科斯[1]的传人,
> 还谈特洛伊城下的战事,
> 但一坛希奥[2]酒价值几何,
> 哪个奴隶为我烧水备浴,
> 何时何地我才能够栖身,
> 以御佩里涅人所受的寒冷,
> 你对这些反而只字不提。
>
> ——贺拉斯

---

1 埃阿科斯,神话人物,宙斯之子,希腊英雄。
2 希奥,按希腊原文,今通译为希俄斯岛,希腊爱琴海东部的岛屿,盛产葡萄酒。

斯巴达人骁勇无比，需要平和情绪，以免暴躁而鲁莽行事，战场上吹响的是柔和优美的笛声。而其他民族为尽量刺激和鼓动士气，通常采用的则是尖厉响亮的音响。同样，与平常的做法相反，我认为，我们之中的大多数好比斯巴达人，更需要的是沉实，而不是放纵，更需要的是冷静、平和，而不是激情和冲动。在不懂的人的中间显示博学，卖弄辞藻[1]，故作深沉高雅，在我看来，正是愚人之举。应当抛掉架子，接近对方的水平，有时还需佯作不知。姑且把实力和精明都暂搁一边。普通的场合运用一般的功夫也就绰绰有余。你就无妨将水平降至低处，以迁就对方吧。

饱学之士常常碰上这块绊脚石跌跤。他们总是炫耀自己造诣高深，到处传播从书本中学来的知识。而今，就连闺中女子对他们的东西也听闻不少。她们即便汲取不到内容，起码已掌握其形式；对于各种问题和题材，无论它如何浅近、通俗，她们都能采用新颖的、学究式的口吻或笔调。

> 她们表达惊恐、愤怒、欢乐、忧愁，
> 乃至心灵隐秘，都有一套措辞口吻，
> 就连床笫间的谈吐也显得高深过人。
>
> ——尤维纳利斯

她们对那些任何人都能证明的事情，却动辄引述柏拉图和圣托马斯。学问没能进入她们的头脑之内，却留在了言谈之间。

天资聪慧的女子，如果愿意听我一席话，她们只需着意开发自身的

---

[1] 原文为意大利语，直译则是"在叉尖上讲话"，意谓装腔作势。

天赐财富就足够了。她们正以外加的美色来掩盖天生丽质。借外来的光彩去盖住自己的光辉,这是多么愚蠢的行为。她们完全被人为的装饰所遮盖而至湮没。"她们从头到脚都像是从化妆盒中出来的。"(塞内加)这是因为她们尚无自知之明。其实她们才是世上的瑰宝,是她们给艺术增了光,使美的事物倍添其美。她们除了生活在别人的爱怜和敬重之中,难道还有别的什么需要吗?她们在这方面具备足够条件,所知也绰绰有余。只需略微唤起和激发她们自身固有的才能就可以了。当我看到她们潜心学习修辞、法律、逻辑以及诸如此类对她们无益无用的杂七杂八的东西之时,我不由担心,那些建议她们这样做的男子,不过是借此控制她们而已。难道还可能有别的原因吗?她们其实无须我们的帮助,凭自身的魅力便已足矣;她们美丽的眼睛可以透出欢愉、严肃或是温柔,拒绝否定之时可以掺进严厉、疑问或爱意。只要她们不刻意深究别人逢迎她们的言辞,就算可以了。凭此本事,她们尽可以随意指点支配学人乃至学派。不过,倘若她们不愿意在任何方面比我们逊色,出于好奇心也想接触书本,那么最切合她们需要的莫过于从事诗歌活动了:这门艺术正像她们,轻盈、纤巧,带有装饰意味,言辞绚丽,富于乐趣,以展现自己为能事。她们也可以从学习历史当中获得多种消遣,还可以从哲学的有关生活的阐述中,学习判断我们男人的性格和行为方式,对我们的背叛加以设防,减少自身轻浮虚妄的欲望,爱惜自己的自由,延长生命中的欢乐,以宽阔的胸怀承受恋人的变心、丈夫的蛮横、年岁和皱纹的折磨,如此等等。我给她们指出的学术范围,最多也就到此为止了。

独　处

有的人注重个人,生性内向,不易合群。我的举止则宜于交流而且易于外露:一切表现在外,毫无遮拦,自然合群、喜爱交友。我之所以钟爱和提倡独处,不过是意味着收拢自己的感情和心思,并非固步不前,而只是遏制自己的欲念和惦挂,决意不过问外部的事情,彻底抛开各种义务和差事,躲避的与其说是人群,倒不如说是成堆的事务。说实在的,闭门独处,倒使我心胸开阔,放眼外界:我于独处之时更愿意考虑政府公务和外界事务,而置身于卢浮宫内和人群当中,我倒变得紧张内向,精神萎缩于自己的躯壳皮囊:人群予我压抑之感,我往往在隆重、拘谨的场合陷入与内心自身的交流,恣意放纵、无所顾忌。我觉得可笑的不是我们的荒唐无稽,而是我们的聪明智慧。我本性并不厌恶宫廷的喧闹,我在其中还度过了一段光阴。我也习惯于与达官贵人轻松愉快地相聚,只要这种聚会间或为之,而且在我合适的时间举行。然而,我刚才所提的精心择友的做法不免令我偏好独处,即便在妻小仆从成群、客人往来频繁的家中也不例外。我结识的人为数不少,真正乐于与之推心置腹交谈的不多。为此,我在家中为己、为人都保留了别处不多见的自由。无须繁文缛节,不必相伴、相随、相送,凡此种种的礼仪规矩尽可不顾(卑躬屈膝的礼节多么令人生厌!)。各人按自己的方式行事,愿意交流想法的悉听尊便。而我则置身于个人世界之中冥思遐想,客人们也不觉得失礼而感到不快。

交谈的乐趣

我追求与人家所称的"仁者""智者"相处、深交:心目中既有了他们,对别人也就不感兴趣了。要知道,仁者、智者的处世方式最为难得,这种举止主要是本性使然。与他们交往,目的在于相处、倾谈、耳濡目染,借以锻炼心智,而无其他。交谈时,什么谈资话题对我都无所谓;我也不在意他们的话语缺乏力度和深度；因为话中总不乏韵味和精确性，透露出成熟而坚实的判断，渗透着善意、坦诚、喜悦和友情。展现思维之美、思维之力，并非一定要靠替代继承的法律论战或朝廷的重大事务，私下交谈当中也可以展露无遗。

我从人们的沉默或微笑中便可辨出他们是否与我投契。与会议厅相比，或许我在餐桌上的闲谈中更能了解他们。伊波玛格斯[1]曾说，从街头各人的行姿便可认出谁是骁勇的斗士，甚是精辟。倘若交谈中兴之所至涉及学术，当然也不予回避。言谈间的学术并非如平常一样居高临下、盛气凌人、惹人生厌，而是变得顺从、伏帖起来。因为我们交谈不过在于消度时光，有心接受教诲和训诫时，自会到学术殿堂上去。这回就请学术屈尊迁就我们吧。因为，尽管学术的功用极大，值得追求，可在我看来，必要之时，我们完全无须借它之力也能达到目的。天然生就的美好心灵，还富于与众人的交往的经验，本身就足以令人感到愉快惬意。所谓艺术，不过就是对这种心灵表现的考察和记录。

与女子交往

与年轻貌美的体面女子交往于我也是赏心乐事：“因为我们也慧眼识人。”（西塞罗）尽管同前一种来往相比，心灵得不到同样的乐趣，然而在这种情况下参与更多的身体感官却能获得类似的愉悦，虽然我以为，还是不可同日而语。不过此类交往必须审慎对待，尤其是那些好比我一样、特别注重身体感受的人。年少时，我曾遇挫折，饱受情火的煎熬，正像诗人们所说的那样，此类冲动更偏爱毫无节制判断、放纵情感的人

---

[1] 伊波玛格斯，角斗师和剑术师。

们。的确,那时的折磨有如鞭笞,成为我日后的教训。

> 躲过卡法雷礁石的阿哥斯船队[1],
> 总是扬帆远离埃维厄岛[2]的水域。
>
> ——奥维德

倘若全副身心投入恋情之中,激情奔涌而不知辨别,实为疯狂之举。但是,另一方面,如果缺乏情爱,没有感情联系,如同演员入戏一般,饰演一个当今常见的普通角色,仅仅停留在言辞上面,虽然安全稳妥,也是懦夫所为。这好比一个男子汉因害怕危险而放弃自己荣誉、赢利或享受。这样与女子交往,肯定不可能为高尚的心灵带来收获和满足。我以为,要着实品味享受一份欢愉,必得先经历真正渴求的阶段:虽然我知道命运常常不公,偏爱我曾提到的在爱情当中玩弄游戏的那些人。因为任何一名女子,无论天生如何丑陋,都会认为有权去得到爱,并努力以年龄、微笑或行为举止作为资本。其实,真正的丑妇,亦如全无瑕疵的美女一样,世上并不多见。就连没有其他诱人之处的婆罗门女子,也来到公共广场上,面对事先召集的人群,袒露女性的特征部位,以了解是否起码可凭此寻得夫婿。

因此,一听到男子倾诉衷肠,表达忠心时,没有哪个女子不轻易相信。而如今的男人背信弃义,习以为常,自然导致我们历见的景况:女子们退缩自闭,躲避于同性之间远离我们;或者她们仿效我们的做法,在恋爱中也来扮演角色,缺乏激情,淡然而处,没有爱意。"她们不为任

---

1 卡法雷,埃维厄岛的岬角,从特洛伊战争中归航的希腊船队,曾在那里触礁。阿哥斯,古希腊城邦名。
2 埃维厄岛,爱琴海岛屿。

何激情所动,无论是自身的还是他人的激情。"(塔西佗)她们听从了柏拉图作品中莉齐娅的意见,认为我们男人的感情愈浅淡,她们委身于我们时则更可以从功利出发而不必顾忌。

感情的戏剧性游戏也是如此:观众享受的乐趣跟演员一样,甚至更多。

至于我,我认为维纳斯与丘比特,好比母亲与孩子一般不可分开,二者互为依存,相辅相成。于是欺骗他人的情感,也会自尝苦果。既没有付出多大代价,自然也不会得到多少有价值的回报。尊奉维纳斯为女神的人,认为她的美丽主要在于精神而非肉体;然而我所提到的有些人,他们追求的美既不属于人类,甚至也不配兽类;连兽类也不愿意这么粗鄙、低贱!我们看见,兽类在身体投入之前,往往已被想象和欲望撩拨得兴奋起来。它们无论雌雄,在群体中表现感情时都有选择、有分别,彼此之间真挚和谐。甚至年老力衰的动物仍为情爱而嘶叫、颤抖和战栗。我们见到,事前它们充满激情和希望;身体动作之后,还满怀柔情地回顾,相互爱抚。有的离去之时甚至充满骄傲,唱出胜利和得意的歌声:慵倦而又心满意足。只想满足自己生理需要的人,则根本不在乎别人事前温柔细腻的准备:这不是粗野的色欲饿汉的食粮。

我并不期望别人高估自己的品行,既然如此,我就来谈谈年少时的失误吧。考虑到对身体健康可能带来危害(我欠缺机灵,曾两度染疾,尽管病情轻而时间短),更出于鄙视心理,我极少与卖笑女子交往;我更期望通过克服困难、热切期待和争得荣耀来增加情爱的愉快享受。我喜欢提比略[1]皇帝的做法:不仅以俯就和君临,还以其他的行为方式为情爱增添乐趣。我也喜爱名妓弗萝拉的任性乖张,她要求亲近红颜的

1　提比略(前42—公元37),古罗马皇帝。

男子起码必须是独裁官、执政官或监察官,以其情人的显赫地位为乐。毫无疑问,珍珠、锦缎、头衔、侍从,都使情郎显得与众不同。我虽然特别看重精神的作用,但前提毕竟是肉体的参与。因为说句老实话,倘若二者之中只能择一,那我宁愿舍弃精神之美,因它另有重大的事情可派用场;而情爱这门主要归结于视觉和触觉的科目,缺少精神上的优雅尚可,缺了肉体的风韵则一事无成。美色乃女子之真正优势,非她们莫属。男性之美,虽然有所不同,也只有在孩童和少年时才达到巅峰堪与女性之美相匹敌。传说以貌美而侍奉土耳其国王的仆从不计其数,他们至迟到二十二岁也被辞退。

理性、睿智和友谊责任更多属于男性:因而由他们掌管天下大事。

与书本打交道

上述两种关系和交往都出自偶然,取决于他人。其中一种罕见难觅,另一种则随岁月而褪色,因此不足以满足我一生之需。第三种交往,即与书本打交道,更为可靠,也更由自己掌握。它虽无前两种的优越之处,但却简捷便利、经久长存。这种交往贯穿我的一生,处处给我以帮助。年老孤独时它予我以慰藉,无聊沉闷时让我感到轻松,而且随时助我摆脱令自己厌烦的相陪做伴。它可以减缓疼痛,除非是剧痛到了极点,我完全掌握不了自己。为了排遣某一恼人的念头,我只需求助书籍即可。书本很容易把我吸引过去,令我获得解脱。况且,即便我往往是在缺乏其他更实际、更生动、更自然的消遣方式时才找书籍为伴,它们也毫不生气,而始终以和善的面容待我。

俗话说,牵着马缰绳,步行不觉难。雅克是那不勒斯和西西里岛的国王,他年轻、英俊,身体健康,旅行时却使人用担架抬着,躺在粗糙的羽毛枕头上,穿着灰色粗布袍,戴着灰色粗布帽。同时随行的王室仆从人数众多,包括各等贵族、各种侍从,带着各式驮轿,手牵各色马匹,更使前面艰苦朴素的形象显得幼稚脆弱。痊愈已成定局时,病人也就无须怜悯了。这句格言包含的经验教训非常在理,我从书中获得的教益亦在于此。实际上,对比不谙书本知识的人来说,我利用书本并不见得多了多少。我就好比吝啬鬼对待自己的财宝一样,由于知道随时随地可以享用而心满意足,这本身就是从书中获得的享受:因拥有而感到精神快慰和满足。无论是战时还是和平年代,我旅行时不得无书。不过我有时也几天甚至几个月都不触动书本。我心里想:"许是明天,许是不久之后,想看时,就会打开书的。"光阴似箭,岁月流逝,而我并不感到烦恼。因为,只要想到书籍就在我身旁,可以随时带给我乐趣,我就感到说不清的心安理得;只要想到书本给我的生活带来巨大帮助,我就感到难以言表的安宁平和。书籍的确是人生旅程中我所觅到的最好食粮,聪明人缺了它,我为之深感惋惜。我能很快地接受其他消时度日的方式,无论它们多么轻浮无聊,因为我心知以书为伴是经久常在的。

我的书房

与旅途相比,我居家时读书更多,常常躲进书房里;我就在书房主持家中的事务。书房位于进门的前厅之上,可以俯瞰家中花园、后院、马厩以及其他大部分地方。在那里,我翻翻这本书,看看那本书,无一定的规律和章法,浏览书中一些互不相关的段落;时而沉思默想,时而在漫步中口述或录下笔记,由此而形成我这里奉上的随感录。

我的书房设在塔楼的第三层。第一层是个小礼拜堂,二层为一寝室和附属的居室,为求独处,我常常在那里过夜。塔楼的顶层为一大储衣室。从前这一片是家里常常闲置的地方。如今我一生中的大部分日子,一天中的大部分时光都在书房里消度。晚上我从不在那儿逗留。紧挨着书房的是个小房间,相当考究,冬日可以生火,窗户光线充足,非常舒适。如果不是害怕麻烦(怕施工大兴土木)、担心破费的话,我完全可以在每一边接一道长百步、宽十二步与书房相平的回廊,因为全部墙壁已砌好,本来是做其他用途的,高度正合我的要求。退隐的地方都得配有漫步的场所。如果我坐下来,思路就不畅通;我的双腿走动,脑子才活跃起来。凡是不靠书本研究问题的人都是这样。

我的书房呈圆形,唯有放置桌椅的地方才呈平直面。环顾这弧状的空间,我放成五层的所有书籍可以一览无余。书房三面设窗,视野开阔,景致丰富,内部空间直径达十六步。冬日我在书房逗留的时间较短,因为顾名思义[1],我的房子高踞山丘之上,而这间书房最是招风。我倒喜欢它位置偏远,来往不便,无论就做事效果和远离人群喧闹来说都有好处。

书房就是我偏爱的天地。我试图实行全面的支配,使这小小的一隅不受夫妻、父子、亲友之间来往的影响。在别处,我的权威只停留在口头上,实际并不可靠。有一种人,就在自己家里,也身不由己,没有可安排自己之处,甚至无处躲藏。在我看来,这种人实在可怜!野心勃勃的人通常也得到报应,终日出头露面,好比市场上的雕像。"**厚禄高官则身不由己。**"(塞内加)他们连个僻静的去处也没有。修士们所过的严格生活中,有一点我认为最为难熬,即规定永远群居,而且做什么事情都得有众人在场。我认为,终身离群索居还要比无法孤独自处好受。

如果有谁对我说,单纯为了游乐、消遣而去利用诗神,那是对诗神

---

1 "蒙田"的原义就是山丘。

的大大不敬,那么,说这话的人准不像我那样了解娱乐、游戏和消遣具有多大价值。我禁不住要说,别的一切目的都是可笑的。我过一天是一天,而且恕我冒昧,我不过是为自己而活着,我的目的只限于此。少年时候,我学习是为了自我炫耀;后来年岁渐长,便为了增长学识;如今则是为了自娱,而从来不曾抱过谋利的目的。从前我还有过无谓而又破费的嗜好,以书籍作摆设,不限于用来满足自己的需要,而更多的是用作修饰装潢。这种嗜好,我早已放弃了。

如果善于选择,书籍有许多令人喜悦的优点,但也并非毫无代价。读书与别的事物无异,带来的不单纯是乐趣,它本身也有缺陷,而且缺陷不小;读书虽使精神得到操练,但阅读时身体却不得舒展,趋于衰弱、委顿;可我并没有忘记照顾身体。在这暮年的光景,无论对自己对他人,最严重的危害莫过于读书不加节制,应力予避免。

以上便是我个人所喜好的三种交往活动。因出于礼节需要而要为他人进行的活动,我这里就不谈了。

第四章
谈分心转向

从前,我受托去劝慰一位真正伤心的夫人,(说"真正"),因为妇人大多数的悲伤是假装的、摆样子的。

> 女人总是储备充盈的泪水,
> 只要一声号令,无须多待,
> 便哗啦、哗啦地涌流下来。
>
> ——尤维纳利斯

遏止这种悲痛情绪不是劝慰的好办法,因为遏制倒反而刺激她们,使之愈加悲伤;激烈的争辩,反把事情弄糟。我们看到,平时谈话我不经意说了点什么,要是有人来反驳我,我会一个劲儿地坚持,全力维护,比之于我利益攸关的事还要争得厉害。再说,这样做你会给自己要做的事一个糟糕的开端,而医生初次接待病人应当是和颜悦色、令人放松的;面目可憎、虎起脸来的大夫绝不会有好效果。因此相反,一开始应该帮助和鼓励病人倾诉痛苦,并一定程度地表示同情和理解。有了这样的沟通,你获得信任便可走得更远,进而令人不知不觉地顺势转向有利于治愈的实在话题。

我嘛，当时主要想转移盯着我看的那人的注意力，好让我趁机慰抚伤痛处。可经验表明，我不善辞令，说服不了他人。我说的道理要么不是太尖锐，就是太干巴巴，不然就是方式太生硬或太软弱无力。我专心听她诉苦诉了一段时间，并没有试图用强有力的大道理去治疗伤痛，因为我自知理由不足，或是因为我认为另外的方式会更为奏效。我也没有选用哲学学派主张的五花八门的安慰方式，如克里昂特斯说的："倾诉出来的苦不是苦"，又如逍遥派说的："这是轻微的小苦痛"；再如克里西波斯说的："怨天尤人是既不正当也不值得提倡的行为。"我也不选择伊壁鸠鲁的做法（虽然他更接近我的风格），即把思绪从苦恼的事情转移到愉快的事情上去。我也没有像西塞罗那样，把这对付痛苦的办法都汇集一起，看机会运用。我稍稍把我们的话题引开，转到最接近的主题，然后根据她听我诱导的情况，再往远处一点的话题引。就这样我不知不觉地驱除了她的痛苦思绪，使她回复正常状态，只要我在身旁，她就完全平静下来。我运用了分心转向的方法。在我之后继续采用我这种方法的人没有取得任何改善的效果，因为我没有把斧子砍到病根上。

……

有人说："要是你的情欲太强烈，那就分散它"，这话是对的，因为我屡次试验，都有成效。把情欲化解为多种欲念，如果你愿意，可让其中一种为主、统领其余，但是为了不让它控制你、折磨你，你就削弱它，将它分散、转移：

当你那阳物承受极其强烈的欲念激动，

——佩尔西乌斯

就把你积聚的体液注进随便的物体中。

——卢克莱修

而且要尽早解决,免得一旦被控制,深受其苦……
……

第五章
关于维吉尔的诗

……

胸怀坦白

再者,我要求自己凡是敢做的事情都敢于说出来,不可公之于众的事情想了也不开心。我最糟糕的行为和生活方式还不至于丑陋和可恶到连自己也不敢承认的程度。各人忏悔时都很慎重,其实倒应该在行动时谨慎处事。犯错的胆量一定程度上受到忏悔的胆量的左右与制衡。谁强制自己必须说出一切,就会自我约束不做任何不得不隐匿的事情。但愿我这种纵情的开放,引领众人超越源于自身缺陷所形成的怯懦品质和虚有其表,从而走向自由;但愿我的毫无顾忌带动他们抵达理性的境界!

应当正视自己的毛病,研究它,把它亮出来。那些向他人隐瞒自己恶行的人,通常对自身也加以掩饰。倘若看出毛病来了,他们就认为没有遮盖好;就从自己的良心上加以回避和遮掩。"为何无人承认自己的罪过?那是因为他依然是自身罪恶的奴隶。只有醒来以后才能叙说自己做过的梦。"(塞内加)

肉体的病痛愈强烈就愈明显。原来称作感冒或扭伤的，后来发现是痛风。心灵的病痛越严重却越隐蔽，愈是病重的人愈感觉不到。这就须要用无情之手把这病抖搂在光天化日之下，揭开它，将它从心底里挖出来。对待坏事和对待好事一样，有时要吐露出来才会感到舒畅。

有什么属于过错的丑事我们不应公开承认的呢？

作假我十分难受，故而避免替他人保守秘密，因为我没有勇气否认我知道。我可以沉默不语，但予以否认，我就会很为难，很不开心。保守秘密，应该是出于本性，而不是出于义务。

……

谈情欲

生殖行为再自然不过，十分必要，也极为合理，可它究竟对人类干下了什么，竟至我们不敢毫无愧色地谈它，还把它排除出严肃、正经的话题之外？我们可以放肆地大谈"杀人""偷盗""背叛"，而对于生殖行为却只敢在牙缝里闪烁其词？是不是说，我们越少谈它，就越有权利令其在脑海里膨胀起来呢？

有趣的是：那些用得最少、写得最少、说得最少的词儿倒是最为人知、大家了解得最广泛的词儿。无论什么年龄、哪种性格的人，没有谁不知道这一行为，正如没有人不知道面包一样。这些词儿印在每个人的脑海里，没有表达出来，无声，无形。同样有趣的是：我们对生殖行为讳莫如深，因而从沉默的笼罩中将其直说出来，哪怕是为了谴责和审判，也都成了罪过。我们只敢拐弯抹角以比喻的方式对其进行鞭挞。一个罪犯如此可恶，连司法人员也认为不该碰他，不应见他，这对他倒是极大的优惠：严厉惩治的好处令他得到自由，获救了。书籍不是也有类似的情况？因为被禁，倒更加畅销，在读者中传播得更广。至于我，我要一字不差地领会亚里士多德的话：矜持腼腆是青年人的装饰，放在老年人身上却应予责备。

下面的诗句在古代的学派中传诵开来，我对此学派的信奉远胜于对现代学派（在我看来，前者的美德多而缺点少）。

> 极力逃避维纳斯爱神的人
> 与过分追随她的人都错了。
>
> ——普卢塔克

> 维纳斯女神哪，是你一人掌管大自然，
> 没有你，光辉的神圣天地便荒芜一片，
> 没有你，便没有任何欢愉和情爱可言。
>
> ——卢克莱修

我不知道是谁挑起了帕拉斯[1]、众缪斯与维纳斯之间的纷争，使她们对爱神冷落起来。而我却见不到，有什么其他神灵比她们更应该合得来，彼此更应该依存对方。谁逐走缪斯的情思也就抽掉其最美妙的话题，就使其作品失去最高贵的材料。爱神若不与诗歌保持亲密关系并为其效力，就会失掉最佳的武器而软弱无力。这样一来，人们就会把忘恩负义的罪孽归于司爱情、友谊兼行善的神灵身上，归于保护人类、保护正义的女神身上。

我不做爱神的供奉者和追随者为时并不太长，因而并未忘记这位

---

1 帕拉斯，即雅典娜，智慧女神。

神灵的威力和作用。

> 我认出昔日情爱之火的余烬。
>
> ——维吉尔

> 在我身上还留有狂热过后的一些激动和余温。

> 但愿我在暮年的时光依旧保持这股热情。
>
> ——让·塞孔[1]

无论我如何枯槁、迟钝,我依然感受到往昔激情的一些余热。

> 如同刮朔风或南风的爱琴海,
> 当翻江倒海的风暴歇息下来,
> 可大海却无法马上完全平静,
> 它依旧恶浪咆哮,怒潮澎湃。
>
> ——塔索

不过,就我所知,诗歌所描绘的爱神的威力和作用要比其实际情形更强烈,更有活力。

> 诗有撩拨的手指。
>
> ——尤维纳利斯

---

[1] 让·塞孔(1511—1536),用拉丁语写作的佛来米诗人,生于海牙。

诗歌所表现的爱比爱情本身还更有情爱的味儿。赤身裸体的维纳斯还不如这儿维吉尔诗句中的维纳斯那么美丽、激情、娇喘不息：

> 女神已经发话,他仍在犹疑,
> 她伸出雪白的双臂把他搂住,
> 温柔的拥抱顿令他重获暖气,
> 一股熟悉的热流深透至骨髓；
> 疲软的身躯又再度振奋起来,
> 就这样,雷鸣电闪划破长空,
> 乌云开处,蹿出一条火龙……

> 说完,他给她期盼的拥吻,
> 然后,枕在情侣的酥胸上,
> 懒洋洋地进入宁静的睡乡。

——维吉尔

……

两性:精神和肉体

不过,我经常听说女子纯然从精神上描绘这种结合,似乎不屑于考虑感官由此而获得的享受。其实是一切都参与其中。但我可以说,常常看见我们男人因她们娇美的躯体而宽恕她们精神上的软弱,可我尚未见到,她们为了精神之美,哪怕他如何睿智和成熟,愿意伸出手来投向一个衰败的身躯。为什么没有一个苏格拉底的女弟子渴求肉体与精神的高尚交换,凭自身的大腿去换取智慧、获得富于哲理精神的后代呢?——这是大腿所能够得到的最高价值呀!

柏拉图在其《法律篇》中规定,在战争中立下多少卓著功勋的人,无论多丑或多老,出征时他要与心上人亲吻或做其他恩爱之举,都不得予以拒绝。他觉得对战功的褒奖十分公正,他就不能考虑其他才华也予以奖赏吗?怎么竟没有一个女子要抢在她的姐妹前面去赢取这份贞洁之爱的光荣呢?我的确说"贞洁"二字,

> 因为一旦奋起冲刺,
> 即如干草堆的火焰,
> 浓烈,但无力维持。
>
> ——维吉尔

恶行在脑海中受到抑制,那不算太糟糕。

我不由自主,话一开闸就滔滔不绝,有时来势汹涌,而且造成伤害,现就来结束这个长篇大论:

> 宛如情郎偷偷赠送的苹果,
> 揣在贞洁的少女怀中滑落。
> 可怜的姑娘忘了它藏在衣间,
> 妈妈到来,她急忙趋步向前。
> 苹果掉到脚边,滚得远远,
> 私情泄露,少女羞红了脸。
>
> ——卡图卢斯

我要说，男人和女人都是一个模子铸就的，除了所受教育和习惯的差异，他们之间区别不大。

柏拉图在他的《理想国》中，号召男女不分性别都一起参加学习、操练、负责战时和平时的一切差事和职务；哲学家安提斯泰纳干脆不承认女人的品德与我们男人的有任何区别。

指责异性要比原谅异性容易得多。正如俗语所说的："火钩子讥笑煤铲子。"[1]

---

[1] 意思是：黑笑黑。

第六章

谈 马 车

……

我不能长时间坐马车、坐轿子和乘船(年轻时更难于忍受);无论在城里还是在乡村,除了马匹之外,我讨厌其他一切交通工具。轿子比马车叫我更不好受;由于同样的原因,水上风平浪静的轻摇比令人害怕的剧烈颠簸令我更受不了。船桨划动,船身轻轻摇荡,身下的船儿悄悄开行,我不知怎的,感到头昏脑涨、肠胃翻腾;同样,我也受不了抖动的座椅。当船帆或水流带动我们平稳前行,再或由纤夫牵引,这种均匀的摆动一点儿也不叫我难受;倒是无规律的摇晃令我不舒服,尤其是晃动得慢腾腾的时候。我不晓得如何表述这种情形。医生嘱咐我用毛巾紧紧束住小腹以矫治此毛病,这种方法我没有试过,因为我习惯于与自身缺陷作斗争,靠自己去克服它。

如果我的记忆足够清晰,我会不惜花时间在这里谈谈史书上给我们介绍的马车在战事的用途,因民族、时代的不同而异,就我看来,效率极高而且必不可少;奇怪的是,我们现在对此一无所知。

我只说这么一件事:不久前,就是我们父辈那个时代,匈牙利人十分有效地使用马车去攻击土耳其人。每辆马车都配有一名持盾牌的士兵、一名火枪手,还有多支排列整齐、装好火药、随时可发射的火枪;全车用一排盾牌护着,就像一条轻型平底战船。他们打仗时把这样的三千辆马车排成一条阵线,炮轰过后,驱车前进,让敌人领受集束的排射,然后再尝试其余的打法,这时已占了不少优势。他们或是以战车冲向敌人的骑兵队,将其冲散,打开缺口。再者,在危险地段,他们可以以此来掩护在旷野中行进的队伍的侧翼,或是快速保护营地和加强固守。

在我青年时期,我们边境地区有一名士绅,身体极不灵便,没有马匹能承受他的体重,遇上冲突时便乘坐我上面所说的马车,十分方便。不过,且不谈战车吧,我们祖先那个年代,国王是乘上由四头牛拉的大车巡游各地的。

……

我们的知识有限

即便传到我们的全部历史记载都是真实的,而且也已被人通晓,其分量与未被认识的部分相比,可说是微乎其微。而关于我们生活在其中的这个世界的面貌,就是最好学的人们对它的认识也都那么肤浅、偏狭!不仅那种命运常常令其成为典型的重大特殊事件,就连那些强大政权和伟大民族的状况,我们茫然无知的比我们知晓的要多出一百倍。我们对自己发明大炮和印刷术惊呼为奇迹,而世界的另一端,中国,其他人一千年前已经使用。如果我们看到的世界跟我们未看见的部分一般大,那么可以相信,我们会发现变化不断、形态万千的事物。

大自然不存在什么唯一和稀奇的事物,但在我们的认识中却是有的;我们的知识是制定规则的可怜基础,它通常给我们提供十分错误的事物的形象。就像从我们自身的弱点与衰颓去推论,凭空断言当今世界正走向衰败与没落。

> 我们的时代失去活力,
> 大地也随之失去丰饶。
>
> ——卢克莱修

同样,诗人看见他所处时代的英才充满活力,新事物不断涌现,各种工艺的创新层出不穷,便断言世界刚刚诞生,正处于青少年时期,这也是凭空之说:

> 天地万物全新,
> 世界才刚诞生;
> 工艺日益精进,
> 航船装备添增。
>
> ——卢克莱修

新大陆

我们的大陆刚刚发现另一个大陆(谁能向我们保证,这是它最后的兄弟呢?既然众精灵、女祭司,还有我们自己当时都一直不知道它的存在),这块地方不比我们的大陆小,"肢体"一样齐全壮实,但属新兴,十分稚嫩,还要人教它ABC。五十年前,它不识文字,不知度量衡,不穿衣服,不种小麦和葡萄。它赤裸裸地躺在大自然母亲的怀中,靠母亲的乳汁生长。如果我们断定我们正走向世界的末日是对的,那么这位诗人[1]说正

---

1 指卢克莱修。

处于欣欣向荣的时代也是对的。另一个大陆如旭日东升,而我们的大陆正日薄西山。世界将要瘫痪,它一侧肢体动弹困难,另一侧却充满活力。

我十分担心,由于我们的传染,大大加速那个大陆的衰败和毁灭;我担心我们的思想和技艺要让它付出高昂的代价。那是个天真烂漫的世界,不过我们不要以我们的才能和天然力量的优势去教训它,逼它就范,不要用我们的正义和仁慈去诱惑它,也不要以我们的阔绰大方令其依附。从那些人的应答和跟他们的谈判来看,大都表明,他们在思维清晰和处事得当方面,一点儿也不比我们逊色。

库斯科城和墨西哥城的繁华令人惊奇,在诸如此类具有重大价值事物中,要说到那位国王的御花园。园里树木、花草都按原样大小用黄金造成,置于园内相应的位置。同样,在其工作室里,也摆放金子仿制的王国中和领海里的一切动物。还有,他们的玉石、羽毛、棉花的工艺制品以及绘画作品都异常精美;一切都表明,他们在心灵手巧方面并不比我们逊色。

说到虔诚、守法、善良、大度、正直与坦率,我们不如他们竟帮了我们的忙。正是这样的好品德毁了他们,令他们自己被出卖,被背叛。至于胆量、勇气、坚毅、忠贞,面对痛苦、饥饿与死亡的坚定态度,我不怕拿那些在他们当中找到的事例跟我们这个大陆载入史册的古代最著名的事例作对比。

……

这些人的心灵涉世未深,渴求知识,他们几乎全都处于自然状态,具有良好的开端;从他们身上受益,本是多么轻而易举的事!然而,相反,我们却利用他们的无知、缺乏经验,以我们的习俗所提供的榜样和范例,顺利地把他们引向背叛、奢华、贪婪以及形形色色的不人道的残酷行为。谁曾为了通商、非法交易付出过如此高昂的代价？多少城镇被夷平，多少民族被灭绝，千千万万的人们惨遭杀戮，世界上这块最富饶、最美丽的地方为了珍珠和胡椒的贸易竟被搅得地覆天翻！多么可耻的胜利！

……

第七章
谈身处显赫地位之不适

我们既然不能到达显赫地位,就来说说它的坏处作为心理补偿吧。(不过,找出某件事的缺陷也并不是完全说坏话;所有事物,无论多么美好,多么令人向往,总是有缺点的。)

一般来说,显赫地位有着明显的优势:它可以按自身的意愿降下来,几乎享有进或退的选择自由。因为他不会一下子从极高处掉下来的;更多的是他可以下降而不致摔倒。我觉得,似乎我们过分重视显赫地位,也过分重视那些我们看见或听说鄙薄显赫高位或主动推辞的人的决心。事情的性质并非那么突出,了不起;也并非不出现奇迹就无法拒绝高位。我觉得,承受痛苦,做出艰苦的努力,十分困难;而满足于一般的境遇,不追求显赫地位却绝非难事。依我看来,这是一种美德;我这样的小人物,无须花太多工夫,便能做到。有些人也重视伴随拒绝显赫地位而带来的荣誉,他们利用拒绝的求名野心比之对显赫地位的追求与享受尤甚。这些人会做出什么事来呢?因为野心的实现从来都靠离开正轨的歪门邪道更为奏效。

我磨砺勇取的心志,使之趋于忍耐;我遵循自己的意愿去弱化它。我和其他人有着同样的期望,也任由自己的愿望自由驰骋,不予约束;不过,我却从来没有希冀拥有帝国或王国,也不企求无比荣耀、一呼百应的显赫高位。这方面我没有追求,我十分自爱。当我想提升自己时,也是小步走、缩手缩脚的,无论决心、智慧、健康、仪容还有财富,都以适合自己个人为度。威望与强权压抑我的想象力;我跟另一个人[1]正相反,我宁愿在佩里格[2]当老二或老三也不愿意在巴黎当老大,或者,说实在话,起码宁可在巴黎居第三,也不愿做位高权重的一把手。我既不愿做个无人知晓的可怜虫与掌门人员发生争执,也不想令人分隔民众开道而行,赢得敬仰。我习惯于居中的位置,我的志趣是这样,我的命运安排亦如此。我在生活中的作为和我所从事的事业都表明:上帝给我出生时所置的处境高度,我避免跨越,而不是谋求跃升。一切符合自然的安排总是合理和方便的。

我这人生性怯懦,不以所达的高位来衡量好运程,而是按其便利程度来考量。

……

1　指恺撒。
2　佩里格,法国多尔多涅省的首府,距巴黎400余公里。

第八章

谈交谈艺术

……

依我看，训练思维最见效、最自然的方法是与人交谈。我觉得，交谈是比我们生活中其他任何活动都更令人舒心的习惯。所以，如果我此刻要被迫作出选择，我宁愿失去视力，也不愿意失去听觉或说话能力。雅典人，还有罗马人，都曾以在他们的学院里保留这种语言训练为荣。当代意大利人也多少保存这种遗风，这对于他们大有裨益，这点从他们的智力与我们的作比较看得出来。

书本学习，是个了无生气的活动，无法叫人沸腾起来；而交谈却同时使人学到东西并得到锻炼。倘若我和一位高人、一名强手交锋，他会从各个侧面逼迫我，令我左右挨打。他的想象力会刺激我的想象力；求胜心、荣誉感、专注力会激发我、提升我，使我超越自己，而讨论中的那种如出一辙的雷同却叫人扫兴。

由于和精力充沛、思维缜密的高手交流我们的思想得到锻炼提高，反之，却不能说与思维迟缓、不健全的人士持续、频繁往来就会导致智力极度低下和衰退。这方面不存在感染扩散。我凭切身的经验知道受损害的程度如何。我喜欢辩论与说理，但这跟少数人而言，而且是为了锻炼自己。因为，我认为，给权贵的大人物登场，争先恐后去卖弄自己的才智和三寸舌,这是爱护名声的人士所不屑为之的事情。

……

运　气

请看看城里人谁最有权势,谁干事最出色?你通常会发现:他们是知识程度最低的人。有这样的情况:一些妇女、儿童、疯疯癫癫的人治理起大国来足可以与最能干的王侯媲美。修斯底德[1]说过:在这方面,粗鲁的人通常比精细的人更易取得成功。我们把他们凭好运气带来的成果归因于他们的明智。

> 某人凭运气扶摇直上,
> 大家却夸赞他的才干。
> 　　　　　　　　——普劳图斯[2]

因此,无论如何我要强调:事情结果对我们的价值和能力的作用证明并不大。

我指出这么一点:只需考察一名青云直上的人就清楚不过。三天前我们认识他时,他还是个微不足道的人,不知不觉间,他却在我们的脑海里悄然地形成了高贵、能干的形象。我们竟相信,随着其排场和威望的增长,他的功绩也增长了起来。我们对他的判断,不是根据他本人的价值,而是按算盘珠子的定位方式,即根据他所处的优越地位。

运气也有转变之时,他一旦从高处落下来,再度厕身于大众当中,

---

[1] 修斯底德(前470或460—前400或395),古希腊历史学家。
[2] 普劳图斯(前254—前184),古罗马喜剧作家。

这时候大家都惊讶地打听,过去是什么原因把他抬得那么高。人们说:"这就是他吗?""他在台上时,就这么一点本事?王公贵族竟满足于此?我们真的就操纵在这样的人手里?"

当今时代,这样的事情我常常见到。就连戏台上所展示的高贵脸谱也能打动我们,给我们一定程度的蒙蔽。我最欣赏君主们的地方,就在于他们都拥有一大群膜拜者!世上所有俯首帖耳的恭顺都归他们,可他们就是得不到智慧的顺从。我的理性并未学会卑躬屈膝,只有双膝才习惯于弯曲。

……

第九章
谈虚幻

……

是非混淆

旅行时我只需考虑自己,还有考虑经费的开支:这方面只需依照一条规则即可。而要积攒钱财则要求有多方面的能力,我对此是一窍不通的。如何花钱我倒是稍懂一点,也懂得如何使花费有其所值。我以为实际上金钱的最主要功用就在于花得其所。这方面我做起来奢望太高,力不从心,致使开支欠规律,上下浮动而且幅度很大。如果用途显而易见,合乎实际,我花起钱来可以毫无节制。而如果用处不明显,我认为不妥,也有可能节俭得近乎吝啬。

无论是源于后天教育,还是天性使然,我们在生活中如果要考虑别人的看法的话,那是弊大于利的。这样一来,为了表面上适应公众舆论,就不得不牺牲自身的利益;而且我们关心的不再是是否合乎自己的本性,而是在公众舆论中的形象如何;即便享用了精神和智慧的财富,只要没有显示出来、广为人知,得不到他人的认可,我们就觉得似乎没有收获。

有人家中聚敛大笔财富,地下室遍放黄金而不为人知;有人却将黄金延展成金箔、金叶来展示,于是人们便根据表面所见来衡量不同人家的花费和财富,对一些人将低价的里埃当高价的埃居来计算,对另一些人则正好相反。刻意守护财产总含有吝啬的意味——就连讲究排场的慈善活动也不例外:金钱并不值得我们这样费尽心机来呵护看守。若要开支合理,便只需节俭、不大手大脚。储蓄或花销本质上并无善恶之别,最终还是取决于我们的用意。

我远游的另一个原因,是对国内现行风俗习惯感到不满。面对这种腐败,仅考虑公众利益的话,我还是比较容易宽慰自己的;

> 这年代连铁器时代也不如,
> 坏到大自然自身无以名之,
> 不知称作什么器时代才是。
> ——尤维纳利斯

但关乎自身的利益,就做不到了,我个人觉得尤其难以忍受。我和周围的人都受频仍的内战摧残,陷于这混乱不堪的国度而不能自拔,

> 国中是非不分。
> ——维吉尔

说实话,国家还能维持下去堪称奇迹。

> 耕耘时全副武装,一心要去抢掠,
> 赃物常新,以此为生,以此为乐。
> ——维吉尔

从我国的例子可见,人类社会能自行拼凑成形,无论其中代价多大。不管一开始是怎么堆叠起来的,堆砌中自然会填补错位,放置停当,好比囫囵塞进大口袋中的物品抖动后会自行放好,拼排紧凑,比原来任何人为的堆放都更为妥帖。马其顿的国王菲利普就曾特意建造一座城市,集中安置所有的穷凶极恶之徒,并以此类人为城市命名[1]。我设想,这些人从罪恶出发,曾建立起他们之间的政治体系和适宜于他们的常规社会。

恶去不一定意味着善来

我曾目睹许多习惯成自然并得到认可的可怕行径,不止一次,或数次、百次,而是不计其数。这类行径非常不正直、不人道——我以为是恶中之最——只要一想起就感到厌恶;我为之感到惊诧的程度几乎与憎恶的程度相同。这种出奇的恶毒,如同谬误和放纵一样,都体现了一种活力和精神力量。

众人出于共同的需要走到一起,会聚在一处;偶然的结合进而演变成法制;有的法制反映了人类思想中最野蛮的一面,却历久不衰,不亚于柏拉图和亚里士多德所定的法制。

各种从理论上凭空设想出来的政府模式,荒唐可笑,难以付诸实施。那种关于理想社会形式和最合理的人类组织规范的长期大争论,不过是纸上谈兵,只宜于练练我们的脑子而已;好比"自由艺术"中的某些主题只适宜于论战,除此之外并没有任何生命力。对政府构造进行这样的新构思,只能是在崭新的社会中。然而当今人类已经适应了(某

---

[1] 据古希腊作家普卢塔克的《论好奇心》,该城命名为"凶徒之城"。

种社会形式),习惯了某些习俗;我们不可能再像皮拉[1]或卡德摩斯[2]那样孕育出新的人来。我们也许有可能对人作修正,以新模式来塑造他们,但不管用什么办法,恐怕在矫正他们自然习惯的过程中,难保不破坏一切。有人曾问梭伦:他是否已尽其能力为雅典人制定出最佳的法律,他答道:"是的,起码是他们所能接受的最佳法律。"

瓦罗[3]也以类似的理由为自己辩解:如果是在宗教起源时动笔评论,他就会写出自己的想法;但现在宗教既然得到了承认而且已经定型,那他只好就更多地依照习俗而不是按自己本心来评说了。

一个政体若曾维系、延续民族的生存,便是最佳、最出色的政体,这不是一种看法,而是真理。政府的形式和主要功能取决于习惯的运用方式。我们一般都不满于现状。但我以为,在民主国度中追求少数人统治,或在君主制中要实行另一种政体,都是严重的谬误而且荒唐至极。

> 爱国爱国,爱其现状:
> 国为王国,则爱王权;
> 寡头统治,民主管理,
> 爱无分别,既生于斯。
>
> ——德·皮布拉克[4]

1　皮拉,神话人物,大洪水淹没人类时,只有皮拉和她的丈夫乘坐一条小船幸免于难,后来两人在神的帮助下,向地上投掷石子,从石子中生出新的人来,于是重新创造了人类。
2　卡德摩斯,神话人物,底比斯城的建造者,他为建筑堡垒而同盘踞在那里的巨龙搏斗,杀死了巨龙,把龙牙撒在地上;龙牙长出武士,武士们彼此厮杀,除五人外,全部战死;后这五名武士助卡德摩斯建城,并成为该城的五家名门望族的始祖。
3　瓦罗(前116—前27),古罗马学者,讽刺作家,留存有《论农事》《论拉丁语》等著作。
4　德·皮布拉克(1528—1584),法国法官和诗人,著有《德·皮布拉克大人四行诗集》,集子中载有不少有益于人生的箴言和训谕。

善良的德·皮布拉克先生就是这么说的,我们不久前失去了他:他品格高尚,思想睿智,性情和蔼!痛失他的同时,德·富瓦[1]大人也离我们而去,两人的故世对于王室是极大的损失。这两位加斯科尼人诚实高明,为王室出谋献策,我不知道在法国是否还有别人可以替代他们?两个都是杰出人士,表现形式不同,就本世纪而言,均为罕见的精英,各具特点。可是谁让他们投到我们这个时代来的呢?他们和我们的腐败、我们的动乱是何等格格不入!

国家最承受不起的莫过于革新:变革本身就带来了不公和暴虐。建筑物某一部分松动时,可以进行支撑加固,各种事物都会自然而然产生变异和腐化,可予以纠正,使原有的基础和基本原则不致走样太大。但若要推倒这么一座庞然大物,改换其地基,就好比有人为画除尘,结果将原作抹去,或是为了修补瑕疵而全盘打乱,治疗疾病而令病人一命呜呼,"与其说改换政权形式,倒不如说是干脆将它摧毁"(西塞罗)。当今世界已无力自行康复:它自觉负担沉重,想千方百计去掉包袱,甚至不考虑代价。我们从千百个事例中见到:康复的过程往往要付出代价,仅仅除去当前疾患,整体状况没有改观,是称不上恢复健康的。

外科医生除去病痛的肌肤不过是治疗过程中的一种步骤,而非根本目的。他的目标更为长远:期望患处能长出新的健康的肌肉,病痛的肌体能恢复正常。仅仅主张切除病灶并不等于大功告成,因为恶去不一定意味着善来,也许还会引发另一种更严重的疾病。杀害了恺撒大帝的凶手将罗马帝国弄得一团糟,连他们自己都对插手政事感到懊悔。此后,许多人都经历同样的事情,时至今日,依然如此。当今的法

---

[1] 德·富瓦(1528—1584),法国国王的私人顾问和使节,以思想宽容而著称。

国人这方面也可谓经历丰富。重大变革无一例外动摇国家制度，令其陷入一片混乱。

谁若想直接动手整治国家，只要于行动前略加考虑，热情便会很快降下来的。对于革命式的做法，帕库维尤斯·卡拉维尤斯曾通过一个出色的事例纠正其错误[1]。他的同胞曾起而造反，要推翻他们的立法官员。卡拉维尤斯是卡普城中的权势显赫的大人物。有一天他设法将元老院的议员们全都囚禁在宫里，接着将民众召集到公共广场上，向他们宣布，长期压迫人民的专制者都掌握在他的手中，手无寸铁，旁无他人，任由摆布，人们可以完全随意申冤报仇。结果决定抽签，按顺序逐个提审，单独判决，裁决当场付诸实施，但同时必须指定一位贤明之士取而代之，以免出现空缺。刚一读出一位议员的名字，人们立即异口同声地声讨他。帕库维尤斯于是说道："好哇，此为恶人，理应撤职；咱们就另请高明来替代他。"场上顿时鸦雀无声，所有人都感到为难，不知该推举谁好。有人比较大胆，首先报上一个提名，人群中反对的声音更是响亮，历数此人种种缺点并举各种理由反对他当选，众说纷纭，愈演愈烈。提到第二个议员时，更是糟糕；轮到第三个议员，亦复如是；反对推新的与赞成撤旧的旗鼓相当。一阵骚动之后，毫无结果，人们开始一个个慢慢退去，脑中带着如下的结论：旧有的、熟悉的恶人恶事总比崭新的、未体验过的更容易忍受。

……

我的书

我写此书只为少数人，而且不图流传久远。如果此书的题材足以

---

1 此故事引自古罗马历史学家提图斯·李维的《罗马史》。

耐久,那就应当使用一种较为稳定的语言[1]。按照如今我们语言的不断变化的趋势,谁能指望,今天的语言形式五十年之后还会使用呢?它每天都从我们手中流逝。我活在世上的这些年,它已经变化了一半。我们都说,它目前已经尽善尽美。每个时代都是这样谈论自己的语言的。只要它像目前那样,还在演变,还在改换形式,我就不会认为它十全十美。有意义的优秀作品起到稳定语言的作用;而语言的信誉会随着国运的盛衰而升沉。

不过,我倒不怕用我们的语言写一些只限于今人有用的个人问题,这些问题触及某些目光较远大的人会加以吸收的特殊知识,他们的理解力在一般的读者之上。说到底,我不愿意自己死后引起争论。我常常见到,人们谈起死者时就争论起来,说什么:"他是这样判断问题、这样生活的;他的意愿就是这个;如果他临终时能说话,他会这样说、会这样施赠的;我比任何人都更了解他。"

我这里就在礼节许可的范围内,把自己的意向和感情写在作品里;不过,对于想了解我的情况的人,我更乐意无拘无束地与之私下交谈。尽管如此,如果人们阅读仔细,就会发现,在我这些回忆文字里,一切都已和盘托出,或作了示。我表达不了的东西,我都指点出来:

像你这样的精明头脑明察秋毫,
就凭少许的迹象一切都能洞晓。

——卢克莱修

我没有什么可令人追逐、费人猜想的东西。如果有人要这样做,我

---

[1] 指拉丁语。当时作为法兰西民族语的法语尚在形成时期,不少重要著作仍用拉丁语写作。

希望能做得公正、准确。我会乐意从阴间返回，揭露歪曲我本来面目的人，哪怕这种歪曲是为我增添光彩。我发现，就是连对活在世上的人，人家谈论起来也总是跟其本人不一样。如果我不是竭尽全力去维护我所失去的一名朋友，有人就会将其面貌弄得支离破碎，使其呈现出千百个相互抵触的形象。

……

第十章

谈意志掌控

……

谁活着不为他人,也就不为自己而活。"要知道,做自己的朋友时,就跟大家做朋友。"(塞内加)

我们的主要职责,是各人管好自己的行为。正是为了这个我们生活于此。谁忘了洁身自好地过活,却以为引领别人,教训他人去做就尽到了自己的责任,那他就是个蠢人。同样,谁舍弃自己拥有的正常愉快的生活,去为别人操劳,我认为,那是违背自然的不良之举。

我并不赞成,人们在承担公职时,却拒绝用心、跑腿、动嘴、必要时流汗流血:

> 为亲爱的友人或为祖国母亲,
> 我随时准备献出自己的生命。
>
> ——贺拉斯

但这是外因而致的偶然情况,精神上则始终保持平静、健康的状态,并非没有作为,而是没有烦扰,没有狂热。单纯的活动费劲不大,甚至在睡梦中也会进行。不过开始活动时必须谨慎小心,因为身体承受压力是按人家加诸于它的分量去接受的,可精神却常常随自己的心意而扩大压力,加重压力,使其不堪重负。人们以不同的气力、不同程度的意志去做同样的事情。不倾注激情,事情照样进行顺利。多少人天天冒险参与跟自己关系不大的战争?多少人急于投身其成败不影响第二天睡眠的充满危险的战事?反之,有这样的人,留在家里,远离他不敢正视的危险,却比在战场上流血卖命的士兵对这场战争的胜负更加关注,更为之绞脑汁。我曾经做到处理公务而丝毫不改变自己的本色,为他人服务而不失去自我。

……

"演戏"

我们大部分的职业活动都含有演戏的意味。**全世界都在演戏**。[1] 应当把我们的角色演得恰如其分,但要按照剧中人物的角色来演。可不要把面具和外表当成实在之物,也不要把身外的作为自己固有的。我们不懂得将衣服和皮肤区分开来。脸部涂抹装扮已经足够,别对内心也进行装扮。我见到一些人,担任多少种职务,就变了多少种新面貌,换了多少种新的行为方式;他们的官气,深入到五脏六腑,连公职上的事情也带到厕所去。我无法令他们学会区别:别人对他们的敬意哪些是关乎他们个人,哪些是冲着他们的职务、他们的随从或他们的骡子而来的。"他们沉迷于高官厚禄而忘乎所以。"[2] 他们按本人官位的高度,将自己的思想拔高,使平平常常的言谈变为高谈阔论。

---

1 佩特罗尼乌斯语。佩特罗尼乌斯(?—66),古罗马作家,欧洲喜剧式传奇小说的创始者。
2 坎图斯·库尔提乌斯语。

市长的蒙田和蒙田本人总是两回事,二者有泾渭之别。既然是律师或财政官员,就不该看不到此类职业所存在的欺诈。一个诚实人不应为其职业中的坏事和蠢事负责,但也不必因此就拒绝从职:国家的习俗如此,并且也存在有利之处。生活必须适应所处的社会,而且要利用它。但帝皇的判断力理应在其帝国的众人之上,他应把这帝国看作是临时的身外之物;至于他自己,他应该善于自处,享受人生,而且如常人那样,起码对自己心口如一。

……

鄙弃浮名

我们都来鄙视对浮名虚誉的贪图,此种卑贱、乞求的心理令我们向各式各样的人讨好。以卑劣手段、不论任何代价"可以在市场上买来的是什么样的荣光?"(西塞罗)

这样得来的荣誉是耻辱。我们要学会不多贪图自己能力够不上的荣耀。凡做点有益的好事就自我吹嘘,这只适宜于那些认为事情特殊、稀罕的人们。他们因事情令他们付出代价而张扬其价值。好事叫得越响,我心中就越起怀疑,它做来更多的是为了扬名,而不是行善,从而减低其本身的价值。好事显摆出来,已掉了一半身价。这类事情,如果由所做的人不经意而且不声不响地泄露出来,如果其后又有某出身名门的贵人重视,把它亮出来,按其自身的分量公之于众,这样就更有意义。"我认为,不加声张、不在众目睽睽之下去做的事更值得赞扬。"(西塞罗)这世上最自负的人这样说。

……

第十一章
关于跛子

……

"奇迹"的来由

我见过当代许多奇迹的出现。虽然它们随生随灭,但是如果其历程完整,我们仍然可以预见其走向。因为,只需抓住线头,就可以随意放线。世上从无到最微小事物的距离,大于从微小事物到最大事物的距离。

首批奇迹因其初具稀罕怪异的形态而为人所知所信,其故事便传播开来,由于遇到抵制而感受到令人信服的困难之所在,于是在这部分添点虚构的成分加以充实。况且,"人们天生就有传播奇闻的倾向。"(李维)于是我们自然毫无顾忌把接受的东西照搬奉还,而且对此添枝加叶。个人的错误先是造成公众的错误,公众错误回过头来又形成个人的错误。由此,整个事件便构建起来,辗转相传,越发充实,到后来,最晚得知的人比最早得知的人听到的消息更多,最后获悉的人比第一个获悉的人更加相信。

这是个自然的进程。因为,无论是谁相信某件事情,就会认为说服他人相信是个善举。为了这样做,只要认为有必要,他毫不忌惮在自己的叙述中添油加醋,以抵制他料想的别人意识中产生的抗拒和觉得不足。

……

跛　子

说得恰当或不恰当都不打紧,据说意大利有一条常用的谚语,说的是,谁没有跟跛脚女人睡过觉,就不了解维纳斯的温柔美妙。很久以前,由于偶然原因或由于某起特别的事件让这句话借老百姓之口说了出来,这既指男的也指女的。那个斯基泰人要与亚马逊女王交欢,女王回答他说:"这事瘸子干起来最棒。"在这个女子掌权的国家,为了避免男性的统治,她们将男子自小弄成残疾,打断其胳膊、腿脚以及其他优于女子的肢体。她们只用男人去干我们使用她们来干的那事儿。

我本想说,跛脚女人不规则的扭动会给房事带来新的快感,会给初试云雨的人某种超乎寻常的甜美。不过我刚了解到,古代哲学对此已有了论定。哲人说,由于跛女子的小腿和大腿残缺,吸收不到应有的营养,在其上部的生殖器官就更加饱满、丰盈、有劲。或者说,此种缺陷妨碍动作,贪色的男人便省些力气,也就整个儿投到维纳斯的游戏里。这个理由也说明为什么希腊人这样贬损纺织女,说她们比其他女子风骚,因为她们织布老是坐着,身体不用多动。照此,我们是不是可以这样推理?我可以说,坐着的纺织女干活受到的晃动刺激,如同贵妇人坐上颠簸摇晃的马车所受的刺激一样。

……

第十二章
谈 相 貌

我们所持的所有看法差不多都是从权威和对他人的信任而来的。这没有什么坏处,在这个如此衰落的时代,我们自己来选择就只会更糟糕。苏格拉底的友人给我们留下的苏格拉底的言论,我们因尊重公众的赞誉而赞赏其权威性,而不是因为我们对此有所认识。这些言论并不合乎我们平素的习惯。如果此刻冒出类似的话来,很少人会对此赏识。

我们只注意到突兀、浮夸、矫揉造作的媚态。自然、朴素外表下的美很容易被我们的粗俗眼光忽略。这样的美精致、潜藏。要有清纯、敏锐的目光才能发现其中隐秘的光芒。在我们看来,天真不就是愚蠢的近亲,应该受指责的吗?

苏格拉底的心灵活动自然而平常。他就像一个农民说话,一个女人说话。他嘴里谈的无非是马车夫、木匠、鞋匠和泥瓦工。这些都是从众人最普通、最熟悉的活动中作出的推断和类比,每个人都理解。在如此卑微的形式中,我们察觉不出他的奇妙观点和光辉思想。我们认为,学说不予收录的思想都是平庸的、低下的;我们只注意炫耀、夸张的富丽言辞。我们的世界靠装腔作势而立足;人人都鼓足了气,像皮球一样蹦蹦跳跳。而苏格拉底却不凭胡思乱想去吹嘘,他的目的是给我们提供对我们生活切实有用的告诫之言。

  保持分寸,遵守界线,
  顺应自然……

——卢卡努斯

  ……

别为死而操心

  正视将要来临的死亡需要长期保持坚定的态度,因而这不容易。你不晓得死亡,就别为此而操心。大自然会立刻给你提供充分而丰富的信息。它也会对你准确地完成此任务,你不必为此大伤脑筋。

  死亡时刻不定,死神也不知选哪一条路径,
  世人哪,你们千方百计查问也是徒费精神。

——普罗佩提乌斯

  长期担惊受怕的折磨,
  比横遭不幸更令人难过。

——伪加卢斯

  我们因顾虑死而扰乱生,又因操心生而扰乱死。生令我们烦恼,死叫我们恐惧。我们不必为针对死亡而做准备,死是极其短暂的事情。只需一刻钟平平常常的痛苦,既无后果,也不造成损害,不值得作特别的告诫。说实在的,我们作准备,是针对预备要死的害怕心理。哲学叮嘱我们,眼里时刻要有死亡,要预见它并在它来临之前予以认真考虑。随后,哲学还把规则和预防措施告诉我们,由此,对死亡的预见和考虑就不至于给我们带来伤害。

医生的做法也一样,他们把我们置于疾病的境地,从而他们就有了施药和运用医术的对象。如果我们已经懂得生活,那么教我们如何死亡,如何以不同于生活本身的方式去结束一切,那就有失公正。如果我们已经懂得以坚定而平和的态度生活,那么我们也会懂得以这样的态度辞世的。"哲学家毕生都在探究死亡。"(西塞罗)

不过,在我看来,死是生的尽头而不是目标,死是生的结束、终点,而不是目的。生活应有自身的目标和构想。生活上的正当探求在于自我调节,自我引导,自我容忍。这一关于生活之道的总章和主章中,包含了其他许多课题;在众多的课题中,也有死亡之道这一节。如果不是我们的恐惧令其增加沉重的分量,这该属于最轻松的课题了。

从其实用性和天然的真实性来衡量,这种单纯的课程并不逊色于什么学科向我们宣讲的东西,而是恰恰相反。人们的志趣和能力各不相同。应当按照各人的情况通过不同的途径引导他们自身受益。"无论风暴把我抛到哪个岸边,我都以主人的身份登岸。"(贺拉斯) 我从未见过邻家的农人为自己以怎样的举止、怎样的镇定态度去经历最后时刻而思索。大自然教他学会到了临终时候才想到死亡。他在这件事情上态度比亚里士多德还来得优雅;亚里士多德还受到双重的重压,一则由于死亡本身,二则由于对死亡的长期预想。正因为如此,恺撒有此见解:意想不到的死亡是最幸福、最轻松的死亡。"需要痛苦之前便感痛苦的人,到需要痛苦之时则痛苦愈深。"(塞内加)

想及死亡时的苦痛来自于对死亡的操心。我们总想超越并支配自然规则而令自己陷于为难的境地,身强体壮之时想到死亡就不思进食,就愁眉苦脸,这种表现只有那些学究才相宜。普通大众无须救治也用不着安慰,除非是到了灾难降临的时候。在这方面,他们感觉到什么才考虑什么。俗人的愚笨和无知无识令其对当前的痛苦具有极强的承受力,而对未来的灾难事故却满不在乎,我们不是这样说的吗?我们不也说:普通人愚昧、迟钝,因而对事情不敏感,也不大为此而忐忑不安?如果真的是这样,那么看在上帝分上,我们今后就拜愚者为师吧。多门学科许诺带给我们的最大成果,这愚钝却以极其和缓的方式引导其门生达到了。

……

相　貌

苏格拉底,在所有重要品质方面,都是完美的典范。我感到扫兴的是,据说他生就一副奇丑无比的身材和容貌,与他的心灵之美极不相称,而他这人又是那么重视、迷恋外表美。大自然对他太不公平了。形体与精神一致,本该如此。"心灵置于何种身体之内至关重要,因为身体有许多因素可使精神敏锐,也有不少因素导致精神迟钝。"(西塞罗)

西塞罗说的是相貌反常丑陋,四肢畸形。但我们说的丑也指乍一看就不顺眼,主要指脸部,常常是一些微不足道的原因令我们反感:脸色、斑点、表情生硬、四肢完整但有种说不清楚的别扭。拉博埃西就属于这一类人:心灵很美,容貌难看。这种外表的丑陋虽然十分严重,但不大损害人的精神状态,对众人的看法也不起决定性的影响。另一种丑陋更准确地说是畸形,更为实质性,更容易冲击人的内心。显露脚形的不是擦得光亮的皮鞋,而是依脚形而造的鞋子。

苏格拉底谈到自身容貌丑陋时说,如果没有靠修养来补救的话,他也会从心灵上显示出丑陋来的。不过,我认为,他说这话,只是他通常的自嘲而已。如此美好的心灵决不会是天生而成的。

我不可能老说,我多么重视美貌,认为它具有占据优势的强大性能。苏格拉底称美貌为"短期的控制",柏拉图则称之为"自然赋予的特权"。我们没有什么比它更有影响力。它在人际交往中占据着首要位置。它展现在面前,以其强大的威势控制我们的判断力,使之产生突出的印象。雅典名妓弗里内,要不是解开了衣裙,美艳动人,腐蚀了法官,她的官司就会输在一名优秀律师的手里。我注意到居鲁士、亚历山大和恺撒,这三位世界霸主,在处理重大事务时,也都没有忘记美色。大西庇阿也是这样。

在希腊语中,"好"与"美"用同一个词。圣灵通常称他认为美的人为好人。有一首歌,取自某位古代诗人的诗作,据柏拉图说,传播很广,歌中对好事这样排列:健康、美貌、财富;我很赞同这个次序。亚里士多德说,指挥权属于俊秀之士,谁人的俊美接近诸神的形象,就同样应该受到的尊崇。有人问他,为什么大家跟俊俏人士交往得更长久、更频繁,他回答说:"这是盲人才会提的问题。"大多数哲人、最伟大的哲人都以自己的俊美为媒介缴交学费来获取知识。

不光对侍候我的人,就连对牲畜我也持这样的看法:美的就差不多接近善的。不过我觉得,人们据以推测某些内在气质和未来命运的脸部轮廓和线条并不能直接、简单归入美丑的范围。就像香味与清新空气不就能保证健康,瘟疫时期的恶浊气味也未必传染疾病。

那些指责女子的品性与美貌背离的人不一定都说得对;因为不大端正的面容可能带着诚挚的可信的神气,而相反,我有时也见过,一双美目之间显露出狡狯、险恶的凶光。有些相貌给人好感,当你在一群获胜的敌人当中,这些都是陌生人,你会选择这一个而不是那一个,向他投降,把自己的性命托付给他,这时就并非真正考虑美貌。

面容可提供的保证有限;不过还是值得加以重视的。倘若由我来对恶人施行鞭刑,我会对那些脸面上透露出言而无信本性的人鞭打得更凶,对那些表面仁厚的狡诈之徒惩罚得更狠。看来有些容貌属福相,而另一些则显示不祥。我相信有某种心术,可以辨别出面容的厚道与愚笨、严肃与严厉,辨别出狡黠与郁闷、轻蔑与忧愁,以及其他诸如此类的相近神态。有些美女不但高傲而且尖酸,也有一些是温柔的,还有一些除温顺之外却平庸乏味。凭此来预测的未来的命运,这是我留待他人去解决的问题。

……

第十三章
谈 经 历

多少回我成非我

　　生命逐渐消逝的人是得到上帝的恩典的。这是暮年的唯一善报。这样,辞世时就不会感到死之重大与凶虐了。死亡夺去的不过是半个人或四分之一个人而已。喏,我刚才掉了一只牙,不费力气,毫无痛苦。这便是它的自然死亡期限已至。我本人的某一部分以至好几部分已经死去,虽然我年轻力壮的时候,那些部分都非常活跃,而且也都十分重要。就这样,我慢慢消逝,我不复是我本人了。这种衰败,积累已久,却让我的智慧去感受猛然的崩溃,仿佛是整个儿到来似的,那是多么的愚蠢!我才不希望这样的事情发生呢。

　　说实在的,当我想到死的时候,我感到最大的安慰便是:我的死会属于正常的、自然的死亡;今后在这方面我对命运再不必祈求格外的恩惠[1]。世人喜欢称说从前如何如何:身材比现在高啦,寿命也长得多啦。梭伦就是那个时代的人,他却认定当时人的寿命最长不超过七十

---

[1] 蒙田当时54岁,古代人寿命短,因此作者认为不可能有更高的企求。

岁。我嘛,我非常欣赏古人在各方面的"居中"态度,他们认为合乎中庸才称得上完美。既然如此,我哪敢奢望长命百岁,超乎常人呢?一切违反自然进程的事物都可能带来不利,而举凡顺乎自然的事物总会给人带来愉快。"凡顺应自然而成之事者便应算是好事。"(西塞罗)柏拉图因此说道:"由于死伤或疾病致死才能叫暴毙,因年事高而带来的死亡最轻松不过,也许还是令人愉快的哩。"

少年殒命,兰摧玉折,
长者故世,果熟离枝。

——西塞罗

死亡和生命始终掺和在一起,不可分离。死亡未至,我们已暂趋衰老,而我们还在蓬勃生长的阶段,衰老即已开始。我存有一些本人的肖像,那是在我25岁、35岁的时候画的。我拿来和今天的肖像对比:多少回我不再是原来的我啊!我现在的面容和当时的面容相比差别极大,那恐怕要比我将来死时的颜容的差别还要大哩!
……

要生活得写意

跳舞的时候我便跳舞,睡觉的时候我就睡觉。即便我一人在幽美的花园中散步,倘若我的思绪一时转到与散步无关的事物上去,我也会很快将思绪收回,令其想想花园,寻味独处的愉悦,思量一下我自己。仁慈的大自然遵循这样的原则:它促使我们为保证自身需要而进行的活动的同时也给我们带来乐趣[1]。它推动我们这样做不仅是满足理性的需要而且是满足欲望的需要。破坏它的规矩就违背情理了。

我知道恺撒与亚历山大就在活动最繁忙的时候,仍然充分享受自然的,也就是必需的、正当的生活乐趣。我想指出,这不是要使精神松懈,而是使之增强,因为要让激烈的活动、艰苦的思索服从于一般生活常规,那是需要有极大的勇气的。他们认为,享受生活乐趣是自己正常的活动,而其他则是非常的活动。他们持这种看法是明智的。

我们倒是些大傻瓜。我们说:"他一辈子一事无成。"或者说:"我今天什么事也没有做……"怎么!你不是生活过来了吗?这不仅是你各种活动中最基本的活动,而且也是最有光彩的活动。"如果我能够处理重大的事情,我本可以表现出我的才能。"你懂得考虑自己的生活,懂得去安排它吧?那你就做了最重要的事情了。天性的表露与发挥作用,无须异常的际遇。它在各个方面乃至在暗中也都表现出来,前台、后台都一个样。我们的责任是调整我们的生活习惯,而不是去编书;是使我们的举止井然有致,而不是去打仗,去扩张地盘。我们最豪迈、最光荣的事业乃是生活得写意。其余一切事情,执政、致富、建造产业,充其量也不过是这一事业的点缀和从属品。

我很高兴地得知有这么一位将军,他在自己即将进攻的城墙口下一心一意、非常洒脱地与友人一起进餐,聊家常。布鲁图斯[2]也一样,他在天时地利都不利于他本人而且罗马的自由正受威胁之际,却利用巡夜时间,偷偷花上几个小时,安心地阅读波吕比乌斯的著作并为之作批注。心灵不豁达的人,当其陷于沉重的事务堆里的时候,就不知道彻底摆脱出来,他们不知道要拿得起,放得下。

1 例如,饮食、睡眠、性爱,既满足人类自身的生存和繁殖的需要,同时也给人带来乐趣。
2 布鲁图斯(前85—前42),古罗马贵族派政治家,曾是刺杀恺撒的主谋者。

噢,患难与共的勇敢的友人,
今天且请尽饮,好消愁解闷,
明天咱们就进茫茫海域航行。

——贺拉斯

……

珍爱生命

我对某些词语赋予特殊的含义:拿"度日"来说吧,天色不佳,令人不快的时候,我将"度日"看作是"消磨光阴",而风和日丽的时候,我却不愿意去"度",这时我是在慢慢赏玩,领略美好的时光。坏日子,要飞快去"度",好日子,要停下来细细品赏。"度日""消磨时光"的常用语令人想起那些"哲人"的习气。他们以为生命的利用不外乎在于将它打发、消磨,并且尽量回避它,无视它的存在,仿佛这是一件苦事、一件贱物似的。至于我,我却认为生命不是这个样的,我觉得它值得称颂,富有乐趣,即便我自己到了垂暮之年也还是如此。我们的生命受到自然的厚赐,它是优越无比的,如果我们觉得不堪生之重压或是白白虚度此生,那也只能怪我们自己。

糊涂人的一生枯燥无味,躁动不安,却将全部希望寄托于未来。

——塞内加

不过,我却随时准备告别人生,毫不惋惜。这倒不是因生之艰辛或苦恼所致，而是由于生之本质在于死。因此只有乐于生的人才能真正不感到死之苦恼。享受生活要讲究方法。我比别人多享受到一倍的生活，因为生活乐趣的大小是随我们对生活的关心程度而定的。尤其在此刻，我眼看生命的时光无多，我就愈想增加生命的分量。我想靠迅速抓紧时间，去留住稍纵即逝的日子；我想凭时间的有效利用去弥补匆匆流逝的光阴。剩下的生命愈是短暂，我愈要使之过得丰盈饱满。

人之常规

伊索，这位伟人，看见自己的老师一边散步一边撒尿，说道："这么着，我们就该一边跑步一边拉屎了？"安排好时间吧，我们还有许多空闲的、使用不当的时间的。我们的身体必须有少许的空隙时间以满足自身的需要。如果我们的精神不摆脱躯体的羁绊，就很有可能得不到足够的时间来处理自己的事情。

有些人要超脱自己，想以超人的面目出现，这是愚蠢之举。他们不会成为天使，只会变成牲畜；他们非但不可能拔高自己，而只会降到极低点。正如不可登临的高峰令人生畏那样，我也害怕这种自我拔高的思想情绪。在苏格拉底的生活中，我觉得一切都很好接受，而最难于接受的是他那入定的做法以及他通鬼神的举止。而在柏拉图的身上，人家称之为圣者的方面，那是最富于人情味的。在我们的诸多学问中，我认为那些令我们升华得最高的学问是最平凡，也是最世俗化的。亚历山大的一生中，他关于自己长生不死的妄想，我觉得完全是凡夫俗子的所为。菲罗塔斯[1]在回函中用开玩笑的口吻刺他（朱庇特·阿蒙[2]

1　菲罗塔斯，亚历山大的武官，被控犯叛君之罪。
2　朱庇特·阿蒙，古埃及神祇，希腊人视之为朱庇特，即宙斯。

下达的神谕将亚历山大列为神明,菲罗塔斯致函表示替他高兴):

"就您这方面来说,我是十分高兴的,不过,普通人就可怜了。他们要和一个超越常人、不满足于人之常规的人生活在一起而且还要服从他。"

"您受命于神,才能统治世人。"(贺拉斯)

雅典人为了庆贺庞培进入雅典城,刻下这么一道富有意义的题铭,它正好表达了我的思想:

你自认是人,
你才成为神。

懂得堂堂正正地享受人生,这是至高甚而是至圣的完美品德。我们不懂得利用自身的生存条件却去追求别的什么条件,我们不知道自身的内部是怎么一回事,却要自我超脱。

我们踩在高跷上,那又有什么用呢?即使在高跷上,也还得运用双腿才能走啊!即便登上世界最高的宝座,那还得靠臀部去坐的。

我以为,最美满的人生,就是符合一般常人范例的人生,井然有序,但不出现奇迹,也不超越常规。而长者则需要多点关照,让我们将其托付给健康与智慧的保护神[1]吧,可那是喜悦而又随和的智慧:

拉托娜[2]之子,请允许我啊,
享受财富且维持体魄健康,

1　指阿波罗。
2　拉托娜,阿波罗之母。

343

机能完好,晚年不失尊严,
依然可以拨弄竖琴吟唱。

——贺拉斯

专名注释附表

★ 阿波罗（Apollon），希腊神话中的太阳神。

★ 阿庇安（Appien）（约95—约165），古罗马历史学家，著有《罗马史》。

★ 阿哥斯，古希腊城邦名。

★ 阿凯西劳斯（Arcesilas）（约前316—约前241），古希腊哲学家，或然论与怀疑论主张者。

★ 阿克司乌斯（Accius）（前170—前86或74），古希腊悲剧作家。

★ 阿里奥斯托（Arioste）（1474—1533），意大利诗人。

★ 阿里斯通（Ariston）（前三世纪），斯多葛派哲学家，以雄辩著称。

★ 阿米亚努斯·马塞利努斯（Ammien Marcellin）（约330—400），古罗马史学家。

★ 阿特拉斯（Athlas），希腊神话中以肩顶天的巨神。

★ 阿提库斯（Atticus），古罗马骑士，不主动参与政事，被奉为灵活运用自保对策的榜样。

★ 阿提利乌斯·列古鲁斯（Attilius Regulus）（约前三世纪），古罗马将领。

★ 埃阿科斯（Eaque），神话人物，宙斯之子，希腊英雄。

345

★ 埃吉纳(Egine)岛,此岛今属希腊,历史上曾成为海上强国,同雅典进行过多次战争。

★ 《埃涅阿斯纪》(Enéide),史诗,维吉尔的代表作。

★ 埃维厄岛(Eubée),爱琴海岛屿。

★ 爱德华(Edouard)(1330—1376),曾统治法国的阿基坦地区,是百年战争时期英国的优秀将领之一。据说,在那场攻打利摩日的战事中,他并未赦免城中的居民,而只饶了三名法国将领。

★ 奥东(Othon)(32—69),古罗马皇帝。

★ 奥古斯丁(Augustin)(约354—430),亦称圣奥古斯丁,古罗马末期的基督教思想家。

★ 奥古斯都(Auguste)(前63—公元14),古罗马皇帝。

★ 奥罗德(Orode),指奥罗德二世(前?—前37/36),安息国王(前57—前37/36在位)。

★ 奥维德(Ovide)(前43—约公元17),古罗马诗人,著名作品有《变形记》《爱的技巧》等。

★ 波吕比乌斯(Polybe)(前202—前120),古希腊历史家,留下名著《通史》40卷。

★ 波萨尼亚斯(Pausanias)(?—约前470),斯巴达将领,治军极其严厉,曾多次立战功,后手下人反叛,被囚至死。

★ 波斯图缪斯(Posthmius),公元前496年的古罗马独裁官。

★ 彼特拉克(Pétrarque)(1304—1374),意大利诗人。

★ 毕达哥拉斯(Pythagore)(约前500),古希腊哲学家、数学家。

★ 布鲁图斯(Brutus)(前85—前42),古罗马贵族派政治家,曾是刺杀恺撒的主谋者。

★ D.布鲁图斯(Decimus Brutus),古罗马公元前138年的执政官。

★ 大加图(Caton l'Ancien)(前234—前149),古罗马政治家、作家,曾任执政官、监察官等职。

★ 大流士三世(Darius III)(前？—前330),波斯帝国末代国王,前336—前330年在位。

★ 达娜厄(Danaé),阿耳戈斯王之女,因神曾预言她的儿子将要杀死外祖父,国王为防患于未然,便把她幽禁在铜塔里,主神宙斯化作黄金雨跟她幽会,她因而怀孕生子。儿子后来在掷铁饼时果然无意中把外祖父打死。

★ 德尔斐(Delphes),希腊地名,阿波罗神庙的所在地。

★ 德尔图良(Tertullien)(约155—222),迦太基基督教神学家,著有《护教篇》。

★ 德·富瓦(Paul de Foix)(1528—1584),法国国王的私人顾问和使节,以思想宽容而著称。

★ 德勒(Dreux),法国地名。德勒战役发生于1562年,对抗的双方是天主教徒和新教徒。

★ 德谟克里特(Démocrite)(前460—前370),古希腊哲学家。

★ 德·皮布拉克(de Pibrac)(1528—1584),法国法官和诗人,著有《德·皮布拉克大人四行诗集》,集子中载有不少有益于人生的箴言和训谕。

★ 狄奥多罗斯(Théodore)(约前四世纪),古希腊昔兰尼派哲学家,主张寻求快乐为人生目标。

★ 狄马德斯(Demadès)(前384—前320),雅典演说家、政治家,以词锋犀利而著称,未见留下著作。

★ 迪翁(Dion)(约155—235),古希腊历史学家,曾在罗马任要职。

★ 底比斯(Thèbes),希腊地名。

347

★ 底里达特(Tyridate)王,亚美尼亚几代国王的称谓。

★ 蒂迈欧(Timée),柏拉图《对话录》中的主要对话人。

★ 杜贝雷(Joachim Du Bellay)(1522—1560),法国七星诗社的重要诗人。

★ 多菲内(Dauphiné),法国旧省份名,靠南部。

★ 恩尼乌斯(Ennius)(前239—前169),古罗马诗人、戏剧家。

★ 斐迪南(Ferdinand)国王(1503—1864),曾继承捷克和匈牙利王位,后为日耳曼皇帝。

★ 菲力彼代斯(Philippide),亚历山大帝国时代的喜剧演员。

★ 菲罗塔斯(Philotas),亚历山大的武官,被控犯叛君之罪。

★ 弗朗索瓦·德·吉斯(François de Guise)公爵(1519—1563),原籍洛林地区,后洛林并入法国。

★ 弗鲁瓦萨尔(Froissart)(1337—1404),法国编年史家。

★ 汉尼拔(Hannibal)(前247—前183或182),迦太基统帅,在坎尼战役取胜时年仅31岁。

★ 贺拉斯(Horace)(前65—前8),古罗马诗人。

★ 赫拉克利特(Héraclite)(前550? —前480),古希腊哲学家。

★ 赫西奥德(Hésiode)(约前八世纪),古希腊诗人,著有《工作与时日》等。

★ 吉耶纳(Guyenne),法国旧省名,大体相当于阿基坦地区。

★ 加斯科涅(Gascogne),法国地区名。

★ 卡德摩斯(Cadmos),神话人物,底比斯城的建造者,他为建筑堡垒而同盘踞在那里的巨龙搏斗,杀死了巨龙,把龙牙撒在地上;龙牙长出武士,武士们彼此厮杀,除五人外,全部战死;后这五武士助卡德摩斯建城,并成为该城的五家名门望族的始祖。

★ 卡法雷(Capharée),埃维尼岛的岬角,从特洛伊战争中归航的希腊船队,曾在那里触礁。

★ 卡斯尤斯(Cassius)(？—前33),古罗马雄辩家、历史学家,同时也是讽刺作家,曾被奥古斯都皇帝流放。

★ 卡图卢斯(Catulle)(约前87—约前54),古罗马抒情诗人。

★ 卡尤斯·瓦蒂努斯(Caius Vatienus),此人的生平不详。

★ 坎提良(Quintilien)(30—100),古罗马修辞学家。

★ 坎图斯·库尔提乌斯(Qinte-Curce)(公元一世纪),古罗马历史学家,著有10卷本的《亚历山大史》。

★ 康拉德三世(Conrad III)(1093 或 1094—1152),日耳曼皇帝,1138年登基,参加第二次十字军东征后去世。

★ 科尔内托(Corneto),罗马省的小城。

★ 克劳狄乌斯(Claudien)(370—404),古罗马诗人。

★ 克吕西波斯(Chrysippe)(约前280—前206),古希腊哲学家,是斯多葛派的主要人物之一。

★ 库柏勒(Cybèle),希腊罗马神话中主管生殖的女神。

★ 拉博埃西(La Boétie)(1530—1563),法国作家,蒙田在波尔多议会的同事、友人。

★ 拉比利乌斯(Laberius)(前106—前44),古罗马滑稽剧作家。

★ 拉丁努斯(Latinus),传说的古罗马英雄,拉丁部族的名祖。

★ 拉托娜(Latone),阿波罗之母。

★ 来山得(Lysandre)(前？—395),斯巴达将领,以用计取胜著称。

★ 莱克格斯(Lycurgue),传说是斯巴达的法典制定者。

★ 老狄奥尼修(Denys l'Ancien),即狄奥尼修一世(前430—前367),叙拉古(西西里岛)的僭主。

349

★ 老普林尼(Pline l'Ancien)(23—79),或称大普林尼,古罗马作家,《博物志》是其留下的重要著作。

★ 雷蒙·塞邦(Raimond Sebon)(1499—1546)(?),神学家,《自然神学》的作者。

★ 李维(Tite-Live)(前59—公元17),古罗马历史学家。

★ 利库尔格斯(Lycurgue),又译来库古,公元前九或八世纪古斯巴达传说的立法者。

★ 利斯马科斯(Lysimaque)(前361—前281),马其顿将军,亚历山大大帝的将领之一,亚历山大死后,成为色雷斯国王。

★ 莉丝碧(Lesbie)是卡图卢斯(约前87—约前54)对其情人克萝狄娅所用的化名,可能是为纪念希腊女诗人萨福而取。

★ 卢卡努斯(Lucain)(39—65),古罗马诗人。

★ 卢克莱修(Lucrèce)(前98—前55),古罗马哲学家、诗人。

★ 卢库卢斯(Lucullus)(前106—前56,另一说为前109—前57),古罗马将领。据说,他在穿越意大利至亚洲的过程中,因阅读史书并请教军官而学会了兵法。

★ 卢奇利乌斯(Lucilius)(前180—前103),古罗马讽刺诗人,诗作有《闲谈集》30卷。

★ 罗什拉贝伊(Roche-L'Abeille),法国靠近利摩日的一个地方,1569年,新教徒与天主教徒曾在那儿开战,天主教派战败。

★ 洛克里斯(Locres),古希腊城市名。

★ 马尔塞利努斯(Marcellin),古罗马历史学家,曾参与讨伐帕提亚人的战事。

★ 马尔提阿利斯(Martial)(约40—104),古罗马诗人,以铭辞著称于世,此引语即出自他的铭辞。

★ 马克·安东尼(Marc Antoine)(前83—前30),古罗马将军。

★ 马略(Marius)(前157—前86),古罗马政治家、统帅。

★ 马尼利乌斯(Manilius),古罗马提比略皇帝时代的诗人。

★ 玛丽·斯图亚特(Marie Stuart)(1542—1568),苏格兰女王,与法国国王弗朗索瓦二世成亲,国王死后返回苏格兰亲政,后被废黜、处死。

★ 玛土撒拉(Mathsalem),圣经人物,亚当的后代,生育子女众多,据说活到969岁。

★ 梅特罗道吕斯(Métrodore)(前330?—前277),古希腊伊壁鸠鲁派哲学家。

★ 蒙孔图尔(Moncontour),法国地名,位于西部。

★ 米莱(Milet),小亚细亚的爱奥尼亚古城。

★ 米利都(Milet),古希腊城市名。

★ 米斯当(Mussidan)镇距离蒙田古堡约20公里,事件发生在1569年4月份。

★ 摩德纳(Modène),意大利城市。

★ 莫莱(Moulay)(?—1578),摩洛哥君主。

★ 墨丘利(Mercure),罗马神话中的商业神。

★ 穆拉德二世(Mourad II),土耳其1421至1451年间的苏丹。

★ 那喀索斯(Narcisse),神话人物,美少年,因拒绝回声女神的求爱而受到惩罚,死后化作水仙花。

★ 尼禄(Néron)(37—68),古罗马皇帝,以残暴著称。

★ 努米底亚(Numidie),北非古地名。

★ 欧里庇得斯(Euripide)(前485—前406),古希腊著名悲剧诗人。

★ 帕拉斯(Pallas),即雅典娜,智慧女神。

★ 帕提亚人(Parthes),西亚古国的民族,曾与罗马帝国抗衡。

★ 庞培(Pompée)(前106—前48),古罗马统帅,政治家。

★ 佩尔西乌斯(Perse)(34—62),古罗马讽刺诗人。

★ 佩里格(Périgueux),法国多尔多涅省的首府,距巴黎400余公里。

★ 佩特罗尼乌斯(Pétrone)(？—66),古罗马作家,欧洲喜剧式传奇小说的创始者。

★ 皮格马利翁(Pygmalion),神话人物,善雕刻,曾热恋自己所雕的少女像,感动爱神;后爱神赋予雕像以生命,让两人结为夫妇。

★ 皮拉(Pyrrha),神话人物,大洪水淹没人类时,只有皮拉和她的丈夫乘坐一条小船幸免于难,后来两人在神的帮助下,向地上投掷石子,从石子中生出新的人来,于是重新创造了人类。

★ 品达(Pindare)(前518—前438),古希腊诗人,以讴歌竞技胜利者的颂诗著名。

★ 普劳图斯(Plaute)(前254—前184),古罗马喜剧作家。

★ 普洛佩提乌斯(Properce)(前47—前15),古罗马诗人。

★ 普卢塔克(Plutarque)(约46—约120或127),古希腊传记作家、散文家、柏拉图派哲学家。

★ 普瓦捷(Poitiers),法国地名,位于西部。

★ 奇隆(Chilon)(前六世纪),古希腊的七贤士之一。

★ 让·塞孔(Jean Second)(1511—1536),用拉丁语写作的佛来米诗人,生于海牙。

★ 萨卢斯特(Salluste)(前86—前35),古罗马历史学家、政治家。

★ 塞阿岛(île de Cea ou Zéa),位于爱琴海。

★ 塞克斯图·庞培(Sextus Pompée),著名的古罗马统帅、政治家庞培的幼子。

★ 塞内加(Sénèque)(约前4—公元65),古罗马政治学家、剧作家、哲学家。

★ 塞西那(Cecinna),古罗马一名骑士。

★ 色诺芬(Xénophon)(约前430—前355),古希腊历史学家、作家,苏格拉底的弟子。

★ 色萨利(Thessalie),希腊北部地区,古代因环境闭塞和民族特点不同,因而呈现出极大的差异。

★ 圣奥梅尔(Saint-Omer),法国地名。

★ 圣康坦(Saint-Quentin),法国地名,位于北部。

★ 斯坎德培(Scanderberg)(1414—1467),阿尔巴尼亚民族英雄,曾多次抗击土耳其人入侵,1444年被阿尔巴尼亚人奉为君主。

★ 苏莱曼一世(Soliman Ier)(1494—1566),奥斯曼帝国苏丹,曾征服匈牙利。

★ 梭伦(Solon)(前638?—前559?),古雅典政治家、诗人。

★ 塔尔博特(J. Talbot)(1373—1453),英军将领,曾在法国的省份统治了一段时间。

★ 塔西佗(Tacite)(55—120),古罗马元老院议员、历史学家。

★ 塔索(Torquato Tasso)(1544—1595),意大利诗人。

★ 泰奥菲洛斯(Théophile)(?—842),拜占庭皇帝(829—842在位)。

★ 泰伦提乌斯(Térence)(前185—前159),古罗马喜剧作家。

★ 泰特斯·里维厄斯(Tite-Live)(前64或59—公元10),古罗马历史学家。

★ 提比略(Tibère)(前42—公元37),古罗马皇帝。

★ 提尔(Tyr),古代腓尼基城邦,即今黎巴嫩的苏尔。

353

★ 提布卢斯（Tibulle）（前54或50—前19或18），古罗马诗人，多用哀歌体格律写作。

★ 提图斯·李维（Tite-Live）（前59—公元10），古罗马历史学家、文学家，其主要著作为《罗马史》，共142卷。

★ 托勒密（Ptolémée）王国为埃及古国，被罗马所灭。

★ 瓦罗（Varron）（前116—前27），古罗马学者、讽刺作家，留存有《论农事》《论拉丁语》等著作。

★ 韦斯巴芗（Vespasien）（9—79），古罗马皇帝。

★ 维吉尔（Virgile）（前70—前19），古罗马诗人，史诗《埃涅阿斯纪》是其代表作。

★ 伪加卢斯（Pseudo-Gallus），公元六世纪下半叶的古罗马诗人。

★ 希奥（Chio），按希腊原文，今通译为希俄斯岛，希腊爱琴海东部的岛屿，盛产葡萄酒。

★ 希波克拉底（Hippocrate）（前460—前377），古希腊医师，西方医学奠基人。

★ 西庇阿（Scipion l'Africain）（前235—前184），即大西庇阿，古罗马统帅，29岁时征服西班牙，在扎马战役打垮汉尼拔时年仅33岁。

★ 西庇阿·埃米利亚奴斯（Scipion Emilien）（前185？—前129），即小西庇阿，古罗马统帅，大西庇阿长子的养子。曾攻陷并摧毁迦太基城。

★ 西鲁斯（Syrus），生平不详，留有《格言集》。

★ 西塞罗（Cicéron）（前106—前43），古罗马哲学家、政治家。

★ 小加图（Caton le Jeune）（前95—前46），古罗马政治家，斯多葛派哲学的忠实信徒，大加图的曾孙。

★ 小普林尼（Pline le Jeune）（61—112？），老普林尼之外甥及养子，

古罗马作家,曾任执政官。

★ 匈雅提(Jean Huniade)(1407—1456),匈牙利王国的督军。

★ 修斯底德(Thucydide)(前470或460—前400或395),古希腊历史学家。

★ 伊波玛格斯(Hyppomachos),角斗师和剑术师。

★ 伊庇鲁斯(Epire),巴尔干半岛旧地名,在现今希腊北部和阿尔巴尼亚南部。

★ 伊壁鸠鲁(Epicure)(前341—前270),古希腊哲学家。

★ 伊多梅纽斯(Idoménée),伊壁鸠鲁的学生,传记作者和历史学家。

★ 《伊利亚特》(Iliade),荷马写的著名史诗。

★ 尤维纳利斯(Juvénal)(55—140),古罗马讽刺诗人。

★ 朱庇特·阿蒙(Jupiter Hammon),古埃及神祇,希腊人视之为朱庇特,即宙斯。